王澄古稀集

王鑒爲 編

2

文論卷

大象出版社

目錄

○○一 書法作品的視覺平衡及其拓展
○一二 書法三級跳
——書法美的本源、延伸與跨越
○二○ 魏體行書及其代表書家
○三○ 碑體行書近想
○三七 碑體草書及其歷史地位
○四七 刻石書法史略及其藝術價值
——《中國碑刻書法叢書》代序
○六九 康有爲書法評傳

一〇三 一代書家于右任
一五一 鄭孝胥的書法藝術
一六〇 河南歷代主要書家記略
一六九 簡論幾位畫家的書法
一七八 一本沉甸甸的書法集
——《百年文人墨迹》讀後
一八三 古法新用 老辣奇絶
——龐白虹先生書法藝術淺析
一八七 見得真性情
——《率真堂書畫篆刻藝術》代序
一九五 貫貞的『如夜行山』
一九八 有意義的人生

——《陳新泰書法作品選》代序
來德的啓示 二〇一
悼伯安兄 二〇七
學書階段論 二一二
『藝術書法』之我見 二二五
書法創作的幾個有關問題 二三〇
——在中國書法藝術學院舉辦的全國書法創作培訓班上的講稿
隸書創作隨感 二四五
——在中國書法進修學院舉辦的首届全國書法創作培訓班上的講稿
《石門頌》臨習概要 二六二
書法批評隨想 二七九
——在一九九〇年書法批評年會上的發言

二八五 五年來河南書法展覽暨創作概説
——在一九九六年全國展覽工作會議上的發言
二九七 關於六届全國中青展的通信
三〇二 發展地域特色 推動書法騰飛
——王澄、陳振濂就河南省書法活動開展及前景展望的對話録
三一九 説逸兼及逸品
三二二 小品三則
三二九 格律詩入門簡要
三四四 作文撮要
三四八 如棚小記
三五〇 隨筆節録
三七一 『水·冰』

——王澄書畫展自序
禪外說『禪』 三七三
薦讀《徐文長傳》兼及明清文人小品 三八一
出離與藝術 三八六
『莊周夢蝶』隨想 三九五
臆說『隔離性智慧』 四〇三
没事唱唱歌 四一四

書法作品的視覺平衡及其拓展

談到視覺平衡，理應涉及藝術心理學，但我對此類論著讀得很少，對諸如貢布里希、阿恩海姆、格列高里等的理論更無研究，因此，這篇小文衹是以此爲切入點，説些有關書法的感受和體會。

常識告訴我們，視覺平衡是指物象通過眼睛所產生的心理感覺上的平衡，它顯然不同於物理概念的平衡。這種平衡無法用儀器測量，因而衹可意會難以言傳。有人把這種視覺心理上的平衡感叫做均衡感，一『平』一『均』究竟哪個準確，兩個漢字的含義在這裏是不好區别的，我看衹是習慣問題。

對於視覺藝術，諸如舞蹈、雕塑、繪畫、書法等等，在其創作過程中，無論是肢體動作、塊面形態、色彩關係、黑白對比還是空間處理等，無不存在着各種矛盾因素和對應關係的設置與協調。協調得好，便是把握了平衡；協調得不好，便失去了平衡。而失去了平衡，便失去了美的内核和基本規律。因而，視覺平衡雖難以言傳，却客觀存在，且有着無可替代的重要作用。

書法作品中存在着諸多藝術元素，比如黑與白、實與虛、大與小、輕與重、正與側、俯與仰、嚮與背、濃與淡、枯與濕、疏與密、放與收、緩與急、工與草等，這些組合關係常給人以對立的感覺，於是便自然地造成了一種現象，即在論述書法特别是探索性書法時，人們多從對立統一之角度對構成關係進行剖析，而忽略了視覺平衡的重要作用。需要注意的是，上述諸多組合除了對立關係，更多的是對應關係，譬如黑與白，二者既對立又對應，而其中的黑與黑、白與白之間就更屬對應關係，那麽，黑白與虚實、大小、輕重等其他元素自然也多爲對應關係而非對立關係。因此，書法作品中各種藝術元素的處理，除了統一對立關係，更多的是協調對應關係，而無論統一或者協調，其基本依據便是視覺平衡。

書法藝術自其肇始，書法家們便非常重視作品的視覺平衡，從一點一畫、一招一式到結字布篇，都在經營着平衡。蔡邕《九勢》有云：『凡落筆結字，上皆覆下，下以承上，使其形勢遞相映帶，無使勢背。』這大概是關於平衡的最早論述。之後，歷代書論皆有涉及，就不一一例舉了。

書法藝術發展到當代，改革開放帶來的各種藝術思潮的衝擊，已使人們的審美觀念發生了很大轉變，體現這種轉變的代表現象便是探索性書法（『流行書風』爲主，還有『現代派等）的興起。其顯著特徵是强調作品的構成與變化，無論點綫、墨色、體勢、布篇，都在尋求更多的對比關係、更强的動勢效應、更妙的抽象意味，一句話，在創作更爲新穎、更爲豐富的視覺效果。於是，一個過去從未有過的問題凸現出來，那就是傳統習慣的構成關係被打破，視覺平衡在當代書法被賦予了更爲深廣的内涵。

理解和把握這新的内涵，首先要對書法的視覺平衡有一個客觀全面的認識。

用筆無論方圓正側，用墨無論濃淡枯濕，皆以形態現於紙上，此乃書法構成的基本要素，亦爲平衡與否之基本成因；結字無論平正奇險、動静開合，皆有每字之獨立形勢，既有形勢，必有平衡問題；布篇無論均匀有序或者疏密參差，更有空間關係之生出，關乎作品之大平衡。這些雖爲常識，古往今來認識却不盡相同。

傳統習慣之用筆講究法度，强調『四面停匀，八邊具備，短長合度，粗細折中』（歐陽詢《三十六法》）。傳統習慣之用墨講究適宜，指出『少墨浮澀，多墨笨鈍』（蕭衍《答陶隱居論書》）。傳統習慣之結構講究匀稱，要求『審量其輕重，使相負荷，計其大小，使相副稱爲善』（姜夔《續書譜》）。總之，傳統書法講究的是中和，是不激不厲。這些觀念被人們逐漸地所認識、所接受、所完善，這便是書法的『法』。以平衡論，這些觀念顯然屬於一般意義的平衡，或者説是規矩有序的平衡。其副作用是顯見的，原始的、豐富多變的藝術元素被程式化、概念化、正統化，被統一固定下來，書法藝術的多元性和可塑性被打了大折扣，其創作狀態被籠罩在一個無形的框架之中，以至於不少人把書法和寫字混同，甚至對書法是否存在創作提出質疑。歷史上雖有一些論者提出不少高論，如虞世南之『秉陰陽而動静，體萬物以成形，達性通變，其常不主』，孫過庭之『窮變態於毫端，合情調於紙上，無間心手，忘懷楷則』，更有蘇軾的『我書意造本無法』，以及傅山的『四寧四毋』等，然終因『書不入晋，固非上流；法不宗王，詎稱逸品』已成金科玉律，虞世南們的高見，無奈地成了文字游戲、空頭理論。千百年來，雖有不少書家敢於革新，有所突破，但其生命力和影響力終被强大而近乎頑固的『傳統觀念』所限制、所削弱、所同化。

人的確有適應秩序的天性，但也有判斷秩序的選擇，更有打破舊秩序創建新秩序的要求和能力，否則社會就没有發展。藝術也無例外。新時期的書法探索，便是對書法舊秩序的打破和新秩序的再建，若以視覺平衡論，則是通過對傳統筆墨、造型的改造，生發更爲豐富多變的藝術元素，從而在視覺效應上創造看似無常却有其内在規律的新的平衡。這種規律是一種動態的、復雜的、難以把握的規律，這種平衡是一種廣義的、辯證的、難以把握的平衡。而作爲藝術，愈是難以把握，便愈是有吸引力，把握得好，作品便富有更多意味，便擁有更爲高級的美的形式。

必須强調指出，這種視覺平衡之所以是『廣義的』『辯證的』，是因爲在看似不平衡的表象中蘊涵着一種大平衡，這種大平衡是傳統平衡經驗基礎上的拓展，它因每個創作者的不同心理狀態和藝術追求而千變萬化，因此，絶然不同於多數人習慣的『類完美』形式關係的平衡、和諧。

我們不妨從這個角度大概觀照一下探索性書法的基本表現。

譬如筆墨，常將中、側、偏、正以及篆、隸、楷、草等不同用筆方法融於同一作品之中，甚至使用破筆，或者將綫條寫作塊面，總之，『不擇手段』地增加筆墨的藝術含量，豐富其變化與矛盾，并以新的觀念和手法予以協調、平衡。這在書法史中極少見到，若不打破舊有的思維模式，仍然遵奉着『用筆千古不變』的訓條，很難接受這種種矛盾和變化，更難體悟由此而産生的新的視覺平衡。

再如結字，通過强調張弛、欹正、疏密等字勢的變化，甚至更爲抽象和模糊的手法，創造奇异無常、充滿動勢的形態，是這類作品更爲明顯的特徵。（漢字原本就是抽象符號，這裏的『抽象』，是把漢字視爲具象，相對而言。）有些人認爲這是很容易的事，無非『歪歪斜斜、伸胳膊伸腿』而已，這些人如果不是抓住其中不成功的作品有意貶抑，便是尚未真正入道。因爲這種構成關係的不確定因素遠多於傳統書法，其中每一筆都會産生『意外』的矛盾，而每一筆又都關乎着平衡的收拾，同時，這種收拾不僅要着眼於本字，還要觀照全篇。所以没有很好的書法積澱和美術修養是做不出來的。

至於布篇，其構成因素更爲復雜多變。我們常可見到一件作品的前邊寫得很密，分量很重，接着留下大塊空白，而後邊的相應位置并不做與前邊同樣分量的處理，僅施以少許款識和印章。我們也常見到開始幾行同一方嚮傾斜，而後邊并無反方嚮之對應處理。這些形式上的反差和錯位，看似違背了常規的構成關係，但對於識者并未造成視覺心理的失衡。這顯然不是一般意義上的視覺平衡，更不是一般概念上的力的平衡。

阿恩海姆在《藝術與視知覺》中指出：『我們可以把觀察者經驗到的這些「力」看作是活躍在大腦視中心的那些生理力的心理對應物，或者就是這些生理力本身。雖然這些力的作用是發生在大腦皮質中的生理現象，但它在心理上仍然被體驗爲是被觀察事物本身的性質。』

這裏的『心理對應物』，我的理解就是視覺生理向視覺心理的轉移，或者説是大腦視中心的生理力向心理力的轉換。在此，心理力可以解釋爲審美經驗與視覺記憶的綜合產物，而探索性書法作品存在的復雜的視覺平衡，就是由這種心理力作用於直覺感受所產生的。

這裏，構成心理力的審美經驗與視覺記憶非常重要，是產生視覺平衡的前提和條件，没有豐富的審美經驗和視覺記憶，就不可能對直覺感受到的新的構成形式產生到位的視覺心理轉換。

我們過去積纍的傳統知識可能各有側重，但大體是一致的，無非名碑、名帖、名家作品，由此形成了較爲類似的、穩定的審美趨嚮和視覺習慣。如果我們把目光移向那些無名的先秦、兩漢乃至魏晋六朝時期的簡牘、帛書、斷碣、殘紙，就會發現各種書體都有很多極其新鮮奇异的書法形象，從中領悟很多新的構成關係。如果進而認真地琢磨并付諸實踐，就會自然地增加和修正以往的審美經驗，豐富和更新已有的視覺記憶。如果我們再把目光移向各種造型藝術，在更爲廣闊的領域裏欣賞、理解更多的形式特徵和藝術表現，我們的觀念就更容易從狹隘的空間中解放出來，以一種新的視覺心理審視書法。有了上述對廣義傳統的理解、探索以及對各類藝術的吸收、借鑒，再來解讀探索性書法作品時就會把得到了升華的審美經驗、視覺記憶自然地貫注其中，產生互動，從而在歪斜中體味到意趣，在反差中感受到和諧，在錯位中轉換出平衡。當然，這種『歪斜、反差、錯位』等是基於合理構成的。

我們常可發現，由於創作者和觀賞者有不同的審美經驗和視覺記憶，他們會對同一件作品產生不同的視覺心理轉換和視覺平衡感受，因而我把這種平衡感稱作『能動性視覺平衡』或者『經驗性視覺平衡』。過去藝術心理學用『趨嚮性』『指嚮性』等概念來解釋此類平衡，就探索性書法的構成特徵看，有趨嚮、指嚮的成分，但不完全，更多的成分應該是意嚮性，而意嚮性之基礎所在正是審美經驗、視覺記憶與直覺感受的作用轉換。

其實，對於書法創作者來說，大可不必在西方文藝理論上繞彎彎、費工夫。大家都知道『計白當黑』『虛實相生』『大象無形』等先人們的至論，簡明、辯證、概括。其中不僅包含了經驗、記憶與直覺的結合和轉換，更涵蓋了宇宙萬物相互依存、相互轉化的內在關係和客觀規律。這裏的黑白、虛實完全可以理解爲『陰陽』這一對最根本的對立關係，而『陰陽者，天地之道也，萬物之綱紀，變化之父母……』如果我們在把自己的經驗、記憶與直覺結合、轉換時，能將陰陽之基本觀念有機聯繫起來，將陰陽之對立制約、互根互用、消長平衡、相互轉化等基本道理真正理解、靈活運用，就不會把虛處、白處視爲空無，就會在實處、黑處覺出空靈，就更容易在復雜的構成關係中理清矛盾，找出平衡。

當然，如前所述，這種認識有一個見多識廣的積澱過程，因爲『新的經驗圖式，總是與過去所知覺到的各種形狀的記憶痕迹相聯繫』。舊的記憶愈多，經過綜合、判斷、挑選、改造而後産生的新圖式便愈有價值。

德盧西奥－邁耶在《視覺美學》中說：『没有動勢，一件藝術品就是靜態的，也許看的時間長了還會令人生厭。動勢能增加趣味，要使一件藝術品或設計作品具有衝擊力，必須要有動勢。概念上過於消極的作品幾乎不能打動觀衆。我們的時代是動勢的時代，而藝術順應了這一潮流也是不無道理的。』這應該是對探索性書法之時代意義的最好注脚。當然，探索性書法也爲自身帶來了一個極難解決的課題，因爲愈是動態的，其視覺平衡愈難把握。

需要順便指出，在復雜的、高速運轉的社會大環境中，每個人都无一例外地被裹挾其中，但各人的小環境和所處的狀態却有很大差异，因而各人的心理、性情千差萬别，對於藝術，無論是心理調節的需要，還是情感生活的補償，必然各有所取，各有所需，那麼，各種藝術形式、各種風格流派，也自會有其不同的受衆。探索性書法盡管適應了這個時代社會狀態的大趨勢，代表了這個時代審美思潮的主流取嚮，但對其他風格都應該是平視的。流派、風格没有高下之分，關鍵在其作品的藝術品格。這裏除了對優秀的舊有傳統書法的包容之外，還有對探索性書法自身的思考。探索應該是多方位、廣視角的，在審美追求趨同的大前提下，個人不可失去獨立思考和自我定位，要力求『和而不同』，這是藝術人應有的基本品質，唯此纔有自身存在的價值，其群體的探索纔更有積極意義。

二〇〇六年三月

（根據在中國書法院講課的講稿整理，原載《東方藝術·書法4》，收入本卷時略有改動）

書法三級跳

——書法美的本源、延伸與跨越

文字自使用始發展爲書法藝術有一個漫長的歷史過程，大概界限爲從文字之濫觴到漢末的二十多個世紀。這是一個由文字之雛形而逐步演變、漸趨完善的過程，這個過程中實用一直是其主旨和主綫，但不可忽略的是美的元素也始終涵蕴其中，這就是説，書法美自文字始已相伴而生。

無論是繪制在陶器上具有文字雛形性質的符號，還是契刻在石器甲骨上的早期文字，抑或是鑄造在鼎彝尊盤上的篆籀文字等，除代表的文字意義外，其組合都是一個個不同的完美的造型，嚮背、疏密、欹正、長短、方圓、輕重、開合等構成因素皆有極協調的體現，這便是文字的原始美，或曰書法美的本源。

這種文字的原始美，有着特定歷史時期的特質，那就是陶繪、鎸刻、範鑄、牘書等諸種形式的古文字，由於材質和表現手段的不同而顯示出不同的形式美，或純真、或樸拙，或雄渾、或散逸，又由於同屬於文字之發端與衍化時期，其形制與自然萬物之關係尤爲顯著，因而生動質樸則是其共有的特徵。可惜的是，這種書法美的本源隨着文字及工具的改革與演進，早已成爲遥遠的歷史，後人再模仿，已是此一時彼一時了。

先人們對書法美的認識，自然有一個從不自覺到自覺的過程，或者説是一個從初級到高級的過程，一個不斷延伸發展的過程。這種延伸與發展進入新文字時期以後，文字的固有形態已穩定下來，面對一個個不變的語言符號，人們已很少思考文字學意義上的變革，更多的是在追求這不變中的變化，在已相對固定的一個個符號中尋求新的美的元素，因而這種對書法美自覺意識的不斷强化，略帶幾分被動與苦澀。不過，歷史在捉弄人們的同時，也在成全着人們，這就是在文字成熟穩定的同時，書寫工具也在改進和完善。筆墨在紙上的應用，可算得一次不小的書法革命，使書法美的表現得以突破性變化，綫條這一構成書法美的最基本語言，從而有了輕重緩急、枯濕濃淡等種種變化，文字的形態也隨之生發出許多意味來。

不無遺憾的是，到了東晋，王羲之們過於强大了，當他們把這些變化運用自如，表現得幾近完美時，人們的視綫與思維也隨之被鎖進了這神聖的模式之中，書法至此似乎有了真正的不可逾越的『法』，以至書法美的變化幾乎被凝滯下來，近千年少有人越雷池一步，唐人的變化，宋人的變化，元明人的變化，均在這大樹的籠罩之下，其實質也僅僅是規矩的强化與延伸而已。

直至明末，這種延伸有了起伏，變化凸現出來。傅山的『四寧四毋』可視爲這一時期新審美觀的代表，徐渭、張瑞圖、黄道周、倪元璐、王鐸等一批書家的作品，充分體現了思想解放、個性張揚的時代特徵。側鋒的隨意運用，漲墨的大膽注入，明顯地豐富和强化了書法語言的表現力。尤其大幅作品的廣泛使用，把書法從尺牘把玩的形式中徹底解放出來，將組合構成帶入了一個新的表現空間。（明中期以前，除少量長卷、屏條之外，大幅作品很少見到。）

這是又一次具有革命性意義的發展，書法自此完全從實用中分離出來，成爲真正意義上的獨立藝術。如果視此前時期爲對書法美的延伸，那麽這一時期顯然是一種跨越或一種跳躍。

清中晚期碑學之振興，無疑又是一次跨越或一次跳躍。此時，沉睡於地下或者山野荒郊的龜甲獸骨、鼎彝尊盤、碑碣墓志等種種老古董被不斷發現，其諸種文字被『再現』於書法。這裏，不僅廣泛展示了篆、隸、魏等各種書體，更爲可貴的是對它們的再認識和再創造。個中原因是復雜的，諸如文字獄給人們造成的苦悶與彷徨，帖學一統天下給人們帶來的反思與不滿，晚明書法變革爲人們注入的新觀念等，而各種老古董再現於世則是直接原因。有識之士不失時機地抓住了這天賜良機，以各自不同的視角去發掘美的元素，又用不同手段去表現不同的理解和追求，或以碑爲主，或碑帖融合，或以方爲主，或方圓并用，創作出不同書體、不同面目的新作品。此時，『用筆千古不變』的觀點不攻自破，帖學一統天下的局面也不復存在。在這些碑派書家的筆下，老古董煥發出了新生命，書法美呈現出前所未有的豐富多彩、光怪陸離，書法的表現空間也出現了從未有過的廣闊領域。

再一次跨越或者説是跳躍，就應是當代的『流行書風』了。

經歷了幾十年的沉寂之後，隨着改革開放的深入，書法同步進入了一個新時期，出現了未曾有過的書法熱，幾乎有些全民性群衆運動的味道，這是人們所始料未及的。然而，書法畢竟是獨立的藝術，早已不僅僅是中國人寫毛筆字這樣簡單的事情，因此，這種現象出現於連硬筆書寫都很少使用的電腦時代，似乎有些反常。原因是復雜的，有一個原因不容忽視，即書法被蒙上了濃重的功利色彩。君不見，爲了參加一個展覽或是當上一名會員而不擇手段者俯拾皆是嗎？更有爲了當上一個群衆組織的頭頭而明争暗鬥，鬧得滿城風雨的丑聞不時傳出。

不容回避的現實是，原本健康的書壇變得病態畸形了，大批作者不是按着自己的審美進行創作，而是迎合『上邊』的喜好來寫字，更有甚者，一些人放下字不練，大搞起『字外功』來，好奇怪，好可怕。

我并無興趣談這些是是非非，因爲它是『流行書風』所處的時代背景而不得不提。『流行書風』開初好像是反對者們提出的，帶有貶義的味道，是出於藝術的或是非藝術的原因，這裏無須較真。但可以明顯感到『流行書風』的實踐者們没有跟着『上邊』跑的習好。有意思的是，這個名稱被幾位代表人物很樂意地接受了，并且開始認真地做起展覽和相關的學術活動來。大概好多人未曾料到，這種純民間性質的活動，竟然一呼百應，轟轟烈烈地搞了起來，這就不能不讓人冷静下來思考其原因了。

改革開放爲人們帶來的思想觀念轉變是顯見的，各種藝術思潮的碰撞，必然進入書法領域，引發種種新的思考。傳統的一般意義的繼承和延伸，早已不是當代書法人的口味，大膽地尋求突破，趕上當代藝術發展的步伐，是書法人的責任，你不做，自會有人來做。相對而論，『流行書風』做得很純粹，因爲無論被提名，或是被選中，與加入各種協會無關，甚或遭到『官方』冷遇，以爲你在另立山頭。而就經濟效益看，大概也不會很好，因爲一般書畫市場看好的多半是『傳統』。何以能做起來？重要的原因自然是『流行書風』的藝術吸引力和凝聚力，因爲它代表了當代書法先進的審美取嚮和創作態勢。

我之認識，『流行書風』的宗旨是明確的，那就是傳統書法的現代轉型。當代藝術的一個顯著共性是張揚個性、强化形式，書法之現代轉型亦當如是，這就首先要對書法美有一個重新認識。我看，傅山的『四寧四毋』很有些現實意義，當然，這衹是一個方面，理解起來不可以偏概全，而應舉一反三，全面體味。關鍵是對傳統全面深入的認知，并賦以現代意識的新解和拓展。

書法可利用的藝術元素，與各藝術門類相比，大概是最少的，無非是筆墨和漢字，如何把這個狹小的空間擴展到最大乃至極限，無疑是『流行書風』實踐者們必須關注的主要課題，否則，難以談突破傳統，更無以談現代轉型。我想，打破傳統的筆墨觀念是首要的，唯此纔可能給每個創作者以豐富和變化書法語言的充分自由，而拋却慣性的結字模式也同樣是重要的，把每個漢字都視爲一個單獨的圖畫來處理，可造成體態萬千的變化。當然，這裏有個度的把握問題，和『現代派』書法也應有所區别。至於整幅作品的協調及其大形式的處理，就毋須贅言了。

這些，『流行書風』的代表人物們已經做得很好了，而作爲一個書風的群體，不少作者尚處於探索階段，大家不妨思路再開闊些，膽子再放大些，既然要現代轉型，就要有現代人的意識和膽量。當然，一種書風的形成和完善需要時間，被社會廣泛認可和接受，更要有一個過程，可能要經過一代人甚至幾代人的不懈努力，尤其是『流行書風』，因爲它的跳躍幅度最大，更具有挑戰性和革命性。

二○○五年五月

魏體行書及其代表書家

談及魏體，人們會自然地與魏晉南北朝時期以北魏石刻爲主的森嚴規整的正書聯繫在一起；提到行書，則會習慣性地想到東晉二王或北宋蘇、黄、米、蔡諸家俊逸灑脱之風格。而把二者合爲一種書體稱謂，似乎還未成習慣，前人論著如此提及者也未曾見。其主要原因可能是這種書體出現較晚，但它畢竟是客觀存在，且熠熠閃光於書壇。爲了便於論述，姑且名之爲『魏體行書』。

魏體行書，簡而言之，即魏體行書化。毫無疑問，首先要不失用筆或方或圓、結字謹嚴方樸等魏碑之基本面目，同時又要寫得放縱雄肆、精神飛動，使之兼有行書特徵。乍看起來，似乎很是矛盾，不太可能，但我們的先人却用他們的卓越實踐給予了完美的解決。

尋本溯源，自然還要先看一下魏晉六朝時代。其時是中國政治上最動蕩、社會上最苦痛的時代，然而却是精神上極自由、極解放、最富於智慧、最濃於熱情的一個時代，因此也是最富有藝術精神的一個時代。哲學上的何晏、王弼，文藝上的三曹、嵇阮，書法上的鍾、衛、二王以及大量的碑刻、石雕等，在意識形態的各個領域開創了真善美的新時期。『以形寫神』和『氣韵生動』作爲美學理論和藝術原則在這一時期被提出。雄强粗獷、渾厚樸實，象徵着北方及中原民族精神性格的北朝碑刻，爲我國書法藝術寶庫增添了璀璨的光彩。被譽爲神品、妙品的《石門銘》《瘞鶴銘》《張猛龍碑陰》以及雲峰山刻石等，不但堪稱這一時期的杰出佳作，且已明顯流露出行書的信息。遺憾的是，此後的千百年中，魏碑幾乎被人遺忘了。唐宋時期雖也有少數書家注意吸收魏碑之精華給行書以新的血液，如歐陽詢、顔真卿、李邕、陳摶、黄庭堅等，但爲數及魏碑成分實在是微乎其微。

直至清代這個『無論在哲學、文學、藝術以及社會政治思想上，都是波瀾起伏、流派衆多，一環接一環地在發展、變遷或萎縮』的時代，魏碑纔以其獨具的面目，重新崛起於書壇。宋元以降，歷經了數百年『山重水復』之後，在人們面前展現出一個『柳暗花明』的新世界：

古樸雄渾、嚴謹自由、神韻天然、意趣深邃，人們從大量的魏碑以及漢石、秦銘、周鼎、商彝中開闊了視野，陶冶了性情。那些一直被視若經典的匯本帖本，已顯然不能滿足人們逐漸豐富并升華了的審美情趣。鄧石如、趙之謙、康有爲、于右任等一大批書家，力倡碑學，另闢蹊徑，各自從不同角度創出了嶄新的一代書風。至此，魏體行書作爲一種新的書體，纔得以成熟完善，自成體系。

開有清一代魏體行書之先河者，當首推鄧石如。其主要成就雖在篆、隸，但有一部分行書脱胎於魏碑也是明顯的。如『海爲龍世界，雲是鶴家鄉』一聯，即富有濃厚之北碑氣息，其用筆力矯南帖嫵媚纖弱之病，對後世有很大影響。衹是他除魏碑外，很大成分還糅雜了篆、隸，不如趙之謙等家的魏體行書之顯而易見。

趙之謙，清晚期著名書法家。早年師法顔魯公，旁及何子貞，筆力雄强，結體寬博，二十多歲時便打下了堅實的顔體及行書基礎。之後，他於《龍門二十品》《張猛龍》《鄭文公》《石門銘》《瘞鶴銘》等造像、碑刻、摩崖無所不習，深得北碑三昧。他寫北碑與何子貞、張廉卿等家不同，子貞雖於北碑受益匪淺，但其行書仍以顔體占主要成分，廉卿北碑功力雖深，却未免失於刻板。

撝叔則熔魏體、行書於一爐，既保留了用筆方中有圓、圓中寓方，結字茂密洞達、雄强跌宕之魏體主要特徵，又賦予其靈動多姿、剛柔相濟之新生命，使人前所未見、耳目一新。《書法》一九八二年第五期所發行書四條屏，可視爲其魏體行書之代表（附圖略）。統而觀之，其北魏書風顯而易見，毋庸多言，熟悉《龍門二十品》《張猛龍》等造像、碑刻者，不難辨出其淵源所在。然細而察之，却不盡然：起筆以方爲主，方中有變（『雲』起筆方，『訣』方中有變）；運筆中鋒爲主，正中有側（『坡』中鋒，『東』正中有側）；轉折時方時圓，時折時轉（『湖』方折，『坡』圓轉）；落筆或頓或提，或放或收（『文』捺頓，『之』捺提，『乎』鈎放，『尋』鈎收）。此等并未受魏碑用筆謹嚴的束縛。大小章法之處理更是解放了思想：結字或方或圓（『有』方，『也』圓），或長或扁（前『葉』長，後『葉』扁），或大或小（『授』大，『東』小），或疏或密（『萌』疏，『耳』密），或正或欹（前『葉』

欹，後『葉』正）；墨色或濃或淡（『昔』濃，『寸』淡），或乾或濕（『節』乾，『州』濕）；全幅雖係行書，尚偶雜以草字（『坡』『蛇』等是）……總之，筆墨技巧、結字布局皆遠遠超出了一般魏碑之規矩，且把書法中種種矛盾給予了充分的表現，實現了完美的統一，使整體效果更臻佳妙。其後，西泠印社出版的《吴讓之印存》，前有悲庵題記（均初本），開始近於魏楷，愈後行草成分愈多，却又始終不失魏碑之基調，可謂灑落自在，妙趣天成。

康有爲，生逢清王朝行將崩潰之前夕，他早期的變法革新思想，在書法上表現得非常充分。理論上，他揚碑抑帖，雖未免有失偏頗，但意在振興碑學。有詩云：『北碑南帖孰兼之？更鑄周秦孕漢碑。昧昧千秋誰作者，小生有意在於斯。』晚年有詩跋曰：『千年來無人能集北碑南帖之成者，况兼篆隸鐘鼎哉！吾不自量，欲孕南帖，胎北碑，熔漢隸，陶鐘鼎，合一爐而冶之。苦無暇日，未之逮也。』這些詩文道出了他在書法藝術上的真正追求。他傳世之主要作品爲變法失敗逃亡歸國後所書，落款鈐印，除白文名章外，常配以朱文印：『維新百日，出亡十六年，三周大地，游遍四洲，經三十一國，行六十萬里。』

康有爲憑其淵博之學識、深廣之閱歷，回國後『北游盡覽秦、漢、六朝碑版』，尋理源流，預見發展，革故鼎新，另闢蹊徑，北碑南帖兼而取之，籀篆漢分熔而鑄之，創立出以魏碑用筆、體勢爲主要成分，兼有篆、隸筆法及行書結字特徵之新體——康體。觀其書，最明顯的感覺是個性强烈，氣勢奪人，『不求點畫，全以神運』，堪謂筆筆發於胸而達於神，大有『風雨集而江河流』之概。《書法》一九八〇年第五期所發拙文《淺析康有爲的書法藝術》已作具體剖析，本文不再贅述。

有人評南海書：『氣勢雖好，然點畫不太講究，未免失於草率。』我以爲不然：丁文雋先生之『不求點畫』乃與『全以神運』相對而言，絶非草率之意。『講究』者，法度規矩也。南海用筆非魏即晉，非漢即秦，淵源分明，守法循規，祇是因合諸體於一腕，不經仔細咀嚼，很難溯出其源，自然招致一些看慣了那些亦步亦趨、依樣葫蘆、不敢越二王雷池一步者們的非議。若按這些『評論家』們的意願循規蹈矩寫下去，書法藝術將永遠祇會是我們所熟悉的過去。至於有人借南海先生『吾眼有神，吾腕有鬼』之説，評其自認腕弱，未免有些牽强附會。『吾腕有鬼』顯然爲書家對自己臂腕駕馭筆墨的自信，好似腕肘常得神鬼之力，腕下時出『意外』之效果。

于右任，清末民初時期著名書法家。他的書法藝術一生，是不斷實踐、不斷出新的一生。按其革新魏體行書及創立標準草書兩個不同階段，大體可分爲前後兩個時期。（後期非本文内容，故略。）

右任初學趙孟頫，很快即轉習漢、魏，尤其對北魏刻石，諸如摩崖、碑碣、墓志、造像等，廣收博取，刻苦臨習。他在藥王山訪碑時有詩云：『曳杖尋碑去，城南日往還。水沉千福寺，雲掩五臺山。洗滌摩崖上，徘徊造像間。愁來且乘興，得失兩開顔。』在記述自己習字情景時有詩道：『朝寫石門銘，暮臨二十品。竟夜集詩聯，不知泪濕枕。』這些足可看出他對北碑感情至深和臨習時所下的苦功。從他寫的《茹欲可墓志》中可明顯尋出《張猛龍碑》《元懷墓志》《龍門造像諸品》等用筆、結字之軌迹。然僅此還不能概括其全貌，見過他書丹的紹興軒亭口《秋瑾烈士紀念碑》的同好們，便不難發現其更明顯的主要淵源乃《石門銘》，并同時融進了以《石門頌》爲主的漢隸用筆、結字特色，堪稱漢、魏結合之佳品。在由楷書向行書過渡的過程中，于右任更是廣開視野，上下求索，博采、容納、綜合，而後分化、更新出兼具秦、漢、魏、晋各種用筆特色、以魏碑體勢爲主要成分而又具有强烈個性的行書。

試以《右任墨緣》中爲健民先生所作行書中堂爲例分析（附圖略）：雖從整體基調仍可看出濃重之北魏風骨，但就具體每一個字，已很難説出其源於何碑，若勉强『對號入座』，似乎有些機械和無大必要，甚至徒勞和適得其反。前邊已經説過，于右任是熔鑄諸家，自成一體。『熔鑄諸家』自然不等於『拼凑諸家』，『自成一體』更不等於『混雜一體』。而應登高遠望，揣摩其意趣，領略其神韵。可以看出，其用筆除糅合了篆、隸、草、楷（魏）各法之外，還靈活地運用了頓、挫、折、轉、輕、重、虚、實、燥、潤等各種筆法、墨法，加之在結字時，極盡其欹正、張弛、縱斂之能事，自然使人感到或雄渾宕逸，或奇險巧妙，或樸拙端莊，或高古逸致，可謂各盡其態，美不勝收。整幅效果更是出神入化，渾然天成。其有大量的行書作品流傳於世，且愈晚愈妙。

縱觀三人魏體行書，歸而納之：其一，不拘泥於一種筆法，熔篆、隸、草、楷、行諸法於一爐，『信筆爲之』，而『碑』『帖』意味皆出。其二，結字雖同基於魏碑，且都能得其神髓，但皆不囿於森嚴之魏法，三人體勢各异，自有己法：撝叔、右任屬『斜畫緊結』型，南海屬『平畫寬結』型；右任重心偏下，南海重心偏上，撝叔則重心居中，從而創出各自風格不同之魏體行書，在我國近代書壇上各樹一幟。

當然，清中晚期及至民國初年，由於碑學之中興，宗法『北碑』爲主而自立門户者，除趙之謙、康有爲、于右任外，尚大有人在，諸如張裕釗、沈曾植、陶濬宣、李文田、李瑞清、曾熙、張伯英等，就不一一例舉了。

書法藝術所以有强大的魅力和生命力，不僅在於其久遠而輝煌的歷史，更在於書法長河中不斷滙入的新流，不斷激起的新的浪花。魄力雄强、氣象渾穆之魏碑，一經與俊逸秀勁、絢爛多姿之行書相結合，便如一股澎湃的巨流，涌入書法藝術的長河之中，激起了一個接一個的波瀾，打破了『帖學』的一統天下，爲一度趨於凋零的書壇帶來了勃勃生機。代代沿襲、一脉相承、千餘年來毋庸置疑的『正統行書』顯得有些纖弱、單薄、蒼白了。一些鄙視北碑的守舊派人物，不得不静下心來重新認識一下『碑派』。一批有識之士從中得到了啓迪，獲取了營養，在承襲前賢的基礎上，以既有强烈個性，又具濃郁時代氣息的書風烜赫於當代書壇。可以想見，隨着時間的推移，魏體行書和在同一時期被繼承并發展了的篆書、隸書以及篆刻藝術一樣，必將愈來愈顯示出巨大而深遠的影響力和强勁而璀璨的生命力。

一九八五年五月

碑體行書近想

我提出『魏體行書』已是二十多年前的事，其間，在一些文章中多有涉及，如今再次述文，并改稱『碑體行書』，自然是有些新思考。

一種新書體的出現，從文字學角度看，是文字演變的結果；從藝術學角度看，則是書法的新領域。而同一種書體出現迥异風貌，則更爲書法的表現打開了新視野，拓出了新空間，魏體行書的特殊意義即在於此。所以改稱碑體行書，是因爲此類行書雖以魏碑爲基調，但都程度不同地融入了篆、隸等碑系書法的基本元素，較之魏體行書，碑體行書更具包容性，更貼切。而以碑、帖兩大派系觀照，碑體行書的確是獨立於帖行書之外的，兩者有着質的不同。如果這種稱謂不錯的話，下邊就切入本文的主旨。

前人評魏碑曰『亂頭粗服』，較之帖系書法的『正統』楷書，它的確顯得粗疏，大概和鮮卑人長期游牧生活所形成的狂放不羈的性格有關，也和我們看到的多爲刻石而少有墨迹不無關係。但正因爲其『亂頭粗服』，纔顯示出了它獨有的美學價值，那種質樸無華，那種率真自然，那種稚拙奇肆，正迎合了傅山的『四寧四毋』，而這種美學特徵不正是時人所樂意追求、傾心嚮往的嗎？

一個很有意思的問題是，這種當代書法界的主流審美取嚮與實際操作有些不够協調，甚或可以説因爲認識的不全面而導致了偏一的聚焦及思路的狹窄，繼而出現了創作中的尷尬局面。當然，我説的是部分作者，但却有一定的代表性和普遍意義。

如果我們冷静分析一下這類作者的創作情况，會發現一個明顯的問題是綫條的質量。墨色的變化、空間的營造都遠遠超越了古人，唯有點畫，雖多形態，却少内涵，大概是用筆缺少方法，點畫基本屬性單調的緣故。究其原因，和大家都專致於帖，養成了單一的用筆方法不無關係，因爲『二王』爲代表的帖派用筆很規範劃一，在這個基礎上求變化，確有些勉爲其難，甚或和追求的風格原本就相悖。再一個問題就是結構，字勢的變化可謂窮其能事，但大體是在一個有限的範圍內，在一個習慣的體勢中找姿態，雖摻以『民間』成分，或者糅進幾個魏碑、篆、隸，也多被同化，難得真正的淳樸、古拙，更難得基本風格的改變。這就使我自然地又想到了碑體行書。

我在《魏體行書及其代表書家》一文中曾對趙之謙、康有爲、于右任諸家作了論述，如果注意一下其風格形成過程，不難發現他們有一個共同點，那就是在魏碑上都下了大功夫，趙之謙、于右任表現得尤爲突出。而且是在魏碑有了豐厚積澱的基礎上，逐漸形成的碑體行書。這是一個不容忽視的問題。

我無意否定帖學的無可替代的位置和價值，更欣賞『二王』一路近乎完美的用筆、結字和表現出的雋永的韵味，但作爲書法傳統，它不應該是唯一的；作爲創作取嚮，它更不應該是唯一的。在有了一定的基礎之後，爲何要一條路走到底？而當前大多數朋友的確是擠在這同一條狹長的路徑中，雖各有招法，却難免碰撞，結果是不情願地却又難以避免地被淹没在茫茫人海中。趙之謙、康有爲、于右任們顯然避開了這條路，因而他們寫出了前無古人的獨特面目，他們的價值遠非遺存給後人的那些風格各异的作品，而是其成書過程給我們提示了一個全新的、極爲廣闊的空間。碑體行書即是走入這個空間的方嚮標。這是個大方嚮，一個獨立於帖系書法之外的大方嚮。

所以稱碑體行書，是因爲它以魏碑爲母體、爲載體，摻以不同成分的篆、隸，而以行書面目出之。這和以二王或者以帖系書法爲母體摻以魏碑有着質的不同，源與流截然相反。弄清了這個根本問題，就不難理解爲什麽同是在追求碑帖結合，結果却大相徑庭；弄清了這個問題，就可以明白碑體行書作爲方嚮標，可把我們引入一個廣闊領域的含義所在。

其實，這個廣闊領域古已存在，衹是先人們做得不够大膽，以今人眼光看或可説做得不够到位，因爲那時畢竟未脱離實用，因爲那時人們對藝術效果的追求不像今人如此强烈。譬如草篆、草隸以及生動活潑的北魏墓志等，便是分别以篆、隸、魏楷爲載體，將其不同程度行草化的嘗試。

説這個問題，清中晚期書法是個繞不開的話題，但過去已經説得不少，無須囉嗦。而民國時期的于右任，特别是他的草書，却是一個被人們忽視，而恰恰是極爲重要、極具啓示作用的存在。我在《一代書家于右任》及《碑體草書及其歷史地位》兩篇文章中已詳細闡明觀點，這裏重復强調，是爲進一步唤起同道們對本文意旨的思考。

于右任的草書是特立獨行的，在草書史中無有二家。之所以獨特，就在於其草書源於他的碑體行書，而他的碑體行書又源於他厚實的魏碑功底，也就是説他的草書之根本是魏碑，同時融入了篆籀筆法，因而我給它起了個名字叫『碑體草書』。其綫條的厚重及内含，其體勢的簡古和淳化，在草書中皆前所未有，尤其其晚年作品，真可謂出入無迹，幻入化境。我們看了他到臺灣之後的作品，便會對此評價深信不疑。如此草書，若視而不見，着實令人不解，而忽視它在書史中的獨特價值和帶給我們的啓迪作用，則更是莫大的遺憾。

學習傳統，重要的是借鑒古人的方法，是活學活用，舉一反三。前人走過的路無須照搬，需要的是總結經驗，而接受碑體行書、碑體草書提示給我們的經驗，重要處在於觀念的轉變。我曾在一篇小文的一個段落上標題曰『王羲之不知何爲顔柳，他却是千古一人的書聖』，質疑入手寫字都要臨顔柳的習慣做法。以此推之，更可提問王羲之臨的又是何碑何帖。在心無旁騖地臨習二王時，何妨抽些時間思索一下他們的成書過程？

『書不入晋即爲旁道』似乎是千百年來人們的共識，寫寫晋人及其流派書法，的確極重要，極有好處，但是，是作爲基本功，還是作爲終極目標，則應有所思考。在藝術思維空前活躍、藝術風格日趨多元的今天，另擇他途，誰還能説是大逆不道？前邊談及的碑學大師們不早已闖開禁區了麽！

書法藝術原本是個性極强的個體行爲，在信息時代，交流的便利無意中把它弱化了；種種非藝術因素的雜入，更導致不少人追逐仿效時尚。當然，此所謂時尚，指的是入展獲奬。面對如此局面，真正的藝術工作者應該有自己的獨立思考。無疑，誰能另闢蹊徑，走出自己的路，誰便是成功者，而年輕的碑體行書和碑體草書給我們展示的正是一條少有人走却非常寬廣的路，就時下和往前相當一段時間看，當是一條進入創作、構築個性極理想、極便捷的通道。不過，我想不厭其煩地再次强調：若要進入這個通道，必須在碑學上扎實基礎，牢固根本，而後逐漸化入行草，方可得到正果。若以帖系行草摻入些碑意，難以脱胎换骨，其結果自然是兩碼事。

二〇〇六年十月二十三日

碑體草書及其歷史地位

我在《一代書家于右任》一文中曾有評述：『真正意義上的草書融入碑意，獨于右任一家，它產生於歷經了碑學振興後的特定時期，和歷代草書有着質的不同。因此，筆者爲其提出一個新名稱，曰「碑體草書」。』

不妨先簡略回顧一下草書史。草書之起源及相關一些問題，至今説法不盡一致，譬如章草與今草之出現，孰前孰後便有不同看法，多半認爲章草在前，也有人認爲今草不晚於章草。草書之名稱及分類，看法也不盡相同，譬如今草，有人認爲包括小草、大草（狂草）；有人則認爲今草單指小草。還有人認爲『草草之書』即爲草書。因此，也應包括草篆、草隸，這顯然是一個廣義狹義的問題。凡此等等，均非本文所要討論的內容。

草書始創，并非源於藝術之需要，而是出於實用之目的，所謂『趨急赴速』者也。因而，草書作爲一種書體，其出現和篆、隸、楷、行一樣，屬於文字的改革，而非藝術的改變。然而，實用與藝術往往作爲一個事物的兩個方面同時存在，相伴發展，無非主次輕重因時不同而已。因而就實用言，草書盡管未被後世所廣泛接受，更未被以行政手段規定爲通行文字，然而作爲藝術，它和先秦文字一樣被保留和延續了下來。

正因爲草書作爲藝術而非實用被保留下來的緣故，章草與今草的發展便出現了極大的不平衡。兩千年左右的漫漫歷史中，章草除其初始階段留下的一些名家名帖之外，以後便漸趨式微，書家墨迹可謂鳳毛麟角，而今草則相對有了大發展。今草之初創雖應記在後漢張芝的名下，但其發展之功勞顯然主要歸於東晉之王氏家族，他們留下的大量法帖傳本以及承傳有序的幾乎要一統天下的流派格局，是一個不争的史實。

如此局面之形成原因并不復雜。就章草言，其創始之初，僅在宫廷上層使用，未普及於廣大民衆，尚屬次要；其『横畫上挑，左右波磔分明，筆畫平正，古樸如隸』之嚴謹筆法、字法，大概應是更主要的原因，這對於藝術要『達乎性情，形其哀樂』而言，顯然是一個大羈絆。今草則不然，『書之體勢一筆而成，氣脉通聯，隔行不斷』，書者自可縱横恣肆，任意揮發，這種更爲自由的筆法、字法，到了東晋，正應於放浪形骸、求志林壑的士大夫心態，其得以空前的繼承和發展，也便是極自然的了。

至唐，李世民將王氏一族，特别是王羲之父子推上了峰巔。『上有所好，下必甚焉』，自此，開始了長達一千餘年的『言必稱「二王」』的書法歷史。張旭、懷素、孫過庭、蘇軾、米芾、黄庭堅、鮮于樞、康里子山、祝枝山、董其昌、黄道周、倪元璐、張瑞圖直至明末清初之王鐸、傅山等一大批書家，留下了無以計數的草書作品。不過，細察起來，雖皆有個性，但傳承之軌迹鮮明，如同一個祖宗之嫡系，子孫代代模樣無大差别矣。究其原因，除王氏一族過於强大及唐太宗的推波助瀾之外，便是刻帖的出現以及帖學的逐漸形成。

然而，藝術之發展猶如生物之繁衍，近親繁殖難以健康延續，帖派一脉相傳，自然要日漸衰落。明末清初回光返照之後，進入清代，靡弱之風愈加顯見。至此，清中晚期碑學之出現及如火如荼之發展，已是歷史的必然，正所謂『山重水復疑無路，柳暗花明又一村』。

碑學的迅速振興，除政治、經濟等因素之外，就書法言，直接反映了人們對帖系書法單一面目的不滿足以及變革書法的急切心理。此時，大家忽然發現帖系之外還有一個更爲廣闊、更爲多彩的書法天地，從鼎彝大器、摩崖碑碣到片瓦隻石、斷簡殘紙，無論是新發現或是再認識，那種或大樸不雕、或大巧若拙、或氣象渾穆、或自然天成等諸多風貌，把人們帶入了一個全新的領域，審美觀念發生了質的變化。隨之，除了篆隸的异軍突起之外，一批以魏碑爲基調之書家日臻成熟、漸成規模，風格迥异於帖系書法。

於此，我們進入本文的主題。一個顯見的問題是，由於北碑書體的限制，碑派書家幾乎全在寫正書和行書，草書無人問津，這對獨立於帖學之外的碑學來説，無疑是一個大缺憾。

客觀看，過去的碑學領域中没有草書，如果勉强把章草歸入其中，也僅僅是章草而已，而我們所主要討論的顯然是今草。在碑學出現後短短百餘年的時間中，在人們對碑學還没有一個全面深入的認識，對其遺産可資借鑒利用的空間還被框在一個狹義的概念中的時候，很難有人想到或者敢於涉足以魏碑爲主要基調書寫草書。

從書史的角度觀照，碑體草書之出現的確是極獨特的個案現象，然而，却不偶然，其成功也自有道理在。于右任是否有意於碑體草書的創立不得而知，但其所處之碑學振興後的獨特歷史時期及其一生獨特的書法歷程，使他成就碑體草書成爲極自然、極必然的結果。

『朝寫石門銘，暮臨二十品。竟夜集詩聯，不知泪濕枕』是其早期習書情景的自我寫照，於魏碑所下之苦功可見一斑。其實，過來人都清楚，功力深淺，自現字中，于右任爲後世留下的大量墓志及墨迹，已足以説明一切。可以毫不誇張地説，他以魏楷所書丹之墓志絶不遜色於北朝，他之碑體行書更具繼趙之謙、康有爲之後無出其右的大師級水平。這些都爲他後來的碑體草書有意無意間鋪墊了無可或缺的厚實的基礎。

『標準草書』的研究爲于右任之碑體草書鋪墊了又一個無可或缺的厚實的基礎。他收集草書資料之全、研究草書時間之長，可謂前無古人。據傳，爲選編《標準草書千字文》，其助手初選字數多達六十餘萬，涉及書家一百四十多位，參閲刻帖、墨迹、典策百餘種，對此，于右任都親自逐一篩選圈定，不滿意者還要仿古意補之。這使他對草書之字法、變化之規律爛熟於胸中。

有了這兩種鋪墊，碑體草書已成水到渠成之事。精熟的草書字法與厚實的北碑筆法在于右任腕下自然地融爲一體，并得以隨心所欲地、完美地表現出來。

這裏需要特别指出的是，『標準草書』絶不可和『碑體草書』畫等號。毋須回避，于右任創立標準草書之初衷是實用，他在《標準草書千字文》出版之序言中就明確指出：『斯旨定後，乃立原則：曰易識，曰易寫，曰準確，曰美麗。以此四則，以爲取捨。』晚年他還曾表示：『有感於中國文字之急需謀求其書寫之便利，以應時代要求，而提倡標準草書。』應該注意的是，就藝術而言，草書『標準化』也無可指責，君不見草書中『信筆爲體』歷代常有所見以至『神仙識不得』嗎？其實，任何書體之字法都有標準，草書爲何不可將其混亂駁雜之局面規範些？『衹有規律纔能够給我們自由』，標準與藝術絶不相悖，于右任自身草書藝術之成就，便是最有力之佐證。

問題是大陸書家所見于右任草書多半是其早中期作品，而其完全成熟、如入化境之草書是在晚年到臺灣之後的那段時日所書，大陸書家極少見到，這大概也是不少人對標準草書不理解甚至排斥和反對的原因，他們把字法的標準和藝術的標準混淆了。這一點，于右任的弟子劉延濤在《標準草書千字文》的跋語中道出了關鍵：『標準二字，當活看、活用，優游變化，餘地甚廣。臨寫之時，貴得其理，知其法，而不拘拘於形也。』于右任是制訂『標準』者，又是活看、活用『標準』，優游變化的典範。

再看筆法，這是于右任草書更爲重要的一面，也是之所以稱作碑體草書之關鍵所在。趙孟頫曾云『用筆千古不變，結字因時而异』，此顯然是帖學偏執的結果，很有代表性，將『二王』一路筆法奉爲圭臬，的確未曾有人懷疑過。于右任則敢冒天下之大不韙，以北碑筆法寫草書，越過雷池，走自己的路，其膽識可敬可佩。

有人把書法形容爲『綫條的藝術』，準確與否姑且不論，綫條於書法之重要自不待言。綫條即點畫，點畫乃書法之最基本元素，點畫之形質決定書法之基本風格和屬性，而點畫之表現自然由筆法完成。因此，筆法之异同，乃區別碑、帖之實質所在，猶如人之語言，南北兩大語系是由最基本之吐字發音不同所形成，而詞語之組合、語法之習慣是極次要的。

因此，以魏碑爲基調之筆法被于右任熟練把握和習慣運用之後，其草書自然發生了質的變化，出現了迥异於歷代草書的獨特風格。觀賞他的草書，特别是二十世紀五十年代末六十年代初的作品，一種古樸、天然、博大、雄渾之氣會迎面撲來，細讀會察覺到其綫條渾厚凝練、出入無迹，其體勢拙古奇崛、質樸無華。這種感覺是過去觀賞草書從未有過的。

遺憾的是，半個世紀過去了，于右任的草書并未得到客觀全面的歷史定位。衹要提到其草書，幾乎衆口一詞曰『標準草書』，這裏出現了一個誤區或者叫盲區，人們忽略了就書法（非指文字）而言，對於一種書體的冠名，藝術是第一位的。前面已經談及，『標準』之初衷是實用，而其藝術表現則要看書家之手段如何。無可否認，很多人寫的標準草書的確是標準草書，因爲他們對這種新體未賦予新的藝術語言，充其量是在用過去習慣的筆法寫『標準』，字法更是在死搬硬套『標準』。而于右任不然，他破天荒地在草書中用了魏碑的筆法。因此，藝術的最基本元素與歷代草書有着質的不同；其字法也在『標準』的框架下蘊含着豐富的變化，讓人感到更多的是質拙意樸之北碑氣象。以此藝術之角度觀照于右任的草書，顯然不可簡單地名之以『標準』。

討論至此，碑體草書的輪廓已很清晰，其定義也應是很簡明的，即以魏碑筆法爲主要基調書寫之草書，便是碑體草書。

碑體草書之出現，不僅填補了碑學領域的一個空白，就其美學價值來看，也頗具時代意義。其蒼樸渾厚、變化無迹之綫質，其借古出新、拙巧相生之體勢，較之傳統草書更具表現力，更多表現空間，所以更符合當代人的審美取嚮，更接近當代人的創作心態，更便於表現當代書法的形式意味和主流風格。由此引出一個反嚮思維：草書本是表現性最强的書體，其縱横恣肆、起伏跌宕所顯現的節奏韵律之豐富和視覺效果之强烈，是其他書體所難以企及的。然而，當代人却極少寫草書，即便是專項的全國行草書展，也多是行書和行草兼雜，純粹的草書作品并不多見。究其原因，大概是人們很難在帖派草書中找到與當代審美相契合的切入點，進而創作出具有鮮明時代風格的作品。

一種新書體的被認識和被接納，的確需要一個過程，尤其是獨立於一統天下的帖學之外的碑體草書。但是，新生事物的生命力是强大的，人們希望藝術不斷出新的渴求更是强烈的。于右任碑體草書的創立，爲草書藝術的發展開闢了一個新天地，打開了一個新思路，在草書史上具有劃時代的意義。毋庸置疑，隨着時間的推移，碑體草書必將被愈來愈多的人所認識、所接受、所繼承、所發展，從而形成流派，蔚爲大觀。

二〇〇四年八月

刻石書法史略及其藝術價值

——《中國碑刻書法叢書》代序

『刻石書法』的單獨提出是近幾年的事，其與廣義的『碑系書法』涵蓋面接近，却又不盡相同，因爲它祇限於刻石。這裏説的『碑系書法』即一般意義的『碑學』，習慣上，人們把『帖學』以外的（簡牘、帛書之類也應除外）以刻鑄爲主要表現形式的一類書法，統稱爲『碑學』，而嚴格講，『碑學』屬於學科名詞，并非單一的作品屬性分類，因此，將此類作品稱爲『碑系書法』較爲客觀。那麽，『碑學』則應是研究碑系書法的學科。

『刻石書法』乃各歷史時期專意鎸刻於石材上的、具有特定實用意義和一定藝術價值的刻石文字，無論是書丹、摹勒還是書家、工匠直接刻石其上。就此而言，『刻石書法』不應包括單帖、叢帖之類的刻石（個別情況當除外，如收入《絳帖》的《詛楚文刻石》等），因爲它是後人的翻刻，與真正意義的『刻石書法』之創作心態、環境以及其後的時空、流程都有着顯見的不同。因此，『刻石書法』有着獨特的歷史作用和審美價值，這種作用和價值不僅表現在歷史的當時，更顯赫於清代碑學振興時期和當代書法發展的過程中。

一

概略地講，中國文字（漢字）的演變發展，以秦漢時期爲界，分爲古文字時期和今文字時期。

自文字之濫觴結繩刻契、圖書符號始（諸如仰韶文化遺址之記號陶文、大汶口文化遺址之圖式陶文等），至商代，出現了迄今發現最早的基本成熟的文字——甲骨文。此時，即同時出現了刻石文字，如武丁後期刻於石牛和石磬上的『后辛』『妊冉入石』等文字以及稍後一些時間的《小臣系毀斷耳銘文》和類似盟書的玉册刻辭，其契刻方式及文字風格皆與甲骨文無明顯差异。

西周時期，金文得到了充分發展并更趨成熟，留下了大量極具藝術價值的銅器銘文。春秋戰國時期，由於諸侯割據，文字的發展形成了體制博雜的態勢，除了面目衆多的金文之外，還發現了大量的墨迹，諸如盟書、帛書、竹木簡牘等等，使文字的書寫呈現出點畫豐富、結體多變的前所未有的生動局面。這顯然標志着書寫工具的進步和文字藝術化的自覺。

至此，應該專意提出的是《石鼓文》，其刻制年代大多趨同爲春秋中晚期，關鍵在於其書體特徵所顯示的上承籀書（周文）下開小篆（秦文）之中介地位及其雄渾古樸之獨特藝術價值，而其刻制於石鼓之上，則更是絶無僅有，因其年代久遠，剥蝕磨損嚴重，現能見到的拓本以北宋之《先鋒》《中權》《後勁》三册爲最。與《石鼓文》時間大約相近的還有《秦公大墓石磬》《曾侯乙墓石磬》《守丘石刻》《詛楚文三石》以及《行氣玉銘》等刻石文字，可謂形體各具，風格各异，反映了這一時期百家争鳴、自由發展的社會狀態。

秦統一六國文字爲小篆，標志着古文字演變發展過程的完成。至漢代，隸書的顯現和逐步完善，使中國文字的發展步入了今文字時期。其間經歷了戰國文字，特别是秦文字的隸意的初露端倪，秦代民間古隸的大量流行，西漢篆隸間雜、隸書成分逐漸增多的過程，至東漢，隸書完全成熟。（這種由篆而隸的演進過程，其主要因素顯然是實用。）這一時期的顯著特徵是刻石文字的日漸增多及書法意識的愈見强化。

秦代，古隸流行於民間，小篆則爲官方用字，因此，流傳至今的秦代刻石多爲小篆，最著者爲《琅琊臺刻石》《泰山刻石》及《嶧山刻石》，傳爲李斯手筆，皆端莊工穩之正統小篆。諸石殘損嚴重，史載《嶧山刻石》北朝時已毁於戰火，現存以北宋翻刻之長安本最早。

漢初，統治者汲取秦王朝迅速覆滅之歷史教訓，持道德，施仁政，不興樹碑頌德，因此，傳世刻石不多，更少巨碑大碣，小篆僅有《群臣上壽刻石》《安定漢里刻石》《霍去病墓刻石》《魯北陛石題字》《祝其卿墳壇》等刻石，字形多呈方勢，常有古隸間雜，表現出與秦篆的不同；隸書則或多或少保留着篆書的痕迹，代表刻石有《五鳳二年刻石》《萊子侯刻石》《王陵塞石刻石》《麃孝禹刻石》《禳盜刻石》《連雲港界域刻石》及《楊量買山地記》等。

此一時期之傳世刻石雖少，然其質樸蒼渾、自然純真之藝術風格却是極可寶貴的。

東漢，立碑之風大盛，由於隸書的逐步成熟和廣泛通行，除大量的碑額刻以裝飾性極强的小篆以及極少的碑文（如《袁安碑》《袁暢碑》《少室石闕銘》《開母廟石闕銘》等）仍襲用小篆之外，隸書自然地成爲此一時期碑文的代表書體。

其刻石的形式多種多樣，主要有碑碣、墓志、摩崖等等。其藝術風格更是絢爛多姿，异彩紛呈，可謂一碑一式，無碑不奇，隨意拈來，皆爲佳構。最具代表性者如《乙瑛碑》《史晨碑》《張景碑》之謹嚴工整，《曹全碑》《孔宙碑》《孔彪碑》之端莊秀逸，《華山碑》《魯峻碑》《太室石闕銘》之遒麗俊健，《鮮于璜碑》《張遷碑》《子游殘碑》之拙古厚重，《楊淮表記》《封龍山頌》《孟孝琚碑》之寬博恣肆，《石門頌》《開通褒斜道刻石》之奇异超拔，《衡方碑》《郙閣頌》《西狹頌》之樸茂雍容，以及《禮器碑》之精妙典雅，等等，流傳之有名者數百通之多。

不容忽視的是，此一時期除了上述名碑佳構之外，尚有大量出自民間書手的刻石，諸如畫像石、題記、墓石之類（有人稱之爲『通俗隸書和新隸體』），顯示出更爲淳真、自由、清新、質樸的藝術風格。如《許安國祠堂題記》《蒼山城前村漢畫像石墓題記》《趙國羊題記》《尹武孫題記》《許阿瞿墓志銘》《楊耿伯墓門題銘》等。

應該指出的是，秦漢時期的文字，更多的是寫在竹簡、木簡以及絲帛上，所謂簡牘、帛書。其中主要原因是出於實用，書寫不但要美觀，更要快捷，於是，於隸書逐步完善成熟的同時，便自然地出現了草書和楷書。所謂章草，就是隸書的簡約、草寫演變而成，楷書則是隸書波挑的簡化、轉折的省改所逐漸形成。到了魏晋時期，更適於書寫的今草逐步取代了章草，楷書逐步取代了隸書，而介乎楷草之間、兼受二者影響、兼具二者之長、初見於漢代的行書，也逐漸得到了完善，至此，漢字進入了完全成熟的階段。

此時期，王羲之爲代表的一批書家把行草書推向了高峰，遺憾的是他們大多偏安江左，以尺牘、文稿爲能事，似乎與刻石無緣，本文衹有割愛。

南北朝是繼秦漢之後又一盛行刻石書法的歷史時期，但此前之魏晋時代尚未蔚成風氣，因此，所見刻石不多，較早者有《上尊號碑》《受禪表碑》，乃典型之官方隸書；另有《孔羨碑》《曹植碑》《范氏碑》等，皆屬東漢隸書餘脉，工整拘謹，毫無生氣。而此一時期值得重書一筆的是孫吴之《天發神讖碑》《禪國山碑》，前秦之《廣武將軍碑》，東晋之《爨寶子碑》《好大王碑》等碑的异軍突起，猶如一朵朵奇葩，閃爍出奪目的光彩，直至千餘年後的清代，乃至當代，仍散發着奇异的芳香。『天碑』方筆爲篆，斬釘截鐵，發前古之未有，開人耳目；『廣碑』隸楷相間，拙古奇肆，大度從容，令人回味無窮；『爨碑』本楷用隸，樸厚古茂，奇姿百出，使人難測端的；『好碑』亦隸亦楷，寬博渾厚，氣静神凝，沁人心脾。如此等等，至今仍爲書壇所重。

隨着楷書的發展和完善，南北朝時期的刻石自然以楷書爲主，而北朝魏體最多（所謂『北碑』之稱，概由此來），呈現出百花争艷之燦爛局面。最爲人稱道者有：北魏之《太武帝東巡碑》《嵩高靈廟碑》《姚伯多造像記》《始平公造像記》《元鑒墓志》《石門銘》《鄭羲下碑》《張猛龍碑》《秦洪墓志》《張玄墓志》《泰山經石峪金剛經》，以及南朝宋之《爨龍顔碑》《劉懷民墓志》，梁之《瘞鶴銘》《蕭敷王氏墓志》等碑志、題記、摩崖。或樸拙奇古，或凝重雄逸，或率真爛漫，或鬱勃縱横，或超逸無礙，或含蓄雋永，或險峻峭拔，或端莊謹嚴，或恣肆俊秀，或静穆平和，真乃各競其姿，美不勝收，不僅爲歷代刻石書法所難以比肩，亦爲中國書法史留下了重重的一筆。

隋朝時間雖短，在書法史中却起着承上啓下的重要作用，這自然與其結束分裂一統天下有關。在短短的三十七年中，東晋、北魏分别爲代表的兩種截然不同之書風，得以兼容并包和融會貫通，爲唐代書法的規範化發展鋪墊了基礎。《龍藏寺碑》《董美人墓志》《啓法寺碑》《常醜奴墓志》《蕭濱墓志》等刻石最具典型意義。

唐代，是書法發展的一個鼎盛時期，尤其楷書，可謂走向了極致，出現了歐陽詢、虞世南、褚遂良、顔真卿、柳公權等光耀千秋的巨匠，其留下的作品成爲時代效法的楷模。行草書也有了空前的發展，成就了一批對後世影響卓著的大家，諸如孫過庭、李邕、張旭、徐浩、顔真卿、懷素等等。傳世刻石主要有《化度寺碑》《九成宫醴泉銘》《孔子廟堂碑》

《孟法師碑》《雁塔聖教序》《李思訓碑》《麓山寺碑》《嚴仁墓志》《郎官石柱題記》《不空和尚碑》《多寶塔碑》《大唐中興頌》《顔家廟碑》《神策軍碑》等。

很有意思的是，隋唐時期，還遺留有大量的墓志，尤其是唐代那些爲數不少的宫女墓志。它們不像上層社會人物的志銘，多以成熟之唐法爲依歸，而是顯示着更多的隨意性，給人以向六朝回歸的感覺，衹是少了些霸悍雄强之氣，多了些天然純樸之風。其中，又有不少是未經書丹直接鎸刻的，更增添了幾多自在，幾多奇趣，爲法度森嚴的唐代書法注入了一縷清新的空氣。此類墓志大多集中在河南新安鐵門之『千唐志齋』，是民間書法中不可忽視的瑰寶。

應該引起思考的是，大唐盛世近三百年，書法藝術如日中天，然細想起來，它的發展却是畸形的：篆書幾乎無人問津，雖有李陽冰『斯翁以後直至小生』之自信，然終顯勢單力薄；隸書僅有徐浩之《嵩陽觀記》、韓擇木之《薦福寺碑》等傳世，且已去漢甚遠，了無古意；即便楷書、行書，書家如此之衆，作品如此之多，初唐以後，除了顔真卿等個别書家之外，也多有面目雷同、風格相近之嫌。這不能不説是一個不小的遺憾，當然，歷史的局限在所難免，吾輩不可責備求全，然而，唐主李世民等偏愛王羲之所造成的千餘年的碑學冷落，却是應該爲後人引以爲戒的。

五代，時間不長而數易其幟。藝術之發展與政治、經濟之關係雖難以道清，此一時期極少著稱於世之書家却是事實。這就愈發顯出楊凝式之可貴，惜其傳世之作《韭花帖》《神仙起居法》《夏熱帖》等皆爲墨迹，未見刻石，本文也祇有割愛。此期所能見到爲數不多而又頗值一提的刻石是前蜀之《王健哀册》和南唐之《李升哀册》，二册皆爲玉石刻字，前册純襲東晋遺風，刻工精細，令人嘆服，後册多有六朝風範，不修邊幅，更見率真。

宋朝，雖以『尚意』稱頌於書壇，有『蘇黄米蔡』諸家支撑着書法這座大厦，《淳化閣帖》之問世和昭彰却使得唐人重法所造成的過於沉重的書法更罩上了一層難解的霧瘴，致使後世之學書者，多奉各類叢帖爲圭臬而難以自拔。自然地，這一時期的刻石書法，也大多因刻帖習風之影響而顯得工匠有餘，生氣不足。記録在案者主要有蔡襄之《晝錦堂記碑》

《韓魏公祠堂記》，蘇軾之《司馬温公碑》《宸奎閣碑》，黄庭堅之《萬邑西山題記》《王純中墓志》，米芾之《孔子手植檜贊》《張大亨題名》，米友仁之《吴郡重修大成殿記》，趙構之《佛頂光明塔碑》，陸游之《焦山題記》，范成大之《贈佛照禪師詩碑》，朱熹之《劉子羽神道碑》，王庭筠之《重修蜀先主廟碑》等。

元、明兩朝，雖有崇晋尚古之風，實則以帖爲晋，以帖爲古。尤其明朝，宗帖之風盛於宋代，盡管董其昌有『臨帖如驟遇异人，不必相其耳目、手足、頭面，而當觀其舉止、笑語、精神流露處』之灼見，然得親睹晋人墨迹者能有幾人？面對屢刻重翻之帖，欲窺其真面已無可能，何論精神？真是難爲了這些書家們。

由於帖學一統天下，兩朝之刻石書法所見極少，僅有趙孟頫之《裕公碑》《孫公道行碑》《靈瑞塔碑》，康里子山之《亦都護高昌王世勛碑》，以及文徵明之《辭金記》《兩橋記》，董其昌之《放鶴亭記》《普陀別院記》等傳世。尚有一些碑志墨稿而未見刻石者，諸如楊維貞之《周上卿墓志銘》、周伯琦之《朱德潤墓志銘》、祝允明之《韓夫人墓志銘》等，這裏就無須再費筆墨了。明末，雖有張瑞圖、黄道周、倪元璐諸家一洗二王陳習及趙董陰影，以極鮮明之個性領新標异於書壇，遺憾的是未見刻石留存，於此衹有作罷。

清代以降，王鐸、傅山力挽帖學於狂瀾之既倒，更有鄭簠、朱彝尊碑學之萌動，『八怪』諸賢之推波助瀾，至鄧石如出，清代書法已顯出多姿多彩之一派生機，爲碑學之振興鋪平了道路。於此，阮元、包世臣不失時機地相繼推出《南北書派論》《北碑南帖論》及《藝舟雙楫》，發機導源，力倡北碑，使清中晚期的書法徹底打破了千餘年來帖學一統的沉悶局面，呈現出前所未有的多種書體、風格争相發展的生動氣象。至清末，康有爲著《廣藝舟雙楫》，爲碑學作一總結賬，從而使其不但在實踐上，也在理論上成爲一個系統的書法派宗。

毫無疑問，這一時期的代表書家，諸如桂馥、鄧石如、伊秉綬、陳鴻壽、何紹基、楊沂孫、張裕釗、趙之謙、吴大澂、楊守敬、徐三庚、康有爲，直至清末民國年間的吴昌碩、于右任等，都是直接得益於以先秦、兩漢、南北朝刻石爲主的碑系書法的。同樣遺憾的是，由於樹碑之風早在隋唐之後便日漸衰微，清中晚期以至民國也如前朝一樣，未給我們留下可觀的刻石書法，僅有很少的碑志、記銘散見於各地，如鄭燮的《新修城隍廟碑記》、王文治的《重修甘泉城隍廟記》、翁方綱的《石鐘山記》、阮元的《大禹陵廟碑》、何紹基的《襟江書院記》、張裕釗的《重修金山江天寺記》、康有爲的《禹王臺詩碑》、吴昌碩的《西泠印社記》、蕭蜕庵的《常熟瞿君墓志題額》、于右任的《秋先烈紀念碑記》等。但是，這一時期碑學的振興，爲以後對刻石書法的進一步發掘、整理、研究、利用所拓展的思路和空間，却是無限廣闊的。

二

當我們對刻石書法的歷史作了簡略的回顧之後，便不難發現其發軔、發展及盛行時期，在殷商以後直至隋唐之前的漫長歲月中，這是一段包容了文字演變全過程、體現了所有書體及多種藝術風格的歷史時期。這一時期留給我們的諸多史料中，石刻文字較之甲骨文、銅器銘文、簡牘、帛書以及魏晋殘紙，占有最重的分量。而在照相印刷術面世之前，其身處曠野、可供隨意摹拓流傳之特點，更顯示了獨特優勢。

應該指出，刻石和真迹不可能完全一致，由於刻工水平的差异，刻字和書丹多有程度不同的出入，我們所見到的史物足可以説明。如曹魏之《王基碑》、西魏之《畫承及妻張氏墓表》（磚刻），尤其後者，刻過的前五行筆筆方飭，未刻的三行朱書則點畫自然。即便我們熟悉的《龍門二十品》等刻石，雖未留下書丹以資對照，那種戈戟森然之態，也顯然不是書寫的原貌。（對於後人總結的魏碑多以方筆爲主的説法，應將此因素考慮在内。）當然，也不乏刻工細膩、忠於原作者，尤其隋唐以後，如歐陽詢之《九成宫醴泉銘》、虞世南之《孔子廟堂碑》、褚遂良之《雁塔聖教序》等刻石，皆與諸家墨迹甚少差异，真可謂『下真迹一等』。更有傳説書家自寫自刻者，如李邕、顏真卿等家，即有此類記載見諸史料。

沙孟海先生在《碑與帖》《書法史上的若干問題》《略論兩晋南北朝隋代的書法》等文中，均有書與刻問題的論述。他在《書法史上的若干問題》中指出：『碑版文字，先書後刻，刻手佳惡，所關非細。綜覽墨本，有書刻俱佳者，《張猛龍》《根法師》《張黑女》《劉懿》是。有書佳刻不佳者，如《嵩高靈廟》《爨龍顔》《李謀》《李超》是。亦有書刻俱劣者，如《廣武將軍》《枳陽府君》《爨寶子》《鄭長猷》是。』其中有關對碑刻之藝術評價，實難完全苟同，而就刻鑿之工拙看，確有『刻手佳惡』之分，前述已涉及，不再贅言。然從藝術效果看，這種『佳惡』却可有不同之理解，刻鑿與書丹有出入也不一定都是壞事。不妨就拿『廣、爨』二碑作例，現在已很難揣測其刻工是否與書丹有很大出入，但是有一點可以肯定，那就是其刻鑿之隨意甚至粗率，與其奇古、樸拙、妙趣天成之風貌异常協調，如若刻工細膩工穩，反倒會有種格格不入的感覺，好像一個粗壯漢子身穿旗袍，手中還拿個花手帕，一定是渾身上下不舒服。由是我聯想到若是漢魏六朝之刻石皆與書家之原迹毫無二致，不知要少了多少質樸、率真與天趣。

刻石書法本就是書家與刻工的共同創作，書家固然占着重要的位置，而刻工的刀刻斧鑿也絶不可忽視。客觀地講，歷史給我們留下的大多數刻石書法，都程度不同地表現着刻工所賦予的『藝術再創造』，或者稱之爲『二次創作』。這是我們研究刻石書法的一個緊要處，而不少人把它忽略了。顯而易見，有相當數量的刻石，能工巧匠在鎸刻時摻入了主觀的成分，他們長期的、大量的實踐經驗所積纍形成的自我審美特性及鎸刻習慣，必然會自覺或不自覺地表現出來，并深深地留在刻石上，形成一種常常出於書丹者意料之外的效果。開封市博物館所藏北魏《元瑋墓志銘》，便是一個很有説服力的例證：其開始部分刻工細膩，點畫形態近於《張玄墓志》；中段綫條明顯變粗，質樸厚重之感甚於《崔敬邕墓志》；後半部復又變細，而刻鑿之率意頗似多數隋唐宫人墓志。一塊刻石，三種風格，顯然是由於一人書丹，三人鎸刻所致。聯想到那些碑志、摩崖、造像、記銘等刻石書法，由此角度切入再作一番審視，一定是很有趣的事。我們切不可對刻工賦予的『再創造』視而不見，更不要輕易排除這些因素，試圖一一還其『廬山真面』。如果我們除了透過刻石去體會書家之筆墨特點之外，還能像欣賞篆刻藝術一樣，研究一下刀法、鑿法，認真體味一下由此而産生的金石氣息，甚至由於『隨意鎸刻』而出現的意外效果、法外之法，一定對豐富我們的筆墨語言、構成關係，拓寬我們的審美視野、表現領域大有裨益。這是刻石書法在碑系書法中之獨特價值所在。

刻石書法之獨特處還在於特定歷史時期所各具的特有文字——先秦的篆書、兩漢的隸書、南北朝的魏體，與刻石這一獨特之表現形式達到了完美的結合和互補。衹有這些書體最適合刻石來表現，而刻石這一表現形式又恰恰盛行於這些書體通行的時代。可以想見，唐宋以後那些尚法、尚意的楷書、行書以及草書是容不得刻工們去『再創造』的，那些尊『二王』若神明的帖派們的法書，更容不得刻工們去『二次創作』。這是歷史的安排，也是歷史的必然，而歷史所拉開的時空，也同樣給刻石書法賦予了『再創造』：風化、剥蝕甚或其他一些意外的因素，爲刻石平添了一種自然的殘缺美，一種無可名狀的、衹有時間纔能鑄造出來的古拙質樸的金石氣息。猶如一位飽經滄桑的老者，歲月給他的臉上留下了條條皺紋，透過皺紋現出的是深邃、練達和不可捉摸。

康有爲在評論魏碑時曾有如是說：『今日欲尊帖學，則翻之已壞，不得不尊碑；欲尚唐碑，則磨之已壞，不得不尊南北朝碑。尊之者，非以其古也：筆畫完好，精神流露，易於臨摹，一也；可以考隸楷之變，二也；可以考後世之源流，三也；唐言結構，宋尚意態，六朝碑各體畢備，四也；筆法舒長刻入，雄奇角出，迎接不暇，實爲唐宋之所無有，五也。有是五者，不亦宜於尊乎！』這裏的『筆畫完好』是應該打些折扣的，除了大部分墓志及其他少數刻石，因長期深埋地下得以完好保存之外，更多的碑碣、造像、摩崖、題記等，無可躲避地經受了歲月的洗禮，有些點畫已面目全非，不能不説是一種損失和遺憾，而有些殘缺、剥蝕却爲綫條增添了更多的態勢和情趣，這種大自然的賦予，從某種意義上説，正是刻石書法得天獨厚之所在。

『美』是難以道清的，美學家們各有説辭。而中國書法的審美核心却是比較趨同於『天人合一』。那麼，經過了時空磨合的刻石書法，自然地、更爲充分地體現了這一傳統的審美核心。這是神奇的大自然的創造和恩賜，任何一位藝術大師刻意追求也無法企及。這也同樣是刻石書法在碑系書法中之獨特價值所在。

如前所述，刻石書法對清代碑學之振興起着關鍵的作用。其時，『專門搜輯著述之人既多，出土之碑亦盛，於是山岩、屋壁、荒野、窮郊，或拾從耕父之鋤，或搜自官厨之石，洗濯而發其光采，摹拓以廣其流傳……三尺之童，十室之社，莫不口北碑，寫魏體，蓋俗尚成矣』。從康有爲的生動描述，我們可以看到清中晚期人們對刻石書法的追求已達到了痴醉的程度。這自然與當時的社會背景有關，但刻石書法自身的藝術魅力則是無可替代的主要原因。

以刻石書法爲主體的碑學振興給書壇帶來的繁榮景象，延續至民國，仍然保持着强大的活力。吴昌碩、于右任是兩位了不起的代表人物，一位主要得益於《石鼓文》，一位主要得益於南北朝刻石。吴昌碩曾爲得友人贈《石鼓精本》賦長詩爲記：『……鼓高尺餘類柱礎，想見拓時肘著土。心儀文字十餘載，思得翠墨懸環堵。……雖較明拓缺氏鮮，勝處分明露釵股。韓歌蘇筆論久定，歐疑萬駁辨何補？昌黎楮本今難求，有此精拓色可舞。……後學入手難置辭，但覺元氣培臟腑。從此刻畫年復年，心摹手追力愈努。……』于右任則在尋得《廣武將軍碑》時有古風一首：『……碑版規模啓六朝，寰宇聲價邁二爨。僧毁化度鬼猶哭，雷轟薦福神應眷。七年躍馬出山城，披荆斬棘搜求遍。……慕容文重庾開府，道家像貴姚伯多。增以廣武尤奇絶，族人文化堪研磨。』僅兩首詩已足見二位大師於刻石書法之傾慕和執著，也反襯出刻石書法難以抵禦的魅力。

如清中晚期一樣，這一時期一大批造詣頗深的書家，皆從刻石書法中，以各自不同的視角，攝取了豐富的營養，形成了各自不同的藝術風貌。其著名者除吴昌碩、于右任外，尚有葉昌熾、沈曾植、陳三立、吴之英、鄭孝胥、曾熙、蕭蜕庵、齊白石、黄賓虹、羅振玉、章炳麟、李瑞清、梁啓超、徐生翁、姚華、顔楷、柳詒徵、丁輔之、王福庵、李叔同、馬一浮、謝無量等。毫無疑問，他們各自的藝術成就，交匯而成民國書法的主流，也爲清中晚期碑學振興、革故鼎新局面的延續和發展，起到了極爲重要的作用。

新時期書法的起步是艱難的，而其發展却是超乎意料的迅猛，二十餘年來，可謂日新月异，如火如荼，歷史中各種書體，各種流派，各種風格，無不收入當代人的視野之中，傳統的書法藝術得到了空前廣泛的繼承和發展，以刻石爲主體的碑系書法自然地繼續受到青睞。

然而，隨着書法藝術的深入發展，人們的審美要求愈來愈高，大家非但早已不滿足千餘年來帖學的毫無生氣的沿襲傳承，即便是清中晚期乃至民國所開拓的疆域，也已不能適應即將邁入二十一世紀的當代書法。書法界的有識之士們主動地接受着中外各種藝術思潮的衝擊和洗禮，大膽地嘗試着各種可能借鑒的表現形式和内容，并且獲得了某種意義上的成功。然而，中國書法畢竟是獨特的藝術，它的本質和屬性決定了它的排他性，以維護自身的純潔和獨立。於是，人們經過反復的比較、篩選之後，一個既符合當代審美需求，又符合書法規律的新領域，逐漸地清晰和凸現出來，這就是被稱爲『民間書風』、正在開墾着的一塊處女地——土生土長的具有純中國傳統的領地。其中，除了一部分簡牘、帛書、魏晋殘紙、磚瓦陶刻之外，尚有大量的刻石文字亦屬此列，譬如：多見於兩漢，特别是東漢時期的非重要用場的題記、墓石、摩崖，以及隋唐時期宫人墓志爲代表的身份低微者的志銘等。如前所述，這些刻石大多出自民間書手，或者根本没有書丹，任憑工匠直接鎸刻。因此，這類刻石文字無論何種書體，都顯示了更多的質樸、率真、自由甚至原始的野性。顯然，這些美學特徵與當代書壇突出展廳效應和强調視覺衝擊力的傾嚮極爲合拍，它被人們普遍接受和廣泛開發的主要原因也正在於此。

清中晚期碑學振興所形成的繁榮局面，曾被後人譽爲書法史上的一座高峰，甚至嘆爲觀止。但是隨着書法發展的逐步深入，人們的認識在不斷地提高，『刻石書法』的提出，顯然進一步開闊了人們的視野，豐富了碑系書法的内容，而其伴隨『民間書風』所出現的新認識、新拓展，無疑爲碑學注入了新活力。正所謂『山重水復疑無路，柳暗花明又一村』，當代書法經歷了一段徘徊、探索之後，已經步入了一個更爲廣闊的創作天地，『刻石書法』作爲其一翼，也必將隨着書法的空前發展，愈加顯示出無盡的藝術潛力，煥發出古老的藝術青春。

一九九九年八月

康有爲書法評傳

戊戌變法，這起震驚中外的歷史事件，已經過去了將近一百年。它雖然極其短暫，却是對兩千多年封建專制的沉重一擊，拉開了中國資産階級改良、革命的序幕。而身爲維新變法領袖人物的康有爲，其憂國憂民、犧牲奮鬥的情操，摸索救國救民真理的業迹，也同時在中國近代史上留下了輝煌的一頁。

作爲政治家、改革家，康有爲無疑是一位悲劇性的歷史人物，而作爲思想家、政論家、教育家、今文經學家、佛學家以及詩人、書法家、收藏鑒賞家、旅游家，他取得了卓越成就。僅就著述看，『其自編《萬木草堂叢書目録》，有經部十六種，史部六十五種，子部二十八種，集部十九種，共一百二十八種，這個目録很不完備，不包括大量函電、祭文、墓志及最後幾年的著述，詩文的收集也遺漏不少。其弟子蔣貴麟及女兒康同璧等竭多年心血，盡力搜集整理刊行《康南海先生遺著匯刊》二十二册、《萬木草堂遺稿》及《萬木草堂遺稿外編》三册，《萬木草堂藏中國畫目》《康南海先生遺墨》《康南海先生游記匯編》《康南海先生未刊遺稿》等各一册，總共二十九册。上海文管會整理出版《康有爲與保皇會》《戊戌變法前後》各一册。尚有不少書稿如《波蘭分滅記》《列國政要表》等，奏章如《杰士上書匯録》及代他人所擬奏議等，以及大量詩文、書信、電稿等，尚未收集出版，許多遺稿已散失。近年來，上海古籍出版社正在陸續出版《康有爲全集》，已出第一册六十九萬三千字，估計他一生全部著作將以千萬言計……』

顯然，這些不是本文所要一一論及的。然而，這一切又與他的書法有着不可分割的内在聯繫，因爲『書法作品是書法家的思想、情感、心意的迹化』。這裏，僅就其書法藝術以及與之有關的方面，取其要者述之，次者簡之，再次者略之。

上書革政·閉户述碑

一八八八年冬，三十歲的康有爲以一介微不足道的蔭監生身份，向光緒皇帝上奏了一篇長達近六千字的《爲國事危蹙祖陵奇變請下詔罪己及時圖治折》（即《上清帝第一書》），從而揭開了他政治生涯的第一頁。躊躇滿志的康有爲在上書中分析了當時内憂外患的嚴重形勢，提出了『變成法，通下情，慎左右』的建議。所憾，由於頑固派官僚們的阻撓破壞，奏折未能送到光緒帝手中便夭折了。一腔熱血、滿腹經綸的康有爲陷入巨大的苦悶之中。他雖然聽不進好友沈曾植『規其氣質之偏，而啓之以中和』的忠告，却又獨木難支，孤掌難鳴，祇得回到京郊南海會館中的『汗漫舫』。

這裏是他起草上清帝書的地方。面對書案，他的憤慨之情難以平静，不禁想起了家鄉，想起了兒時讀書的情景。在他六歲那年，時值柳絮紛飛時節，老師和父輩們爲了試試他的才學，出『柳成絮』三字讓他對聯，他竟不假思索應聲答曰『魚化龍』，致使滿座皆驚。想到此，康有爲仰天感嘆：小小池魚，何時能化作巨龍，叱咤風雲！而此時此刻，他却萬般無奈，祇得洗心蟄居，閉門謝客，以觀碑讀帖來排遣心中鬱悶。有《移居汗漫舫》二首，録其一，足見其當時之心情和處境：『上書驚闕下，閉户隱城南。洗石爲童課，攤碑與客談。著書消日月，憂國自江潭。日步回廊曲，應從面壁參。』

無可奈何而又不甘寂寞的康有爲，趁閉居汗漫舫之機，遍購京師碑帖，凡四千餘紙，潛心考究，幡然領悟，得出『蓋天下世變既成，人心趨變，以變爲主，則變者必勝，不變者必敗，而書亦其一端也』的結論。這使他灰冷的心得到了暫時的慰藉，并生出廣包慎伯《藝舟雙楫》之思想。他在《廣藝舟雙楫》的自叙中記道：『永惟作始於戊子之臘，購碑於宣武城南南海館之汗漫舫，老樹僵石，證我古墨焉；歸歟於己丑之臘，乃理舊稿於西樵山北銀塘鄉之淡如樓，長松敗柳，侍我草元焉。凡十七日至除夕述書訖……』此謂該書雖成稿於己丑（一八八九年）臘月回歸家鄉南海縣之後，實初稿於京城閉居汗漫舫之時。這裏要『感謝』西太后及其同黨了，否則，康氏此時此刻不會『老樹僵石，證我古墨焉』『長松敗柳，侍我草元焉』，而是在忙於維新變法的國家大事。若果真如此，中國的歷史不知要怎樣改寫，但可能因此而永遠没有《廣藝舟雙楫》之問世，康有爲也就可能少了一個『書法家』和『書法理論家』的頭銜。歷史就是如此捉弄和成全着每一個人。

康有爲出生在一個『世以理學傳家』的名門望族，自幼聰穎過人，勤奮好學，五歲能背誦唐詩數百首，六歲開始系統學習《大學》《中庸》《論語》和朱注《孝經》等書，十四歲前後縱觀説部、集部、兵家學和雜史，之後就學於朱次琦與辦的禮山草堂，『得聞中國數千年學術之源流、治教之正變、九流之得失、古人群書之指歸、經説之折衷』，二十歲入西樵山白雲洞，潛心佛藏，得悟『吾生於中國，又適逢中國之危難貧弱，國民之墜水火之塗炭也，則惻惻不忍，觸目痛心不肯逃』，『與其惻隱於他界，不如惻隱於最近，於是……縱横四顧，有澄清天下之志』。康有爲思想的進步尤得力於西學，特别重視進化論學説，二十一歲即有『世界開新逢進化』的詩句，并稱『合經子之奥言，探儒佛之微旨，參中西之新理，窮天人之賾變，搜合諸教，披折大地，剖析今故，窮察後來』。這種集新舊國學及西學於一身的廣博知識結構，是他形成維新思想乃至力行變法改革的根基和動力，也是他著作《廣藝舟雙楫》的思想基礎。

據張伯楨所編《萬木草堂叢書目録》記：《廣藝舟雙楫》脱稿後，『光緒辛卯（一八九一年）刻，凡八十印。戊戌（一八九八年）八月、庚子（一九〇〇年）正月兩奉僞旨毁板』。其所以被禁，并非《廣藝舟雙楫》對清政府有什麼冒犯，而是因爲康有爲是維新變法的倡導者。而該書又的確充滿着康氏變革的哲學思想，他在序言中便開宗明義道：『可著聖道，可發王制，可洞人理，可窮物變，則刻鏤其精，冥𪆟其形爲之也。』指出書法『無時不變，無地不變』，『書學與治法，勢變略同……後之必有變也，可以前事驗之也』。這些觀點正影射到西太后及頑固派們的痛處，而對書壇却是一股令人振奮的清新空氣。這便是《廣藝舟雙楫》遭屢禁而又不止的主要原因。該書不僅在國内有如此巨大影響，且在當時已傳播海外，僅在康有爲生前，日本就以《六朝書道論》爲名，翻印了六版，其學術價值可見一斑。

《廣藝舟雙楫》問世前，書史中真正稱得上書法理論之著作鳳毛麟角。漢代趙壹的《非草書》是最早以書法爲對象的文章，唐張彦遠編有《法書要録》十卷，宋陳思編成《書苑菁華》二十卷，然不過是文集，無體系可言。至宋朱長文編撰《墨池編》，始分字學、筆法、雜議、品藻、贊述、寶藏、碑刻、器用八門，初見系統。明清以降，論書者雖衆，但無一人能對書學作全面的叙述，包世臣《藝舟雙楫》也祇是零碎信札、論文輯成。唯《廣藝舟雙楫》體例嚴整，論述廣泛，從文字、書體之肇開始，詳叙歷朝變遷，品評各代名迹，論述執筆用筆，權衡優劣得失，實爲一部前所未有的系統的書法理論專著。同時，它又是繼《南北書派論》《北碑南帖論》及《藝舟雙楫》之後，更全面、更系統、更深刻地總結碑學理論和實踐的一部著作，從而使碑學成爲有系統理論的一個流派，并在書法史上牢牢地占據了它應有的地位。

宋代以降，帖學盛行，曾造就了不少書法大家。然《淳化閣帖》之後，數百年間，一翻再翻，流布於世的大多數叢帖，形神俱失，系統紊亂，不但禁錮了人們的思想，且將書法導入了歧途。因此，康有爲强調指出：『今日所傳諸帖，無論何家，無論何帖，大抵宋明人重鈎屢翻之本，名雖羲獻，面目全非，精神尤不待論。……國朝之帖學，薈萃於得天、石庵，然已遠遜明人，况其他乎！流敗既甚，師帖者絶不見工。物極必反，天理固然。道光之後，碑學中興，蓋事勢推遷，不能自已也。』這段論述是客觀的，符合史實的。他還指出：『碑學之興，乘帖學之壞，亦因金石之大盛也。乾嘉之後，小學最盛，談者莫不藉金石以爲考經證史之資。專門搜輯著述之人既多，出土之碑亦盛，於是山岩、屋壁、荒野、窮郊，或拾從耕父之鋤，或搜自官厨之石，洗濯而發其光采，摹拓以廣其流傳。』這裏，康氏形象地描繪出一幅頗爲壯觀的中興碑學的畫面，同時也點出了碑學所以中興的社會背景和時代因素。

尊碑，是《廣藝舟雙楫》的中心思想。

康有爲把南北朝碑的特點總結爲五條，作爲『尊碑』的理由：『尊之者，非以其古也：筆畫完好，精神流露，易於臨摹，一也；可以考隸楷之變，二也；可以考後世之源流，三也；唐言結構，宋尚意態，六朝碑各體畢備，四也；筆法舒長刻入，雄奇角出，迎接不暇，實爲唐宋之所無有，五也。有是五者，不亦宜於尊乎！』又道：『今世所用，號稱真楷者，六朝人最工。蓋承漢分之餘，古意未變，質實厚重，宕逸神隽，又下開唐人法度，草情隸韵，無所不有。』所論言簡意賅，今日讀來仍置信不疑。

他以書史中兩大巨擘爲例，藉以更加强調碑學之重要：『右軍曰：「予少學衛夫人書，將謂大能。及渡江，北游名山，見李斯、曹喜等書，又之許下見鍾繇、梁鵠書，又之洛下見蔡邕《石經》三體，又於從兄洽處見張昶《華岳碑》，遂改本師，於衆碑學習焉。」右軍所采之博，所師之古如此，今人未嘗師右軍之所師，豈能步趨右軍也。』『後人推平原之書至矣，然平原得力處，世罕知之。吾嘗愛《郙閣頌》體法茂密，漢末已渺，後世無知之者，惟平原章法結體獨有遺意。……二千年來，善學右軍者，惟清臣、景度耳，以其知師右軍之所師故也。』此論誠爲審源流、辨精微之達識灼見。在南北朝碑中，康有爲特别强調了魏碑。他把所見魏碑，依其風格分門别類，與晋、宋、周、齊、隋、唐諸朝前後左右相比，得出『北碑莫盛於魏，莫備於魏』，『凡魏碑，隨取一家，皆足成體，盡合諸家，則爲具美』的結論，雖稍覺偏頗，但有相當道理。

他還修正了阮元北碑南帖劃若鴻溝的錯誤看法，列舉了《爨寶子》《瘞鶴銘》《天發神讖》《始興王碑》《葛府君碑》等南朝名碑的特點，明確指出：『書可分派，南北不能分派。阮文達之爲是論，蓋見南碑猶少，未能盡其源流，故妄以碑帖爲界，强分南北也。』

這一論點對於碑學的完善和書史的研究與發展有着重要的意義。

是書於執筆、運筆、筆勢、墨法、紙法、章法等均有精彩論述。譬如：『書法之妙，全在運筆。該舉其要，盡於方圓。操縱極熟，自有巧妙。方用頓筆，圓用提筆。提筆中含，頓筆外拓。中含者渾勁，外拓者雄强，中含者篆之法也，外拓者隸之法也。提筆婉而通，頓筆精而密。圓筆者蕭散超逸，方筆者凝整沉着。提則筋勁，頓則血融，圓則用抽，方則用絜。圓筆使轉用提，而以頓挫出之，方筆使轉用頓，而以提絜出之。圓筆用絞，方筆用翻，圓筆不絞則痿，方筆不翻則滯。圓筆出之險，則得勁。方筆出以頗，則得駿。提筆如游絲裊空，頓筆如獅狻蹲地。妙處在方圓并用，不方不圓，亦方亦圓，或體方而用圓，或用方而體圓，或筆方而章法圓，神而明之，存乎其人矣。』又云：『蓋方筆便於作正書，圓筆便於作行草。然此言其大較，正書無圓筆，則無宕逸之致，行草無方筆，則無雄强之神，故又交相爲用也。』

此論詳盡精闢，學書者若能深刻體會，實踐掌握，當可大進。

有人指出《廣藝舟雙楫》中個别論述及觀點多有偏激和苛刻之處。如《卑唐》一篇中云：『至於有唐，雖設書學，士大夫講之尤甚。然纘承陳、隋之餘，綴其遺緒之一二，不復能變，專講結構，幾若算子。截鶴續鳧，整齊過甚。歐、虞、褚、薛，筆法雖未盡亡，然澆淳散樸，古意已灕；而顔柳迭奏，澌滅盡矣。』并言：『學以法古爲貴，故古文斷至兩漢，書法限至六朝……雖終身不見一唐碑可也。』這些看法，的確有些片面，少些發展觀點，没有看到唐代書法的全面成就，過分强調了『法古爲貴』。這與他貫穿全書始末的『變者，天也』的基本思想，也有些不够協調。但是應當指出，此篇所論，顯然主要指近於『至善至美』的唐楷，若與南北朝碑相比，唐楷『澆淳散樸，古意已灕』却也是實。爲力倡碑學而言此，自有一定道理，所謂矯枉過正者也。若結合成書的時代背景以及康氏的寫作意圖來看，這些激越之辭與變古立异之説，就更不宜求全責備了。

如今一個世紀過去了，書法藝術歷經長期的沉悶之後，進入了一個新的發展時期，隨着大量資料的結集出版，《廣藝舟雙楫》中列舉的世所罕見的碑版刻石，如今已覺不新鮮，其中的有些觀點，似乎也顯得陳舊了。然而，作爲晚清最重要的書法理論專著，它曾影響了整整一代書風，直至當代，這種影響還在繼續着，以至無論贊成還是反對該書觀點的人，都無法漠視它的歷史價值和現實意義。

環球之旅·書變有成

十九世紀末的中國，民族矛盾和階級矛盾嚴重激化，政治危機和經濟危機日益加深。面對處境險惡、灾難深重的祖國，康有爲痛感變法之不可緩。自一八八八年至一八九八年，他不顧安危，堅持不懈，連續七次上書光緒帝，并發行報刊宣傳維新思想，創辦學校培養維新志士，廣泛聯絡官僚士大夫，逐步把維新運動推向高潮，形成了一股不可遏止的洪流，終於促使光緒帝在一八九八年六月十一日頒發《明定國是詔》，揭開了變法運動的第一頁，開始了中國資産階級領導的第一次政治運動。康有爲賦詩盛贊：『四月廿三詔，維新第一辭。大號明國是，獨立掃群疑。』所憾轟轟烈烈的戊戌變法僅僅百日，便因維新派勢力弱小，光緒帝手無實權，而被慈禧及其后黨策劃的政變所扼殺。康有爲拿着光緒帝要他迅速離京的密詔，被迫逃出京城，幾經輾轉，幾經風險之後抵達香港，從此開始了他的海外流亡生涯。這裏又要『感謝』西太后及其同黨了，康有爲若非清廷懸賞嚴緝之『欽犯』，何以能『維新百日，出亡十六年，三周大地，游遍四洲，經三十一國，行六十萬里』？（這是他請吴昌碩刻的一枚朱文印章的印文，概括了他環球之旅的歷史記録。）如此行程，如此游歷，康氏之前，可謂聞所未聞。

康有爲自維新變法失敗後的一八九八年九月二十九日（光緒二十四年八月十四日）出逃香港，至一九一三年（民國二年）十二月一日由港返穗，首尾計十六年，其間環球三周，游遍亞、歐、美（北美、南美）、非各洲。以今日之國家、地區行政區劃計，他所到之處，亞洲有香港、日本、新加坡、馬來西亞、印度、緬甸、印度尼西亞、越南、泰國、斯里蘭卡、土耳其、也門、巴勒斯坦；歐洲有英國、意大利、法國、德國、梵蒂岡、瑞士、奥地利、匈牙利、丹麥、挪威、瑞典、比利時、荷蘭、西班牙、葡萄牙、希臘、保加利亞、羅馬尼亞、南斯拉夫、摩納哥、直布羅陀；非洲有埃及、摩洛哥；北美洲有美國、加拿大、墨西哥；南美洲有巴西，共四十個國家和地區。漫游中曾四渡太平洋、九渡大西洋、八經印度洋，并泛舟北冰洋七日，觀日出及海山大觀。密西西比河、尼羅河、恒河、多瑙河、萊茵河、泰晤士河以及地中海、紅海、黑海、北海、愛琴海、死海等著名河、海都曾留有他的身影，喜馬拉雅山、落基山、阿爾卑斯山、比利牛斯山等世界名山都印下了他的足迹。日本的富士山及上野公園的櫻花、印度的沙之汗帝宫陵及黄金廟天文臺、緬甸的仰光大金塔及蘇拉派亞火山、宗教聖地耶路撒冷及耶穌誕生地、土耳其的古都君士坦丁堡、希臘的雅典古代遺址、埃及的金字塔及古王陵、意大利的那不勒斯地下古城遺址、法國的盧浮宫及埃菲爾鐵塔、比利時的滑鐵盧古戰場、英國的蘇格蘭首府愛丁堡、德國的威廉第一宫及克魯伯炮廠、美國的華盛頓議院及紐約博物院等世界各國文明的象徵及偉大勝迹，無不使康有爲爲之動情。如此等等，使他獲得了一般人難以企及的廣博閲歷，從而塑造了他作爲一代書法大家所獨有的素質。

康有爲書法的演變發展，大體可分爲三個階段：帖學時期及碑帖融合孕育期爲第一階段，個人書風逐漸形成之蜕變期爲第二階段，漸入化境之成熟期爲第三階段。而三個階段的時間劃分恰巧可以環球之旅的時間爲界：變法之前爲第一階段，流亡海外爲第二階段，回國之後則爲第三階段。如果細細品讀他的作品，便會發現這種劃分并不牽强，而是康氏之人生旅途與書法進程的一種暗合，其中自然有着它的内在聯繫。

目前所能見到的康有爲墨迹，大多是第三階段的作品，其次是第二階段，第一階段最少。

先看一下康有爲一八九五年寫的《殿試狀》，既然是『殿試』，寫的自然是『干禄體』。康有爲於書法之主導思想雖是『變』，但自幼的家庭熏陶及環境影響，以及謀取維新變法資本的目的，使康有爲不得不面對現實，走『以書取仕』這條路。不過，康氏早在著作《廣藝舟雙楫》時，就明確指出：『如志在干禄，則卑之無甚高論矣。』他很清楚，寫干禄體是手段，絶不是目的，寫干禄者，非『志在干禄』也。《殿試狀》寫的是典型的『配制勾停、調和妥協、修短合度、輕重中衡』的館閣體，可謂嚴整精到、法度森然。顯然，毫無個性、風格可談。可以想見，這對充滿變革求新思想的康有爲來説，寫起來是何等的别扭和難耐。但我們却從一個側面看到了康有爲青少年時期所練就的過硬功夫，而這些并没有束縛住他的手脚，恰恰相反，却爲他以後成爲書史中少有的法古變今、卓然成家的典範，打下了堅實的基礎。

他在《廣藝舟雙楫》中追憶自己學書經過時曾道：『先祖始教以臨《樂毅論》及歐、趙書，課之頗嚴。』顯然，先祖之意在『干禄』。『將冠，學於朱九江先生……始學執筆，手强甚，晝作勢，夜晝被，數月乃少自然。』可見，少時即下過苦功。『……問及行草，取孫過庭《書譜》及《閣帖》模之，姜堯章最稱張芝、索靖、皇象章草，以時人罕及，因力學之。自是流觀諸帖，又墮蘇、米窠臼中。稍矯之以太傅《宣示》《戎輅》《薦季直》諸帖……』此謂於帖學所下的功夫。『少讀《説文》，嘗作篆隸，苦蓋山及陽冰之無味。問九江先生，稱近人鄧完白作篆第一。因搜求之粤城，苦難得。壬午入京師乃大購焉。因并得漢、魏、六朝、唐、宋碑版數百本，從容玩索，下筆頗遠於俗，於是翻然知帖學之非矣。』其早期學書經過及認識之轉變，大體如此。

其入室弟子肖嫻女士很清楚他在臨池上所下的功夫：『康有爲對所見歷朝碑版致力臨

摹，寫遍了各碑。得力最深的是《石門銘》，而以《經石峪》《六十人造像》《雲峰石刻》等摻之。』所憾，未能見到這一時期康氏留下的臨習碑帖的作品。潘方先生藏有《爨龍顏碑臨本》，惜是一九一七年所臨，是一種典型的『意臨』，意在取爨碑樸茂奇逸之趣，而筆法、體勢更多地則是康氏自家風貌。

現在，看幾件他環球之旅期間的較早作品。一件爲上海博物館所藏《付伯棠詩軸》，一八九九年書於日本；兩件爲康有爲七女同環所藏，其中，手卷《庚子十月紀事詩五章》，一九〇〇年書於新加坡，橫幅《讀十五年前花埭看牡丹詞》，一九〇一年書於新加坡。前件爲行書，後兩件則行草間雜。就體勢和用筆看，三件作品已有康體雛形，可以感到康有爲正在進行着『孕南帖，胎北碑，熔漢隸，陶鐘鼎，合一爐而治之』的嘗試，正在實踐着《廣藝舟雙楫》的理論。康有爲要比阮元、包世臣高明得多，因爲阮、包二氏對自己的理論并未身體力行，或者説身體力行得很不够，而康有爲的碑帖融合，却取得了巨大成功。盡管這幾件作品還很不成熟，甚至表現得很幼稚，但其可貴正在這裏。作品中，帖意隨處可見，不少地方直接透着二王消息，顯示出康氏早年厚實的帖學基礎。

值得注意的是，《付伯棠詩軸》所書時間爲變法失敗出逃僅僅半年，其餘兩件則依次錯後一年。但細加比較，會發現書成較晚的横幅帖意最重，書寫較早的立軸却較多康體面目。此并非流傳有訛，而是説明康有爲書法的『變法』初期，有一段爲時不長的曲折和反復。當時，雖然《廣藝舟雙楫》已著成十年有餘，但其間康有爲在忙着寫上清帝書，在四處奔波宣傳維新思想，在創辦學校、發行報刊、培養維新志士……一句話，在忙着變法革新的國家大事。直至此時，當他淪爲一名『欽犯』被迫出逃，開始了長達十六年之久的海外流亡生活時，纔得以重新體味當年閉居京郊汗漫舫『日以讀碑爲事』的生活。那時，他除臨習購得的大量漢、魏、六朝碑版之外，很注意於碑學有成就的書家。他很崇尚鄧石如、張裕釗，多過譽之辭，但其得力於二者也是事實：『吾得其（張裕釗）書，審其落墨運筆：中筆必折，外墨必連；轉必提頓，以方爲圓；落必含蓄，以圓爲方；故爲鋭筆而實留，故爲漲墨而實潔，乃大悟筆法。又得鄧頑伯楷法，蒼古質樸，如對商彝漢玉，真《靈廟碑陰》之嗣音。

蓋頏伯生平寫《史晨》《禮器》最多，故筆之中鋒最厚；又臨南北碑最夥，故其氣息規模，自然高古。』康有爲的高明處，在於領悟之後能化而變之，絶不落他人窠臼。後來，他的認識有了飛躍：『然張廉卿集北碑之大成，鄧完白寫南碑漢隸而無帖，包慎伯全南帖而無碑。千年以來，未有集北碑南帖之成者，况兼漢分、秦篆、周籀而陶冶之哉。』此道出了康有爲對張、鄧、包三位書家於碑帖各有所偏的批評，也再一次明白表述了他自己的藝術追求。

作爲這一階段的早期代表作，應該看一下《大同書手稿》。對《大同書手稿》的成書時間，尚有不同看法，基本趨嚮於一九一三年。《大同書手稿》有三部，第一部撰於一八八四年，第二部撰於一八九〇年之後，第三部撰於一九〇二年一月至四月。其大同思想的醖釀、成熟過程以及三稿的不同撰寫經過，本文不作贅述。這裏衹看第三稿，其撰寫之時康有爲正避居印度北部山城大吉嶺。仰望白雪皚皚的喜馬拉雅山，俯瞰風起雲涌的印度平原，遥想苦難深重的骨肉同胞，目擊隳壞黑暗的現實社會，康有爲深感『改弦易轍、掃除更張』『救人生之苦，求易大樂』之迫切，於是，在原稿基礎上，康氏奮筆疾書，不到四個月的時間，第三稿書成。

因爲是手稿，康有爲自然無意於『書』，較之前舉三件作品，更少經營，更多真意，更近本來面目。這是一件典型的融碑於帖過渡時期的作品。側勢取妍的晋人遺韵隨處可見，平勢取質的漢魏風骨也俯拾皆是。可貴的是，融合變化已相當自然協調，盡管綫條的質感還有些柔弱。這使人自然地想到他的一首詩：『北碑南帖孰兼之？更鑄周秦孕漢碑。昧昧千秋誰作者，小生有意在於斯。』口氣似乎大了些，但又不能不佩服他過人的膽識和才華。

康有爲書風之轉變，一般認爲得力於魏碑，諸如《爨龍顔》《石門銘》《張猛龍》等，這是顯見的，但未免有些偏頗。他課徒劉海粟時就曾説過：『學書最好學篆書。』他不但如此要求學生，自己也如此身體力行。現在還有他三十八歲時在桂林於越山爲自己命名的『素洞』篆書題字。比較遺憾的是，流傳於世的篆書僅見此二字，實在有些太少了。隸書，也祇得見一七言聯：『石潭白魚自出没，草屋老樹相因依。』且頗多趙撝叔意趣，以至真僞難説。然康有爲於篆、隸絶非朝夕之功，其『更鑄周秦孕漢碑』的詩句，也絶非戲言。從他以後逐漸鮮明的獨特書風所表現出來的隨處可見的篆隸筆法及體勢中，我們可以得到有力的佐證。

此後的數年，是康有爲書法迅速發展時期。豐厚的學養、過人的才華、非凡的閱歷以及革新的思想，一旦與『北碑南帖孰兼之？更鑄周秦孕漢碑』的藝術追求相撞擊，則必然發出奪目的光彩。

試看作於一九〇八年的行書横披《舊作癸卯正月大吉嶺卧病絶糧》。此時，康有爲正在埃及漫游，面對象徵古代人類文明，號稱『地球第一古物』的金字塔，他被深深地震撼了，這位在海外漂流了已經整整十年的游子，不禁想起了長城、故宫，想起了有着五千年文明而現在却灾難深重的祖國，聯想到自己落難异國不得回歸的境遇，游興索然，回到住處，奮筆書下了五年前卧病印度大吉嶺的詩作。此幅康體規模已成，字勢由原來的欹側變爲平正，用筆也完全以平勢取質替代了側勢取妍。這種大量地向行書中融入篆、隸以及魏碑筆法、體勢的嘗試，經過十年左右的磨煉，形成了康體雄渾博大的獨特面目，取得了『孕南帖，胎北碑，熔漢隸，陶鐘鼎，合一爐而冶之』的成功。當然，這種成功是初步的，是指他在碑帖融合的探索中，找到了一條適合自己氣質、審美而又符合書法藝術自身發展規律的道路，這是康有爲書法能够逐漸成熟、完善的前提和保證。

再看一九一二年夏書於日本的行書立軸《壬子須磨作》。康有爲在世界各地的流亡生活中，客居日本時間最久，前後三次，近三年時間。他在須磨海濱築得一樓，因當地海濤松風頗爲壯觀，名曰『天風海濤樓』。他常常倚樓聽濤而不免思念大海彼岸的故鄉，曾有詩云：『十四年於外，流離萬死間。子卿傷白髮，坡老指青山。國事亦多變，神州竟未還。惜哉遲歲月，念亂泪潸潸。』這一年，孫中山在南京就任臨時大總統，建立了中華民國。而當年維新變法的領袖人物康有爲，這位頗有愛國熱忱和歷史使命感的游子，這位曾以先覺自許、把自己周游列國比作『遍嘗百草的神農』，經過在海外創建『中國維新會』(即『保皇會』)、『國民憲政會』，發表《物質救國論》《法國革命論》《討袁檄文》《救亡論》《共和政體論》以及《中華救國論》等文章，進行各種努力之後，深感『國朝大勢已去』，而無可奈何地發出了『老大英雄惟種菜，日斜長鑱伴園丁』的感嘆。這幅立軸寫得頗有氣勢，與四年前書於埃及的那幅横披相比，更顯蒼勁雄强、豪放大度，很有些『不斤斤於點畫，純以神運』的感覺。『書者，抒也』，康有爲書法個性的逐漸形成及其表現技巧的逐漸成熟，使得他開始能以書法這一獨特的藝術形式來抒發自己的情感、宣泄自己的鬱結。

至此，康有爲經歷將近二十年的大膽實踐，完成了他熔碑帖於一爐的構想。作爲『變法』，他在政治上失敗了，但在書法上無疑獲得了成功。

天游化人·精魄超越

康有爲浪迹天涯、四海爲家的流亡生活於一九一三年結束，歸國後定居上海。不甘寂寞的康有爲并未就此偃旗息鼓，面對激烈動蕩的社會政局及迅速發展的革命形勢，他仍在力不從心地掙扎、嘶鳴，但却在愈陷愈深地走向反面。可用八個字概括他晚年的政治生涯：復辟尊孔，反對『赤化』。表演最烈的是全力以赴參與張勛復辟，而復辟畢竟是逆潮流而動，不得人心，連他的大弟子梁啓超也站在了對立面嚴辭駁斥：『如有再爲復辟之説者，即視爲蔑弃約法之公敵，罪狀與袁賊同，討之與袁賊等。』最後，在全國人民的聲討浪潮中，復辟以失敗告終，康有爲再次被通緝而躲進北京東交民巷美國使館的美森院。

復辟失敗對康有爲是繼戊戌變法失敗之後的又一次沉重打擊，至此，其政治資本已喪失殆盡。政治上的失落感使他顯得消沉了，『閉門高卧謝塵世，聊寫丹青作卧游』。之後，他的確再没能有什麼大的舉動，似乎真的要息影林泉了。『老經憂患將忘世，一室經營却掃除』，康有爲離開美森院回到上海不久，便開始籌備營建『安樂窩』，藉以排除煩憂，安享晚年。從一九二〇年至一九二四年，他接連建造了上海游存廬、瑩園，杭州一天園和青島天游園四處宅墅。

游存廬最早建成。在避居日本期間，康有爲就曾以『游存』署款，據説，須磨海濱的『天風海濤樓』中，康氏的書齋名曰『游存』，而『游存』之義則出自《莊子·大宗師篇》『聖人將游於物之所不得遁而皆存』一語。他晚年自號『天游化人』，大概典出《列子·周穆王》：『周穆王時，西極之國有化人來。入水火，貫金石，反山川，移城邑，乘虚不墜，觸實不硋，千變萬化，不可窮極。』

康氏一生酷好山水，嗜游成癖，認爲『吾人生於搏搏之大地，凡大地之名山，皆當翕受之。吾人生於區區之中國，凡中國之名山尤不可失也』。他漫游世界十六年，環球三周，遍游四十個國家和地區，實現了翕受大地名山的宿願。歸國後曾表示『乾坤憂憂真無奈，山水清深且寄情』。尤其復辟失敗後，更是『孤臣無地可埋憂，且作諸天汗漫游。想入三千周世界，身存七尺托神州』。從一九一四年到一九二七年逝世前，他幾乎每年都外出旅游，足迹所到之處有廣東、江蘇、浙江、山東、安徽、遼寧、江西、河北、河南、陝西、湖北、湖南等十二省，廣州、北京、上海、無錫、蘇州、杭州、曲阜、鳳陽、南京、鎮江、常熟、紹興、青島、大連、旅順、濟南、九江、定海、保定、開封、洛陽、西安、咸陽、武漢、岳陽、長沙、秦皇島等近三十座城市，全國各地大山名川，古迹名勝數以百計，若加上變法前的國内旅游及變法後的周游世界，真稱得上足迹遍天下，這在中外歷史上是少見的。所謂『外師造化，中得心源』，康有爲的書法得益於此者，當爲他人所難以企及。

這一時期，康有爲在全國各地留下了大量匾額、刻石及墨迹，而且愈到晚年，愈是精妙渾穆，可謂漸臻化境。

行草四屏《題大同書》，是這一時期的代表作之一。目前見到的有兩件，一爲六女康同復所藏，一爲七女康同環所藏，均爲一九一九年初春所書，相比之下，後者更爲精彩。此爲六尺屏，四條首尾呼應，一氣呵成，筆墨淋灕痛快，墨色變化自然，點畫渾厚，剛柔相濟，體勢開張，收放合度，爲康氏不可多得的精品。這顯然與他當時的心境有關，有款爲證：『光緒甲申，法兵震粤，吾避兵還銀河鄉淡如樓，感兵事之慘。著《大同書》，以爲待百年之後，不意今六十之年，親見《大同》，喜書舊書所題三詩……』此意爲康雖三撰大同書稿，但因時局動亂，他認爲『大同之治非今日所能驟及，驟行之恐適以釀亂，故秘其稿不肯以示人』。而當書稿出其意外地刊行於世時，興奮之心情是可以想見的。適逢花甲剛過，又是愛女所求，自是欣然命筆了。而一月之後，六女同復求其重書四條屏，則就此一時彼一時了。藝術創作之難以重復由此可見一斑。

接着應該提及的是書於次年的《寒山寺題詩碑》。一九二〇年康有爲游寒山寺，當他登上楓橋時，不禁低吟起張繼的名句：『月落烏啼霜滿天，江楓漁火對愁眠。姑蘇城外寒山寺，夜半鐘聲到客船。』不料步入大殿後，看到的并非唐代古鐘，却是一口日本銅鐘，其上鑄有爲日本掠奪我國古鐘辯護的銘文。經詢問方知該寺唐鑄古鐘早已失傳，嘉靖年間重鑄一仿唐銅鐘，後被倭寇掠去，一九〇五年重修寒山寺時，向日方交涉索還古鐘，日本却以這口小鐘塞責。康氏弄清原委，好不氣憤，即刻賦詩揮毫：『鐘聲已渡海雲東，冷盡寒山古寺風。勿使豐干又饒舌，化人再到不空空。』現在看到的雖爲刻石，但足可想見他當時揮毫作書的激憤之情。美中不足的是，『聲』『海』『到』等字末筆筆勢雷同，影響了整幅效果。當然，對於即興之作，是不能幅幅苛求的。而康有爲又多是一揮而就，很少重書二次。

橫披《游存廬落成賦詩五章》及十屏《觀光緒皇帝痛史賦十八章》，是康氏又一類型的代表作。很顯然，兩件都是爲了傳世而書，因此是下了功夫的。書於一九二一年的橫幅，內容爲七律五首，回顧了他變法失敗、海外流亡、祖宅被封、夷爲廢墟的舊時情形，記述了拓殖封疆、營建新宅、杖履醉吟、默存獨樂的今日景象。因覺詩不盡意，還在一些地方加了小注，落款中又强調『吾生之艱難，民生之不易』，可謂用心良苦，整幅效果也因此而顯出了層次、節奏及章法的完美。

行書十屏《觀光緒皇帝痛史賦十八章》，書成時間較横幅晚兩個月。好像是命運的有意安排，使康有爲於二十三年後重温了『聖君賢相』的舊夢。那是一九二三年二月十日晚，康有爲驅車經過杭州一家戲園，裏邊正在上演新戲《光緒皇帝痛史》，他迫不及待地入園就座，於是，一幅幅維新變法的歷史畫卷重現在他的眼前，往事歷歷，百感交集，泪水模糊了他昏花的老眼，直到劇終人去，夜静樓空，他纔如夢初醒。遂口占十八章，并書成十屏以傳後世。可以看出，書寫此件較之横披《游存廬落成賦詩五章》下的功夫更大，所以稱此兩件作品爲康氏另一類型的代表作，意即在此。人多稱其書『不斤斤於點畫，純以神運』，然此兩件點畫認真，結字規矩，包括章法也是作了精心安排的，尤其行書屏，界行而書是不多見的。統屏觀之，給人以莊重典雅之感。當然，注意了經營安排，就難免少了些自然天成，這在藝術創作中是常見的，所謂有得有失，無可責備求全也。

行楷書八屏《鮑照飛白書勢銘》，書於一九二二年二月，堪稱康有爲之又一精品。放眼一望，便立即爲其磅礴之大氣所震撼，用筆渾厚勁健而不失古法，體勢樸茂大度而獨出新意，使人又一次不禁想起他的詩句：『北碑南帖孰兼之？更鑄周秦孕漢碑。昧昧千秋誰作者，小生有意在於斯。』不是嗎？周秦古法、兩漢新意、北魏體勢、東晋風神盡在其中，而又熔鑄得如此化一，表現得如此痛快，真可謂渾穆絶倫、精魄超越。康氏對此幅也頗自信：『張廉卿寫此銘。庚申正月曾寫之，與廉翁并比流傳海内。壬戌正月復寫此，似遠過前書也。』他曾很推崇張裕釗，《廣藝舟雙楫》中有這樣一段評論：『湖北有張孝廉裕釗廉卿，曾文正公弟子也，其書高古渾穆，點畫轉折，皆絶痕迹，而意態逋峭特甚，其神韵皆晋、宋得意處，真能甄晋陶魏，孕宋、梁而育齊、隋，千年以來無與比。』未免有些太過。不過，那是三十二歲時的見解，此時，就顯然不服了。

一九二三年農曆三月，康有爲游開封，這位當年叱咤風雲的變法領袖的光臨，轟動了這座曾經做過七朝首都的古城。離開前夕，河南省長張鳴岐、督理張子衡等人在禹王臺爲他餞行，『省長同乘度城堙，吏民環堵塞衢觀』，好不熱鬧壯觀。此時此刻，康氏忘記了政治上的失意和多年的被冷落，沉浸在一時的滿足和興奮之中，於是，即席賦詩，當場書成行書十屏《禹王臺感别留題》。據説，當時省長看好了御書樓的東壁正好嵌鑲十條屏，而康有爲則是『酒酣揮毫感殷勤』，詩書一氣呵成。統觀十屏的整體安排，此説頗爲可信，前四屏每屏兩行，按部就班，至第五屏開始變爲三行，似有詩興正濃，恐書不盡之感，而當第六屏書完時，詩已告終，於是第七屏便開始落款，出現了款字大於正文的罕見章法。此雖出於偶然，但却收到了意外之效果，想來常人很少敢於如此打破陳規，也當視爲康氏之大家風度吧。

康有爲游開封時，留下了大量墨迹，本文不能一一列舉，但《跋集王聖教序》不可不提。康之『尊碑抑帖』，主要因宋《淳化閣帖》之後，重翻屢刻，叢帖雜出，面目已非，精神全失，而并非原帖之不可學。當他看到宋拓善本時所發出的感嘆，很可説明他的觀點：『聖教序之妙美至矣，其嚮背往來，抑揚頓挫，後世莫能外。』他還具體指出：『緣、慈不缺，夏、謝不損，出字半清晰，海内所寡見，宋拓之瑰寶也。』由此足見其帖學知識之廣博和版本研究之精熟。

康有爲所到之處，大多有書丹刻石留於古迹名勝。余手中有一拓本《四括蒼蒼詩帖》，拓工精良，書風老辣。點畫如古木蒼崖，姿態萬千而無一不奇；體貌如大將操戈，形神内斂而氣勢奪人。在其傳世之刻本中，堪稱精品。祇是未及察考原刻出處，就其作書時間看，應是書在青島，一九二五年夏，康正在那裏避暑。

行草書四屏《先高祖公車過金穀園作》是康有爲晚年的又一代表作。『金穀園』在今河南洛陽市東北，因晋石崇築園於金穀水畔而得名。一九二六年康氏并未到此，却是重游了北京，到菜市口憑吊戊戌六君子。何因使他突然憶起高祖的詩作《公車過金穀園作》，并以六尺宣作四條屏？讀其詩文，答案自明也。『梓澤風流事已灰，游驄閑過重徘徊。蝶愁春盡花全謝，鸝唱人聽酒幾回。一代繁華空舞榭，百年風雨冷歌臺。堪憐秋草人埋後，剩却殘碑長緑苔。』康有爲奮鬥一生，坎坷一生，至此將届古稀之年，已萬念俱灰，於是，自然地想起了高祖這首恰好道出自己心聲的詩作。與高祖心靈的碰撞及思想的共鳴，使康有爲一時不能自已，於是鋪紙磨硯，潑墨揮毫，藉以排遣鬱悶，一吐爲快。不過，畢竟是先高祖詩作，康有爲書寫起來，既有激情，又不失理智，分寸之把握恰到好處，所謂『不激不厲，而風規自遠』者，此件當之無愧。

有一件作品，雖不能算作康氏的代表作，却是應該提及的，即行草書立軸《贈漢丞仁兄》，録的是稼軒詞《永遇樂·京口北固亭懷古》上片首句：『千古江山，英雄無（難）覓，孫仲謀處。』三國時，京口曾爲吴國都城，辛弃疾於此懷古，首先想到的自然是吴帝孫權。全詞寫得沉痛悲壯，充分表達了作者憂時傷世、不得施展抱負的苦悶心情，詞意恰與康有爲心境暗合，因此，筆墨一落，便有一瀉千里而不可遏之勢。康氏一生最擅行書，雖常摻以草書，也多是面目獨立，字間很少引帶，而如此幅字字接連之『一筆書』甚是少見，顯然與他所選内容及當時心情有關。是幅設墨也頗大膽，水墨互用，濃淡相間，帶燥方潤，純任自然。不足的是，個别引帶稍覺牽强。

還有一件不可不提的是長卷《上溥儀謝恩折》，書於他逝世前不足一個月的一九二七年農曆二月，與其同時書成的《七十覽揆蒙恩賜壽紀事述懷七章》應算作他的絶筆了。在康有爲七十壽辰的前一日，其弟子徐勤之子徐良從天津專程趕到上海，送去了清遜帝溥儀爲賀其壽辰而親書的『岳峙淵清』匾額一幅并玉如意一柄，康有爲收下後，喜舞忭蹈，感激萬分，一氣呵成了這幅千餘言的《謝恩折》。其時，清朝已被推翻十六年，康却仍在對廢帝『敬謝天恩』『伏惟皇上聖鑒』，可悲，可嘆也！令人驚奇的是，年已古稀的康有爲書此千餘言長卷能氣貫始終，筆力不減當年。衹是横畫多有意顫筆，這在康氏晚年作品中常見到，令人難以理解。

康有爲晚年多作擘窠大書，不少匾額、楹聯寫得極爲精彩。僅就楹聯看：『默游』聯之筆墨隨意、自然天成；『觀天』聯之寬博渾樸、意態雄奇；『虚白』聯之静穆虚和、精魄超越；『天青』聯之古質鬱紆、樸拙雍容……可謂不勝枚舉、美不勝收，給人留下了不能磨滅的印象。

尤其值得回味的是『天青』聯的邊款：『自宋後千年皆帖學，至近百年始講北碑。然張廉卿集北碑之大成，鄧完白寫南碑漢隸而無帖，包慎伯全南帖而無碑。千年以來，未有集北碑南帖之成者，况兼漢分、秦篆、周籀而陶冶之哉。鄙人不敏，謬欲兼之。』這是自謙，更是自信，是對自己一生書法的概括，更是對後人的感召和吶喊。

如今，大半個世紀過去了，作爲一代書法大家，康有爲書法作品的藝術價值和歷史作用在逐漸地爲愈來愈多的人所認識，他的《廣藝舟雙楫》的歷史地位和現實意義在爲一代又一代人所首肯和重視。而康有爲在書法史中的最大貢獻，是他的探索精神，他的革新意識，是他在傳統寶庫中的廣泛發掘和科學繼承，是他在創新道路上的不懈追求和成功開拓，是他這一切爲我們、爲後人所留下的啓示。

一九九二年四月

（此文用於《中國書法全集·康梁羅鄭卷》時略有改動）

一代書家于右任

葬我於高山之上兮，望我大陸，大陸不可見兮，衹有痛哭！葬我於高山之上兮，
望我故鄉，故鄉不可見兮，永不能忘！天蒼蒼，野茫茫，山之上，國有殤！

一九六二年春　于右任寫於臺灣

在翻閱、梳理于右任資料的過程中，對我震動最大的是這首詩作。五十六字，字字是淚，是一位八十四歲老人對國家民族無限忠貞、對家園鄉土無限眷念之傾訴！在爲這位書法家，不！在爲這位著名的民主革命先驅、偉大的愛國詩人、聞名中外的學者、震古爍今的書法大師作藝術評傳時，我首先想到的仍是這首詩作。五十六字，字字是血！是一位八十四歲老人即將走完自己一生時無可奈何而又竭盡全力的吶喊！何等蒼凉！何等悲壯！

在入手正文之前，還有一件于右任的後事深刻心中，不能不寫。一九六四年十一月十日，于右任病逝臺灣，親友打開其置放私物的鐵箱尋找遺囑、遺物時，没有發現珠寶，也没有發現股票、證券，僅有的竟是幾紙債據。一位身居要職幾十年的國民黨元老，一位名重海内外的書法大家，經濟竟如此拮据，境況竟如此窘迫，令人無法置信，而又不能回避。當事者、聞者無不動容。『三十功名風兩袖，一生珍藏紙幾張。』臺灣報刊在其逝世後的報道中有這樣的贊句。

一首詩，一件事，於其一生之輝煌業績，可謂滄海一粟。然滴水見大海，此已足可托出一位血肉豐滿的偉大人物來。

一

于右任，名以字行，原名伯循，一八七九年（清光緒五年）四月十一日出生於陝西省三原縣東關河道巷一貧寒家庭。不滿三歲，生母趙氏病故，遂寄居伯母房氏外家，得如親生之撫愛養育。于自幼深明事理，爲家境艱難，六歲即隨鄉童山野牧羊，因有《牧羊兒自述》，其中記曰：

> 我的故鄉是陝西涇陽斗口村。……我于家的始遷祖已不能深考，但住此必有很久的年代，所以鄉人稱爲斗口于家。……于姓本來不繁，在清朝中葉，尚有五家，回亂後衹有三家。我生在三原東關河道巷，又在三原讀書應試，因此就著原籍爲三原人了。

于右任七歲入楊府村馬王廟私塾，受教於三水第五先生門下。十一歲就讀於名塾毛班香，學作古近體詩文。是年，在外經商的父親由川返陝，督促學業甚嚴，常父子一燈，互爲背課，不熟夜深不寢。于謂此一時期『略識學術門徑，得益於庭訓爲多』。一八九五年，趙維熙督學陝西，學政衙門設在三原，十七歲的于右任以案首考入縣學，成爲秀才。他在《我的青年時期》一文中記述：

> 毛先生謂我學已小成，應出從名師，以資深造。所以，三原宏道書院、涇陽味經書院、

西安關中書院，我都曾經住過。時讀書稍多，詩賦經解均略能對付。……

一八九八年，又以歲試第一補廪膳生。恰逢葉爾凱出任陝西學政，出試題以觀風全省，于右任竟夜呵硯作答，葉觀之甚爲激賞，譽爲『西北奇才』，并在卷上批曰：

筆端奇氣不可遏抑，而發爲宏文又精理内含，超心躍冶，知不徒以抗懷歷史，窮眺全洲。

傳見時更授以薛福成《出使四國日記》，于讀之眼界漸開。時幕府中有葉瀾、葉瀚二東南名士，常得往來。又拜識師事關中名儒朱佛光、賀瑞麟、劉古愚諸先生，使之獲益良多，思想愈加開放。

一八九九年，年僅二十一歲的于右任被委任爲三原粥廠廠長，負責賑濟災民。自此開始步入社會，了解逐漸深刻。災民之啼饑號寒，官吏之貪贓枉法，朝廷之腐敗無能，時時刺激着于右任，使其反清革政之愛國思想日見强化。次年八月十四日（戊戌變法失敗不到兩年），八國聯軍攻陷北京，慈禧挾光緒狼狽出逃，十月二十六日抵西安，陝西中學堂被改爲行宮，令堂中師生跪迎聖駕。于右任回憶此事：

……在路旁跪了一個多鐘頭。我於愧憤之餘，忽發奇想，欲上書陝西巡撫岑雲階，請其手刃西后，重行新政。書未發，爲同學王麟生所見，勸我不要白送性命，始止。

正如其爲自己《散髮照》之撰聯：『換太平以頸血，愛自由如髮妻。』真乃滿腔熱血，肝膽照人！

一九〇二年，于右任受聘於興平執塾，著名的《雜感》等詩即此時所作。次年，又以顯優成績登鄉舉，被聘爲商州中學學堂監督。一九〇四年，禮部春闈於開封，于右任赴之應試，欲更展學業以宏圖。不料，其學友姚伯麟、孟益民爲之集印的《半哭半笑樓詩草》，被三原知縣指有反清内容，密報陝甘總督升允，升允以『逆豎昌言革命大逆不道』上奏朝廷，遂下密旨緝捕，『拿獲即行正法』。幸得李雨田慨助，遣信差奔告，纔得輾轉潛逃至上海。

『虎口餘生亦自矜，天留鐵漢卜將興。短衣散髮三千里，亡命南來哭孝陵。』此乃于右任逃亡途中經南京祭拜明孝陵之感賦，復興民族之雄心宏願顯而易見。

隱居上海後，獲著名教育家馬相伯鼎力相助，得以化名劉學裕入其創辦之震旦學院。後因法國傳教士干涉校務，乃與馬相伯、葉仲裕等人另行籌建復旦公學，馬相伯任校長，于右任講習國文。是時，孫中山領導之中國革命同盟會在東京成立，影響頗大。日本文部省在清廷交涉下，取締了中國留學生規則，留學生紛紛罷課退學，相繼回國。于右任又與王敬方等人共同創辦『中國公學』，爲愛國留學生得以繼續求學，不遺餘力。

一九〇六年，上海《蘇報》《警鐘日報》先後被清廷封閉，輿論界一度抑鬱沉悶。爲動員民衆，救國拯亡，于右任決定創辦報刊并赴日考察。十一月十三日，得康心孚引見，在東京與孫中山相晤，兩人交談極深，相見恨晚，于遂寫誓約加入同盟會，正式踏上革命救國之漫漫征途。回國後，一九〇七年四月二日《神州日報》在上海創刊，于右任自任社長。報紙以干支紀年取代清帝年號，倡導革命，針砭時弊，公開與清王朝勢不兩立之堅定立場。

不幸，未及一年，因隔壁失火殃及報社而被迫停刊。在之後的八年中，于右任備嘗艱險，幾經查封，又先後創辦了《民呼日報》《民籲日報》及《民立報》，爲反帝反封建之民族民主革命事業做出了重大貢獻。辛亥起義後，孫中山首訪民立報社，題以『戮力同心』表彰鼓勵，時有『以紙彈横掃全國，其功不下於武昌金陵擐甲攻堅之革命軍』的高度評價。

民國臨時政府成立後，于右任出任交通部次長，極力推行鐵路、郵政、航運之改革，百廢初舉，政績卓著。袁世凱竊國後，于右任全力支持孫中山二次革命，回陝任靖國軍總司令，主持西北革命大計，於討袁、護法皆有重要建樹。一九二二年靖國軍解散，于由川返滬。次年，與共産黨人一起創辦上海大學，爲民主革命培養了大批人才。一九二四年初，他襄助孫中山籌備國民黨一大及其改組工作，在《東方雜志》發表《國民黨與社會黨》一文，力主國共合作，提出了『合則兩益，離則兩損』的著名論斷。

一九二六年，西安遭劉鎮華之鎮嵩軍圍困八月餘，城内彈盡糧絶，民衆餓死達四萬餘人。于右任與馮玉祥誓師五原，率軍南下，苦戰二十餘日，解了西安之圍，不僅拯救了全城軍民，更有力地策應了北伐大業。次年十月，國民政府任于爲陝西省政府主席。此一時期，雖時局動亂，戰禍連年，于右任始終不忘體察民情，以民爲要，尤其對家鄉建設可謂傾盡精神與財力。曾先後創辦三原中學、民治中小學、渭北中學、渭北師範、陝西省立女子中學、西北農學院、教育林場、渭北水利委員會、斗口村農事試驗場及敦煌藝術學院等。

斗口村農事試驗場是于右任以自己祖遺和本户族人的三百畝地爲基礎，并用公平價錢購進外地人轉售的土地千餘畝，於一九三〇年創辦的。爲表明不牟私利的襟懷和爲公爲民的宗旨，他親自撰文刻石鑲於墻壁，文曰：

余爲改良農業、增加生産起見，因設斗口村農事試驗場。所有田地，除祖遺外，皆用公平價錢購進。我去世後，本場不論有利無利，即行奉歸國家，國有省有，臨時定之，庶能發展爲地方永遠利益。以後于氏子孫有願歸耕者，每家給以水地六畝、旱地十四畝，不自耕者，勿與。

情懷之高尚，字字可鑒！

一九二九年，于右任在長子望德的婚禮上致答謝辭時有如下一段話：

我本擬早日回陝看視災情，因足疾未能成行，并非欲留滬待兒完婚。余久抱與家鄉父老生同生、死同死的宗旨，今各位送來之賀禮，權作賑款送回陝西，感謝各位送禮爲陝助賑的熱情。

兩年後，他在給兒子、兒媳的信中又這樣寫道：

我這幾日要回陝西，看窮苦的鄉親。這一兩年間，陝西老百姓餓死、凍死、逃亡者近三百萬。所以我有的錢，先救窮親故，對你們時時將款匯不出。但是你們能努力讀書，我吃苦是喜歡的……

如此情操，令人慨嘆、敬佩！

在建議政府設立敦煌藝術學院之前，于右任曾赴西北考察。當看到敦煌珍品不斷遭受外人竊奪時，疾呼『似此東方民族之文化淵海，若不再積極設法保存，世稱敦煌文物，恐遂烟消。非特爲考古家所嘆息，實是民族最大之損失』，并提出『招容大學藝術生就地研習，寓保管於研究之中』等具體措施。建議得到民國政府認可，一九四三年敦煌藝術學院成立。于氏此舉對挽救祖國文化遺產，可謂功德千秋。

于右任在民國政府中任監察院長職務最久，自一九三一年開始，長達三十三年。著有《監察制度史要》《監察制度史考》等，爲監察制度之建立、實施費盡心血。抗戰期間，主張兩黨合作，共同抗擊外敵，曾應周恩來、朱德之請爲《新華日報》題寫報頭。民國政府西遷重慶後，他通過女婿屈武與周恩來保持聯繫。重慶談判時，他曾宴請毛澤東，力促國共再次合作。

在臺期間，于右任思念故土和親人的情思與日俱增，急切盼望祖國山河早歸一統。一九五八年，他爲經頤淵、陳樹人、何香凝合作的歲寒三友圖補遺字詩：

破碎河山容再造，凋零師友記同游。中山陵樹年年老，掃墓于郎已白頭。

讀之令人凄然！《人民日報》轉載後，何香凝、林伯渠、朱藴山、但懋辛、王昆侖、沈尹默等人紛紛步韵唱和，激動着海峽兩岸的炎黄子孫。一九六二年，于右任自知時日不多，在日記中寫道：

我百年後，願葬玉山或阿里山樹木多的高處，可以時時望大陸。

旁有小注：『山要最高者，樹要大者。』同月的日記中，多次出現『山要最高者』之類詞語。這位獻畢生於國家民族的老人，已預感到自己將長久被海峽隔於孤島，葉落難以歸根！但他死而不願瞑目，他要時時『望我大陸』『望我故鄉』！

一九六四年十一月十日，這位西北高原的牧羊兒，拖着疲憊的身軀，帶着輝煌，也帶着遺憾，走完了自己的一生。他永遠地走了！但他獻身於救國救民事業之卓卓業績，『爲天地立心，爲生民立命』之貞貞情操，將永遠地留在國人心中。

二

據傳，于右任兒時在山野牧羊，見到斷碑殘碣，便對上邊的字生發了濃厚興趣，常以手指或樹枝在地上比畫。於此，我深信不疑，且以爲對于右任一生之書法起着不可低估的作用，或者有着特殊的意義：它是開啓于右任藝術心靈的第一把鑰匙，這第一把鑰匙不是書房或者學堂書桌上的字帖，而是荒原上的碣石、墓志，不是父輩或者老師的莫名説教，而是自在的羊群和無際的藍天。他可以放情揮灑，憑着自己的理解，可能是極幼稚的，却是主動的、完全屬於他自己的。

此時，碑學振興已百年有餘，繼阮元《南北書派論》《北碑南帖論》和包世臣《藝舟雙楫》之後，康有爲正在編著《廣藝舟雙楫》，『山岩、屋壁、荒野、窮郊，或拾從耕父之鋤，或搜自官厨之石，洗濯而發其光采，摹拓以廣其流傳』。一幅何其燦爛的畫卷！在這畫卷中，我仿佛看到了于右任的身影。『古今之中，唯南碑與魏爲可宗，可宗爲何？曰，有十美：一曰魄力雄强，二曰氣象渾穆，三曰筆法跳躍，四曰點畫峻厚，五曰意態奇逸，六曰精神飛動，七曰興趣酣足，八曰骨法洞達，九曰結構天成，十曰血肉豐美。』康有爲此論無疑在于右任少兒時代便留下了深深的痕迹。看他幾十年後的成熟作品，以此『十美』作評，再恰切不過。

當然，出於傳統習尚以及對老師的遵從，于右任和一般學童一樣，也難免『顏、柳、歐、趙』。據傳，在從師第五先生及毛班香時期，就臨習過趙孟頫，盡管他對趙的政治生涯極其厭惡；甚至對毛漢詩『所寫王羲之十七鵝，每一鵝字，飛、行、坐、卧、偃、仰、正、側，個個不同』，也能習寫一二。但那畢竟是少兒時期一段爲時不長的學書經歷，真正的功夫是在後邊，是在年曆翻進了本世紀以後。『朝寫石門銘，暮臨二十品。竟夜集詩聯，不知泪濕枕。』于右任一九三〇年的這首詩，是對此前一段時期習書情況的概括，可見其於魏碑之虔誠、投入。其實，他用力傳統處何止於此，案頭常放的碑帖，除《石門銘》《二十品》外，尚有《爨寶子碑》《張猛龍碑》《鄭文公碑》《瘞鶴銘》《張黑女墓志》《曹子建碑》《華山廟碑》《夏承碑》《曹娥碑》《三公山碑》《封禪國山碑》《吊比干墓文》等等，而他於碑石之庋集更是一般人難望項背，僅墓志原石就達一百五十九方之多。一九三六年，爲避日禍，免於散失，更爲後人利用，于右任將其十餘年心血購藏之全部碑石，計三百八十餘塊，全部捐贈公有，保管於文廟（西安碑林）至今。何其卓异之功德！

于右任之北碑書風，二十世紀二十年代初已具規模，至三十年代完全成熟，愈後愈精妙。將其有紀年落款和書寫時間可考的作品挑揀出來，略作排比，便可清晰地得出這一結論。

《劉仲貞墓志》書刻時間爲一九一九年，是迄今可見到的于右任書寫最早的墓志銘。晋人意味最多，間有虞世南、李北海筆意，也可看到趙孟頫態勢。一言蔽之，乃二王一路正宗帖派，全然没有北碑的影子。此前一年所書之《録延長感事詩軸》，亦屬帖派面目，而一九二一年便有純魏碑基調之書作送人了，如《贈召卿楷書四屏》，以此可以推斷于右任入手魏碑的時間應爲一九二〇年。

有趣的是，與《贈召卿楷書四屏》同年所書、同屬魏楷的《王太夫人事略》，風格却大相徑庭。前者方筆爲主，圭角森然，後者圓筆爲主，更見雍容，而二者均真迹無疑。詫异之際，于右任發現《廣武將軍碑》時記下的詩文給了答案，正所謂『解鈴繫鈴』。『朝寫石門銘，暮臨二十品』是此一時期于氏之日課，從大部分創作看，筆下顯露者多爲《二十品》之類的峻拔遒麗，《贈召卿四屏》即早期代表。此時，恰巧訪得《廣武碑》，于右任如獲至寶，贊曰：

碑版規模啓六朝，寰宇聲價邁二爨。

又説：

我最初學魏碑與漢碑，後發現了廣武將軍碑，認爲衆美皆備，即一心深研極究，臨寫不輟，得大受用，由是漸變作風。

於是，《廣武碑》樸拙之隸意與《石門銘》恣肆之魏法被自然地糅合在一起，而且是那樣地天衣無縫。這便有了《王太夫人事略》之創作。此乃天才書法家與常人之不同處。再看十年後書丹的《秋先烈紀念碑記》，其淵源再清楚不過，且於《王太夫人事略》之基礎上有了質的飛躍，綫條剛柔相濟，體勢開張奇逸，氣象超凡拔俗，堪爲此一時期于書碑志中之代表，亦乃其營造之魏楷的典型風格。加之著名思想家章炳麟撰文，更增加了碑記的感染力，使觀者不禁想起『秋風秋雨愁煞人』之壯烈情景，平添了對烈士的敬仰緬懷。

此段時間，于右任書寫碑志最多。從《王太夫人事略》始，依次有《張清和墓志》《鄒容墓表》《茹欲可墓志》《彭仲翔墓志》《胡勵生墓志》《佩蘭女士墓志》《陸秋心墓志》《耿端人紀念碑》等，至一九三二年的《楊松軒墓表》，皆爲魏楷一路，然又不盡相同，可謂一碑一面目，一年一境界，足可看出于氏於北碑所用之功夫。而其同一時期乃至稍後的魏體行書，風格之獨出，氣象之超然，也便是極自然的了。

目前，能够見到的于右任最早的行書，應是《贈輝堂世伯四屏》。據載，一九〇八年于右任返陝探病父途中有《鄭州感舊題壁》詩作，一九〇九年冬又返三原葬父，親執移靈之禮。以此爲綫索，將四屏末首七絕中之『去年今日也曾來』句、第一首《調寄醜奴兒令》中之『今來更有傷心事』句以及題曰『河南道中見舊題壁詩有作』等串起來看，脉絡便比較地清楚了，是作又是以原名『伯循』署款，在稍晚的作品中也未曾見到過，且是爲其世伯所書，理應在離陝返滬之前，因此，定在一九〇九年當無問題。作品似有子昂筆意，更多東坡體勢，對其早年曾習書蘇、趙之説亦是佐證。雖用筆、結字不少處尚嫌稚弱，畢竟是三十歲作品，臻此境界，已很是難能。

此後的近十年間，未見到于右任的作品，是流傳問題，還是庋集不力，抑或是于右任很少對外書寫？大概三者都有可能，而後者成分占多，因爲此一時期，他正在傳統中苦苦探索，還没有找到屬於自己的藝術語言。至《録延長感事詩軸》那件目前所能見到最早署有年款（一九一八年）的作品，面目仍與《贈輝堂世伯四屏》相似，衹是更豪放瀟灑些。

與其魏碑楷書幾乎同步，一九二〇年以後，于右任的行書逐漸摻入北碑。更準確些説，他是在一方面逐步完善魏楷，一方面逐步把魏楷行書化，使楷書、行書并行發展，相得益彰。不妨再看幾件署有年款的作品：一九二一年的《贈張静江詩軸》、一九二六年的《四圍萬卷聯》、一九三〇年的《邵定漁家詩軸》、一九三一年的《龍門造像有感詩軸》及《樗園訪陳樹人詩軸》，顯而易見，前兩件基於《鄒容墓表》《胡勵生墓志》等較早一類楷書，後三件則出於《耿端人紀念碑》《秋先烈紀念碑記》等時間更晚一類楷書，且隨着時間的推移，行書成分在逐漸增多，個性在逐漸鮮明、成熟。

這是一個不可忽視的現象。不少人認爲于右任的行書是在帖派行書之基礎上，不斷融入魏碑而逐漸形成的，此看法未免本末倒置。恰恰相反，他是先確立了自己的魏楷面目，而後逐步將其行書化。當然，原先之帖學功夫是不能缺少的條件，否則，其魏楷難以行書化。如果我們認真地看看《耿端人紀念碑》及《秋先烈紀念碑記》，再依創作時序對照分析一下其前後不同時期之行書作品，這種感覺會是很鮮明的。

此後，于右任之魏體行書進入巔峰時期，創作量之大，精品之多，前所罕見。流傳於世的有屏條、對聯、中堂、横批等多種傳統形式的作品，還有大量的信札、便函，而最能充分展示其博大雄渾、古樸天然之美學特徵的是對聯，諸如贈幼農先生的《禀生賦正聯》、贈君陶先生的《時雨大雲聯》、贈宗耀先生的《行修理得聯》等等，觀之，似隨手寫來，却又筆筆千鈞，字字神妙，真乃震人心膽，攝人魂魄。無疑，其力量來自于右任熔古鑄今之砥礪磨煉，更來自于右任吞吐八荒之氣質修養。對此等神來之作，用任何詞語作評都會顯得蒼白，若按一般作品論其點畫出處、結字淵源，更是捨本逐末，必墮五里霧中。

于右任晚年致力『標準草書』，除報刊題頭、匾額招牌外，很少再有魏楷及魏體行書之創作，偶爾爲之，也是行草兼施，隨意而出。此時之作品，精氣内藏，已臻化境，碑帖之融合達到了高度的完美。所謂『人書俱老』，所謂『不激不厲，而風規自遠』者，於此找到了最好的詮釋和注脚。《鄒海濱墓表》是僅有的一件署年款的此類作品，然就此一件已足够我們觀賞享受了。是作雖字字獨立，界格而書，却是渾然一體，或楷或行或草，或漢或晋或魏，在這裏已無法界分。這是于右任一九五九年十一月書就的，八十一歲高齡老人將其一生研究書法之所得，將其一生修養學問之精髓，將其一生爲世做人之體悟，也將其對後世之寄托和希望，全部融了進去。這就是此件作品的藝術内涵和生命價值。

我在很早的一篇《魏體行書及其代表書家》文章中列舉了三位書家：趙之謙、康有爲、于右任，他們是魏體行書開宗立派之大師級人物。現在看來，仍無出其右者。所謂『魏體行書』，是指其共同特徵皆以魏碑爲母體、爲基調，結合各自不同的審美追求，兼融不同成分之篆、隸、行、草，而以行書面目出之。雄渾樸茂，跌宕奇崛，恢宏曠達，高古簡遠乃其主要美學特徵。我們回過頭來看于右任的行書，相信這種感受是自然的、强烈的。

應該指出，在于右任大量的流傳作品中，并非件件皆精，甚至有相當一部分作品感覺較差。究其原因，要兩分來看：于右任之行書創作時期，國内局勢極爲動蕩，戰禍不斷，他的主要精力用在軍政事務。其時，書法已頗有名聲，稍有閑暇，便需應酬，心境、環境很難皆在『五合』狀態，一般性作品也就在所難免，此爲其一；另據傳聞，于右任應酬不及，指定有代筆人，如外甥周伯敏等。此等説法不能輕信，但于有幾位學生、下屬學其書法，很有幾分成色，若爲愛護其身體、節省其時間，對無足輕重之應酬私下代勞，也難説沒有。而圈外人，又能舞弄筆墨者，出於其他種種需要仿其作品，就更無法避免了。因此，一般性作品乃至贋品流傳，似乎又在『情理之中』，但我們有責任來做去僞存真、去粗取精的工作，盡管瑕不掩瑜。

三

于右任於草書之研究，致力最多，成就也最爲卓著。

在一九二七年前後于右任的信札中，已常見行草兼而爲之，多屬二王面目，偶有魏碑筆意，之後應用草書愈來愈多。以此看來，其開始研習草書的時間當在一九二七年之前。他在後來的《標準草書·自序》中曾記曰：『余中年學草，每日僅記一字，兩三年間，可以執筆。』

自發現《廣武碑》後，于右任在廣搜漢魏刻石之同時，即着手歷代草書墨迹、拓本及論著之搜集，得名拓、善本百餘種之多。後在西北考察時，於敦煌得見索靖《月儀帖》及樓蘭、居延等地出土之簡牘，更是振奮不已，有詩爲記：

月儀墨迹瞻殘字，西夏遺文見草書。踏破沙場君莫笑，白頭纔到一躊躇。

視野既廣，鑽研又勤，草書自然日新月异。

二十年代末，于右任尚有一段與著名書家王世鏜之非凡交往，於其草書研究有着重要影響。之前，王曾修訂舊《草書百韵歌》，『糾前人之失，抒自得之見，并在漢中刻石印行』。當時，北大教授卓君庸不知王爲何人，竟評『三百年以來無此人』。于得知後四處打聽，始知乃其外甥周伯敏之叔岳丈，遂請至寧，安排在監察院，專研書法。于與之朝夕過從，獲益良多，惜不到兩年，王世鏜謝世南京。時人有『魯生（王世鏜）得右任而書名益顯，右任得魯生而筆意倍高』之評。于右任對王世鏜之去世甚是痛惜，將其葬於牛首山清道人墓旁，并題詩云：

牛首晴雲掩上京，玉梅庵外萬花迎。青山合伴王章武，一代書家兩主盟。

其評至高，其情至深。

于右任自身草書的發展，與其提倡、研究『標準草書』更有着直接關係。一九三一年，他就在上海發起成立了『草書社』，次年更名爲『標準草書社』，致力於『標準草書』之研究推廣。經書社同人數年之齊心協力，《標準草書千字文》於一九三六年由上海漢文正楷書局出版，于右任在自序中明確提出：『……斯旨定後，乃立原則：曰易識，曰易寫，曰準確，曰美麗。以此四則，以爲取捨。字無論其爲紙帛爲磚石爲竹木簡，唯其以衆人之所以欣賞者，還供衆人之用。并期經此整理，習之者由苦而樂，用之者由分立而統一，此則作者之唯一希望也。』爲此目的，于右任親自選字，楊天驥、周伯敏、劉海天、曹明爲、李生芳、胡公石、李祥麟、賈岳生等社中諸賢參與初選及閱校。據傳，初選字約六十萬，再由于右任一一遴選圈定。余粗略統計，所選千字涉及之刻帖、墨迹、典策達百餘種，從《急就章》《月儀帖》《出師頌》《十七帖》《書譜》《自叙帖》等草書名帖，到《淳化閣帖》《絳帖》《大觀帖》《三希堂法帖》等大型匯帖，從新出土之《樓蘭文字》《流沙墜簡》，到新影印之《古今尺牘》《故宫周刊》乃至日本的《書道全集》，可謂應有盡有；涉及之書家一百四十餘位，漢之崔瑗、張芝，魏之鍾繇，吴之皇象，晋之索靖、王羲之、王獻之，南朝之智永，唐之孫過庭、顔真卿、懷素、張旭等等，歷朝歷代盡收其中，直至民國王世鏜。搜集之廣泛，選檢之認真，古今未見。其中七十七字，於古迹中找不到滿意者，于右任則與社中同人按『標準草書』原則，仿古意補之，真乃心血費盡，一絲不苟。時人稱之『集字百衲本』，何止『百衲』焉！其價值更無以估量，古之『草書千文』不下百種，無一能與之同日而語也。劉延濤在《跋語》中云：

標準草書首揭易識、易寫、準確、美麗爲四原則，而復確立草書系統，契合草書符號，表例條貫，晤一通百。於極紊亂復雜之中，求出其極清晰嚴整之演變規徑，而爲中國文字放一异彩。

又云：

方創作伊始，先生每以書之編制與旨義語人，人多以通匯章、今、狂以成書，字不同姿、人不同習爲難事。及今春樣本問世，則曩之殷殷然憂者，又忻忻然喜矣！而益知哲人睿思固嘗遠超時代也！……標準草書發千餘年不傳之秘，爲過去草書作一總結賬，爲將來文字開一新道路。

堪爲至評也。

《標準草書千字文》自一九三六年第一版後，又八次修改，印刷出版，足見于右任於草書研究之恒心、治學精神之嚴謹。

目前所能見到于右任最早的草書作品爲一九三二年的《岳西峰墓志銘》。顯然，此時之草書尚處於『集字』階段，基調屬王，而趙的影子時時可見，如魂附體，拂之不去。一九三四年的《斗口村農事試驗場遺囑碑》便成熟了許多，自然了許多。而同年所書的《周湘令墓表》則摻入了很多章草成分，顯然與前段時間和王世鏜之交往有着密切關係。此後一個時期，諸如一九三五年的《胡太公墓志銘》、一九三六年的《趙母曹太夫人墓表》、一九三八年的《文天祥正氣歌六屏刻石》、一九四三年的《王陸一墓志銘》等等，或章草成分居多，或二王一路爲主，或摻入北碑筆意，面目均有不同。顯而易見，于右任在研究標準草書時，搜集翻閱之大量資料在直接影響着他的創作，或者説，這一時期他的草書正處於全面探索、廣收博取之階段。

四十年代末五十年代初，其草書基本成熟，風格開始確立。以一九五〇年的《標準草書草聖千字文》（陜西于右任書法學會藏本）爲例，過去一些作品中結字稍顯拘謹、用筆稍顯遲疑之現象已全然不見，取而代之的是渾厚多變之綫條、灑脱跌宕之體勢。此時，由於草法的精熟，于右任已步入自由王國之境界，他原本雄厚的魏體行書功夫，從容地、自然地帶入了草書，形成了前所未有的獨特風貌。博大、雄渾、古樸、天然等其魏體行書之典型特徵，在草書中得到了充分的體現。如果説清中晚期碑學之振興，給行書帶來了一場革命的話，那麼，于右任的草書也同樣是碑學復興所帶來的革命性變化，而且價值更可貴。

因爲，除了個别章草書家於此略露端倪外，真正意義上的草書融入碑意，獨于右任一家。

五十年代中後期，于右任草書最多，且件件精妙，一九五八年的《辛亥以來陝西死難烈士紀念碑》頗具代表性。是碑原文于右任一九一七年作於西安。辛亥革命後，袁世凱竊國，次年，孫中山領導、于右任參加之二次革命亦告失敗，接着一次大戰爆發，袁世凱又接受了日本提出的亡我中華之『二十一條』，值此逆賊竊權、國難當頭之時，陝西的志士仁人和全國廣大民衆一道投入了討袁、護國之革命運動，三秦大地也和全國一樣，灑遍了中華優秀兒女的熱血。此一時期，于右任作爲西北軍總司令，親自領導了這場可歌可泣的鬥争，對爲之捐軀的烈士無疑有着極爲强烈的緬懷之情，『……英雄萬骨，塞潼關道；咸陽原上，膏血野草。萬劫周回，萬靈環繞，萬朵黄花，香連嶺表。豐碑參天，人倫此愛；岳色河聲，并峙千載。誠鑄國魂，血化時代；開國人豪，精神如在』。一詞一字，飽浸着于右任的民族大義、愛國情懷，令人不勝感慨，不勝泣然。四十一年後，他在臺灣重書此文，對烈士之緬想，對故土之思念，全部寄於文内，化在墨中。開始數字，沉滯凝重，很快，那種痛苦的回憶便被革命志士壯懷激烈之情操所振奮，所替代，於是，筆墨不能自已地得以淋灕酣暢地揮發，氣行神運，一統全章。

需要提出的是，由於對標準草書的身體力行，于右任養成了字字獨立的作書習慣。對此曾聞微辭，曰『終究有礙於其書法藝術之充分展現』。豈不知『游絲斷而還續，龍鸞群而不争』正是于書大度雍容之所在。書之境界貴在自然天成，那種强作引帶之『一筆書』，不也很少有人欣賞嗎？

進入六十年代，于右任的草書全然爐火純青，天人合一，而毫無倦態衰象。如《宋教仁石像題語》之作，雖未署年款，以其所臻之境界，定爲最後兩年所書，當不會錯。宋爲同盟會早期主要成員，辛亥革命後曾任南京臨時政府法制院院長、國民黨代理理事長等職，於資產階級民主革命功績卓著，一九一三年，因反對袁世凱專權而被暗殺。彌留之際，以三事相托於于：一、個人書籍全部捐南京圖書館；二、請于與黄興代爲照顧老母；三、對國家前途，望諸公努力進行，勿以個人爲念。又專對其至親劉君白説：『我所欲言，盡與右任言矣。』可見二人交誼之深。人世滄桑，星移斗轉，于右任未曾一日忘記生死與共之戰友、同志，五十年過去了，重書題語，必老泪縱横矣！

嗚呼！九原之泪，天下之血，老友之筆，賊人之鐵。勒之空山，期之良史，銘諸心肝，質諸天地。

讀之，令人不禁想起顔真卿之《祭侄文稿》，斯文、斯書，當與之同耀書史也！吾評過耶？吾謂非也！無廣闊之襟懷，無高深之修養，無非凡之閲歷，無至厚之功力，何以爲此文？何以爲此書？文且不論，祇觀其書，已難以常法作評，所謂『隨心所欲不逾矩』，於此當改作『隨心所欲皆成矩』更爲準確！所謂『法即是我』，於此也當有種真真的體味。毫無疑問，從某種意義上講，于右任更進一步豐富了草書的字法與筆法。以此吾言，何爲書法之『法』？依其自身規律之發現與發展是也，它將隨着人們審美觀念的變化而不斷出新。

四

臺灣劉延濤在《于右任紀念集》中有如是記述：

在我追隨先生三十年當中，除了這次（病逝前）住院外，從未見他一天不讀書……

僅一九六三年一月日記中記載，于右任『所讀之書即有明儒學案、河東學案、崇仁吴良康齋語録、泰州學案、蘇東坡語録、羅近溪汝芳傳、三原學案、白沙學案、陽明語録等十數本之多。若書讀不精，心得不深，筆記不勤，則處處得見先生自責警惕之辭』。已是八十五歲高齡老人，尚且如此精進不懈，何等令人欽佩，令人驚嘆！而于右任之所以能成爲書法大師，除一生臨池不輟之外，最重要的因素便是其淵博之學識，高深之修養。

本文旨在研討于右任的書法，無意涉獵他在其他領域之成就。但在賞析其書法作品時，注意到有相當一部分寫的是自作詩文，即便用前人，也多有選擇，絶不隨意遷就。書界中人當然知道，書寫自己的詩文或者中意的内容，心境自然不同於他人之强求。而于右任心中繫着國家之命運、民族之興衰、庶民之生計、同胞之安危，更是『翰不虛動，下必有由』。或以自己詩文直抒胸臆，或借古人詞章褒貶時代，胸有萬卷詩書，隨意拈來皆成佳構。這裏，文因書尤顯絢爛，書以文更爲恢宏，這是一種自然的升華。

據統計，于右任一生所寫詩詞歌賦近千首，各類文章、著述及信函、尺牘更難以計數。限於篇幅，僅將其與書法有關之詩文略舉於後，亦可藉以窺得其書學觀念之一斑。

一九二一年，陝西靖國軍内部矛盾日漸激化，于右任心情抑鬱，退避三原，在自己經營的民治學校中有過一段半隱居式的田園生活。《民治校園紀事》詩十首等名作之外，《尋碑》詩亦此年所作：『曳杖尋碑去，城南日往還。水沉千福寺，雲掩五臺山。洗滌摩崖上，徘徊造像間。愁來且乘興，得失兩開顔。』

雖心情鬱悶，但訪得碑來之興奮仍難以抑制，足見于右任於碑版金石之情有獨鍾。

此前，尚有《紀廣武將軍碑》及《廣武將軍碑復出土歌贈李君春堂》兩首。前爲五律，記述了廣武碑復現之簡況：『廣武碑何處，彭衙認蘇痕。地當倉聖廟，石在史官村。部大官難收，夫蒙城尚存。軍中偏有暇，稽古送黃昏。』後乃古風，有『碑版規模啓六朝，寰宇聲價邁二爨。僧毀化度鬼猶哭，雷轟薦福神應眷。七年躍馬出山城，披荆斬棘搜求遍』等句，以記其對北碑之高度評價、碑版遭損之痛惜及訪碣尋碑之艱辛；也有『李君忽出碑一通，部大酋大字完整。驚詢名物何處來，爲道新出白水境』，以記述他得見廣武碑之驚喜狀況及前後過程；更有『慕容文重庾開府，道家像貴姚伯多。增以廣武尤奇絶，族人文化堪研磨』以表達他對其稱爲『碑中三絶』的《慕容恩碑》《姚伯多造像》《廣武將軍碑》之由衷贊嘆。是詩洋洋五百二十九言，所謂『情動而辭發，披文以入情』，雖『世遠莫見其面』，而『覘文輒見其心』矣。

一九二四年，有贈雷召卿二首，其一：『金石遺文自足珍，彭衙名物重苻秦。回思舊事增惆悵，錯咏披荆訪古人。』其二：『李春堂死冤難論，廣武碑移感更多。夜半摩挲忽泪下，關門風雨近如何？』前有題記曰：『初訪得廣武將軍碑者爲雷召卿，余作歌贈李君春堂因其最先持以贈余也。十一年春春堂殉國，十三年春召由澄縣來函海上述始末，因爲詩贈之。』雖區區小事，于右任却賦詩并記，將其始末緣由寫得清清楚楚。『在名萬世者，不輕縱微之事』，斯言不虛也。

一九二七年秋，于右任得知金石家趙古泥在常熟之住處，即刻輕車簡從，專程拜訪。二人載酒泛舟於尚父湖上，談古論今，引爲知己，留下了一段藝壇佳話。據傳，于右任常用的『關中于氏』[1]、『大風』等印，即趙古泥所製。『尚父湖波蕩夕陽，征誅漁釣兩難忘。窮羞白髮爲文士，老羨黃泉作國殤。落葉層層迷去路，横舟緩緩適何方。桂枝如雪楓如血，猛懷關西舊戰場。』便是此行之紀懷。事隔十七年，趙古泥早已作古，于右任對常熟之行仍在念中，并專爲趙古泥印存題詩二首：

石作剥殘神亦到，字求平正法仍嚴。缶翁門下提刀者，四顧何人似趙髯？

尚父湖波蕩夕陽，扁舟載酒意難忘。回思十七年來事，惆悵江南又隕霜。

前首堪稱識者至評，後首復以『尚父湖波蕩夕陽』起句，足見于右任於前賢之懷念、舊情之不忘。『惆悵』句顯然喻指此前王世鏜已在南京病逝。對王世鏜之去世，于右任更是悲痛不已，有挽詩四首，此選其二：

三百年來筆一枝，不爲索靖即張芝。流沙萬簡難全見，遺恨茫茫絶命詞。

多君大度邁絶倫，得毀翻新賞鑒真。一段離奇章草案，都因愛古薄今人。

前已述及，當王世鏜修訂之《草書百韻歌》刊行於世後，北大教授卓君庸等人曾在報上撰文，認爲此本必出自前名家之手，謂『三百年以來無此人』，此説即刻遭到與王世鏜有至交的當時綏遠教育廳廳長靳志的反駁，從而引發了一場官司。『一段離奇章草案，都因愛古薄今人』即指此。

一九四一年，于右任赴西北考察，中秋時節抵敦煌。時張大千恰在莫高窟臨摹壁畫，二人皆喜出望外，當晚即邀高一涵、馬雲章、衛聚賢、曹漢章等人在張大千臨時住所把酒賞月。席間談及敦煌藝術珍品不斷被外人掠奪時，無不爲之憤然痛惜。《敦煌紀事八首》便是于右任當時心情之寫照。篇幅所限，僅選兩首：

斯氏伯氏去多時，東窟西窟亦可悲。敦煌學已滿天下，中國學人知不知？
瓜美梨香十月天，勝游能復續今年？岩堂壁殿無成毀，手撥寒灰撿斷篇。

據載，一九〇七年，英國人斯坦因買通守窟王道士，掠得文物三十餘箱，後又有法國人伯希和竊去經卷千餘。于右任對西人之强盜行徑及國人之愚昧落後可謂痛心疾首。接着，他又不顧艱辛，赴萬佛峽（榆林窟）察看，有詩四首，此選其一：

層層佛畫多完好，種種遺聞不忍聽。五步内亡兩道士，十年前毁一樓經。

詩後有跋：『鍾道士商談州人，年八十餘，民國十九年爲匪所害，并將藏經毁去。另一道士死況待查。』字裏行間充滿了對祖國文物之珍惜和憂慮。返川後立即向當時政府提出『設立敦煌藝術院以期保存東方各民族文化而資發揚事』之建議案。前已提及，不再贅述。

《標準草書千字文》出版後，有《百字令》作題：

草書重整，是中華文化復興先務。古昔無窮之作者，多少精神貫注。漢簡流沙，唐經石窟，實用臻高度。元明而後，沉埋久矣誰顧？試問世界人民，超音争速，急急緣何故。同此時間同此手，且莫遲遲相誤。符號神奇，髯翁發見，標準思傳付。敬招同志，來爲學術開路。

顯然，于右任建立標準草書之首要目的是實用，是要用便捷之草書取代日見繁雜之楷書，以適應時代之發展、社會之進步。

于右任在另一篇作品中寫道：

文字爲人類表現思想、發展生活之工具，書法爲中國特有藝術，亦爲我國古今教育要科，關係國家民族之前途至大，不可以小技視之也。

這裏，他明確指出，作爲表現思想、發展生活之工具的文字和作爲中國特有藝術的書法是兩碼事，但書法自脱離實用獨立爲藝術之後，隨着社會的發展、科技的進步已日漸式微。

因此，于右任疾呼，作爲中國傳統文化之象徵和根基，絶不可將書法『以小技視之』，它『關係國家民族之前途至大』。此絶非危言聳聽！很難想象，一個民族若把自己傳統文化最根本的東西丟掉，將是怎樣的後果！

很明顯，于右任既希望文字改革，删繁就簡，走標準草書之道路，又希望書法藝術得到重視和普及，有一個更大的發展。他對自己的書法就曾説過：

> 我寫字没有任何禁忌，執筆、展紙、坐法，一切順乎自然——在動筆的時候，我絶不因爲遷就美觀而違反自然，因爲自然本身就是一種美。

這裏的『美觀』顯然是指一般規律，也應該包括他自己制訂的『標準』，『自然』則是他個人於書法長期積澱後的升華，是他經歷了『外師造化、中得心源』之後對書法藝術內在規律的深層次把握。

于右任早在一九一〇年就在《民立報》上發表過如是論述：

行乎不得不行，止乎不得不止，因自然之波瀾以爲波瀾，乃爲至文。泥古非也，擬古亦非也。無古人之氣息，非也，盡古人之面貌亦非也。以浩浩感慨之致，卷舒其間，是古是我，即古即我，乃爲得之。

此雖爲詩論，書法亦然，集中其要，『自然』二字也。

世人多以『典雅俊逸』評論王書，于右任則謂：

二王之書，未必皆巧，而各有奇趣，甚者愈拙而愈妍，以其筆筆皆活，隨意可生姿態也。試以紙覆古人名帖仿書之，點畫部位無差也，而妍媸懸殊者，筆活與筆死也。

一個『活』字，道出了書法之生命所在，而這個『活』字，當與前論之『自然』二字所指無异。于右任不但深明此理，且深諳此道，觀其書作，最突出之感受即在於此。若以其論評其書，再貼切不過：『（右任）之書，未必皆巧，而各有奇趣，甚者愈拙而愈妍，以其筆筆皆活，隨意可生姿態也。』

五

清末民初之書法，乘清代碑學大興之餘緒，繼續着前進的步伐。朝代的更迭，社會的動蕩，政體的變革，似乎没有給書法以絲毫窒礙，相反，西方文化的滲入，民主思想的勃發，給書壇帶來了某種意義上更爲活躍的創造和生動的局面。

楊守敬胎帖孕碑、蒼潤拔俗之書風以及東播碑學之重大影響；吴昌碩以篆籀法寫行草，古意新出之精神奇氣、雄渾蒼樸之獨特風貌；沈曾植融漢鑄魏、碑帖并舉之新境界；康有爲周秦漢魏一爐冶之及尊碑抑帖奇文宏論對書壇之震撼；李瑞清承接黄山谷，博習六朝塑造之自家面目——如此等等之書家，如此等等之成就，使得民國初期之書法繼續閃爍着炫目的光芒，同時，也爲于右任書法的生成準備了豐厚的土壤。上天好像事前做好了安排，當時間跨入二十年代後期，這些碑派書家們先後謝世的時候，于右任已經循着他們的路徑，踩着他們的肩膀，從西北高原的山坳裏大步走了出來，邁進了書法藝術的神聖殿堂。

于右任没有辜負歷史賦予他的承前啓後的偉大使命，而且是唯一能當此殊榮者。在其同時及其以後的幾十年中，没有一位書家能與之抗衡。他的雄渾偉岸、灑脱自若之行書，他的質樸奇崛、渾然無迹之草書，皆被人們心悦誠服地統稱爲『于體』，無論在大陸，還是在港臺，無論在日本，還是在韓國、新加坡，乃至所有開展書法之國家和地區，都有大批的欣賞者、崇拜者、效法者。于右任自然地成爲開宗立派之一代宗師。他所倡導和建制的『標準草書』也爲不少有識之士從文字學、社會學以及書法領域等各個方面予以首肯和弘揚。

然而，藝術見解常有見仁見智之不同。對于右任的草書便有不盡一致的看法。不少人認爲，于右任書法創作的突出成就主要體現在他的碑體行楷上，而其草書創作則不甚成功，對此，必須費些筆墨進行澄清。

產生這種觀點的原因，除了由於海峽兩岸的長期阻隔及文化交流的空白，我們大陸的書家對于氏晚年的草書創作了解甚少外，可能還有以下三個因素：一、把文字的實用功能與書法的藝術功能對立了起來；二、誤將『標準草書』所致力的草書字法的『標準』當作于右任在倡導草書藝術『標準』化；三、把『標準草書』與于右任的草書創作成就混爲一談。

毋庸諱言，于右任提倡『標準草書』的確在很大程度上是出於『實用』的目的。這個宗旨，在他的《百字令·題標準草書》和《標準草書·自序》中已經闡述得非常明確。去臺後，這個初衷始終未改。一九六二年九月二十日，在臺灣『中國書法學會』成立時所發表的賀辭中于氏又一次表示：

我之作書，初無意於求工，始則鬻書自給，繼則以爲業餘之運動，後則有感於中國文字之急需謀求其書寫之便利，以應時代要求，而提倡標準草書。

强調對草書實用功能的發揮，可以説是于右任自三十年代直至暮年始終極爲關注的一件大事情。這絲毫不奇怪，因爲從根本上説于右任是一個『入世』極深的藝術家。他之爲人爲藝、爲詩文爲書法從來就没有試圖逃避現實、躲進象牙塔中去自我陶醉。出身貧寒之家，起自隴畝布衣，做過牧羊兒、紙炮房小工又全力投身於民族民主革命的于右任，終其一生，從不把自己與現實、與社會分隔開來。他之吟誦揮毫，多憂國憂民之作，或録以歷代賢哲名儒的嘉言粹語。日本帝國主義發動侵華戰争後，在追悼百靈廟陣亡將士時，他題寫的是：『夢回東四省[2]，血歸大青山。』抗戰勝利後，他書寫了一兩千幅的『爲萬世開太平』。即使是送字給達官貴胄，他之所書，也都藴含着深意。蔣經國手中有一幅于右任爲他所書的對聯：『計利當計天下利，求名應求萬世名。』

一九五〇年重九，臺灣詩人在陽明山登高，于右任在簽名簿上寫下希望：敬望與會諸公，咸以康濟之懷抱，發爲時代之歌聲，爲詩學開闢新的道路，爲生民肩負新的使命。

一九五五年在臺南詩人大會致辭中于右任又進一步闡述：

……今日詩人之責任，則與時代而俱大。謹以拙見分述如下：一、發揚時代精神；二、便利大衆歌賞。蓋違乎時代者，必被時代摒弃；違乎大衆者，必被大衆冷落。……此時之詩，非少數悠閑之文藝，而應爲大衆立心立命之文藝。不管大衆之需要，而關門爲之，此詩便無真生命，便成廢話，其結果與大衆脱離，此乃舊詩之真正厄運。……我們要以屈原之創作精神，將詩的領域擴大起來；以屈原的高尚人格，將詩的内容充實起來，以表現并發揚時代的崇高理念。

這就是于右任的藝術觀，無論詩文、書法均如此，他致力一生的對『標準草書』的研究與推廣也同樣如此。

藝術産生於實用，即使是所謂純藝術意義上的書法，如果不是和實用有着千絲萬縷、或明顯或隱晦、或直接或曲折的密切關連，恐怕也是難以生存的。不少人似乎忽略了一個簡單的常識：自商周先秦文字，直至完全成熟的楷書、行書，其間所經歷的各體文字的演變均緣於實用。即使是被認爲最能抒發書家性情的草書，不也同樣是因爲『趨急赴速』的實用目的應運而生的麽？而這諸多書體一直是書法家進行藝術創作的母體、素材，并没有人提出來某種書體因爲現在或者過去爲實用文字應拒之書法門外。顯然，這是因爲各種書體都蘊涵着無窮的美的元素，關鍵在書法家對它們能否不斷做出新的發現與創造。

其次，『標準草書』的『標準』，指的是草書字法的標準，而非藝術標準。這一點，無論在『標準草書』的研究宗旨中，還是在具體的推行過程中都是非常明確的。兩千年來，歷代的草書家們多『以詭异鳴高，以博變爲能』，『故生變化，以競新賞』，把草書潛在的美質發揮得可謂淋灕盡致。但另一方面，一字草法甚至有數十式者，也有字异而草法同者，人們祇能從内容詞意中去推測辨識，常常出現訛誤。由是，觀賞者難之，影響其對草書美的深入體味；習書者難之，使歷來草書家寥若晨星，又何望草書藝術的發揚光大？

于右任對『標準草書』的創研、倡導，就是在這樣的背景下産生的。他率領草書社的同人將歷代遺傳之草書，歸納其變化規律，整理而成六十九個代表符號，學習草書者祇須熟記，便可自如運用，進入創作。正如其《標準草書·自序》所言：『所謂草書妙理，世人求之畢生而不能得者，至今乃於平易中得之，真快事也。』

至此，我們已可顯明地看出對草書制訂『標準』之必要性，其『易識、易寫、準確、美麗』

之原則也是極爲現實的。聯想到那些信筆爲體、聚墨成形、使轉乖舛、神仙不識的所謂草書作品，我們完全有理由相信，草書『標準』的制訂，於學習、創作、欣賞、鑒評、交流有好處，完全没有必要擔心因『標準』而被套上了枷鎖，因『標準』而縮小了創作馳騁的天地。其實，豈止草書字法需要嚴格遵循，篆、隸、楷、行哪種書體不要嚴格的字法規範？『在限制中纔顯出大師的本領，祇有規律纔能够給我們自由。』（歌德語）于右任自身於草書創作所取得的輝煌成就，便是最有力的佐證。

與草法乖謬、信筆爲體相反的另一種現象，也有必要順便一提：不少人雖崇拜于右任的書法，却帶有相當的盲目性。他們把于右任的草書藝術和『標準草書』畫了等號，把『標準』作爲死規矩，亦步亦趨，不敢越雷池一步，實在大謬矣。殊不知，于右任書法之一生，本就是大膽突破、勇於獨創之一生。他不但將篆、隸、魏融入了行書之中，更以其超人的魄力將諸體成功地化入了草書。部分學習于書者將此最可寶貴的精神給忽視甚至丢掉了。比較起來，劉延濤可謂得于氏之精要者，『標準』二字，當活看、活用，悠游變化，餘地甚廣。

臨寫之時，貴得其理，知其法，而不拘於形也』。此言道出了學習『標準草書』之訣要，也點明了于右任草書成功之關鍵。

如前所述，于右任在整理、選編《標準草書千字文》的過程中，所涉及的刻帖、墨迹和書家之廣，皆爲空前。如此恒久持續、一絲不苟之研究、梳理、臨寫、選編，對于右任來説，絶非祇是一個『標準』『實用』的枯燥漠然過程，歷代杰出書家的草書精品，不可能不給他以銘心刻骨般的感染和影響。正如康有爲所言：『若所見博，所臨多，熟古今之體變，通源流之分合，盡存於心，盡應於手，如蜂采花，醞釀久之，變化縱横，自有成效。』

顯然，于右任草書的用筆比歷代草書大家的用筆變化了許多，豐富了許多，而且是美的；于右任草書的結字比歷代草書大家的結字變化了許多，豐富了許多，而且也是美的。他并没有被自己制訂的『標準』所框死，而是在那相對的限制中獲得了充分的自由，使得他那超乎常人的筆墨得以隨心所欲、淋灕盡致的發揮。觀賞他的草書作品，特别是五十年代末六十年代初的作品，我們會真切地感受到其魏體行書的自然融入，綫條渾厚凝練、剛柔相濟、使轉自如、出入無迹，體勢穩健奇崛、古樸典雅、拙巧相生、純任自然。這就是于右任草書之藝術特色，這就是于右任草書之進步所在。它基於其魏體行書的過硬功夫和『標準草書』的長期磨煉，更基於其豐厚的學識和非凡的修養。因此，將他的草書與行書相比，堪稱雙峰并峙，甚或可以説其草書達到了更爲理想的境界。而將其草書置於漫漫書史中進行觀照，則可得出一個前邊已經提及的毋庸置疑之結論：真正意義上的草書融入碑意，獨于右任一家，它産生於歷經了碑學振興後的特定時期，和歷代草書有着質的不同。因此，筆者爲其提出一個新名稱，曰『碑體草書』，這是于右任草書的特殊意義和真正價值所在。

于右任一生所經歷的時期，是中國歷史上最爲動蕩、最爲復雜的大變革時期。統治中國長達兩千餘年的封建王朝隨着辛亥革命而宣告結束，之後的三四十年間，又經歷了舊民主主義和新民主主義革命的血與火的洗禮，其間還有兩次世界大戰加在中國人民身上的深重灾難。值此關乎國家命運、民族前途之關鍵時刻，于右任没有退避，而是義無反顧地投身於民族矛盾、階級矛盾的疾風驟雨之中，無論政治、軍事、經濟、文化各個舞臺，他都扮演過重要角色。這是他一生之主流，他之功德有口皆碑。

作爲一代書法家，于右任之如此經歷在書法史上也是罕見的，這便顯得愈發難能可貴。正因爲此，他的書法有着更爲特殊的社會價值和歷史地位，他卓絶之藝術成就，不僅光耀當代，也必將澤被久遠，爲華夏民族乃至全人類所共享。

注：㈠一九八六年五月十日《團結報》刊陸鏗《于草行兩岸，書藝慰國魂》，文中有云：『關中于氏』一印爲吴昌碩鐫，另缶翁尚爲于刻有『右任』『半哭半笑樓』『鴛鴦七志齋』等印。惜再未見到其他有關記載，注此存疑，望識者指津。

㈡抗戰前東北行政區劃爲四省：遼寧、吉林、黑龍江、熱河。熱河省於一九五五年撤銷，分别并入河北、遼寧及内蒙古。

一九九七年九月初稿於北京酒仙橋，一九九七年十月修改於鄭州三合書屋

（此文用於《中國書法全集·于右任卷》時略有修改）

鄭孝胥的書法藝術

長期以來，研究書史、書論、書家很少涉及鄭孝胥，原因是顯見的：在民族存亡的關鍵時刻，附逆於侵略者，其人品自然不齒於國人。而就其書法成就看，不作一介紹，總覺是個缺憾。書品與人品要作統一觀，但亦有區別處。研究書品與人品的關係，是書學領域之一隅，庶幾亦有益於書藝。本文僅略論其書法，由於借鑒的資料不多，概述起來難免局限和偏見。

鄭在《題莊蘩詩抄楚辭序》中說：『自隋以前，碑石書迹，無不相通，自唐以降則一變矣，因隸意浸失故也。唐隸、唐草、唐楷皆不可爲訓，然近人多出於彼，以楷書爲尤甚，士大夫無不習唐碑者，此所以去古愈遠也。莊女士所抄楚辭陶詩，獨無士大夫館閣之習氣，余謂去古爲近。然則不能隸書者，其楷書、草書理不能工。』又云：『自流沙墜簡出，書法之秘盡泄，使有人發明標舉，俾學者皆可循之以得其徑轍，則學書之復古，可操券而待也。

其文隸最多，楷次之，草又次之，然細勘之，楷即隸也，草亦隸也。』此段題記基本概括了鄭氏的書法觀，雖不無偏激，然於碑學振興之清末民初年間，是很可以理解的。

鄭孝胥（一八六〇—一九三八），字蘇戡，號海藏，福建閩侯人。天資聰穎，四歲即從其叔祖虞臣先生受《爾雅》能成誦，八歲從李兆珍受經，十三歲畢十三經。其時，長居北京，書法以帖學爲主，多受館閣體影響，倒也打下了堅實基礎。二十九歲考取内閣中書，因得座主翁同龢賞識，書法曾被其左右。繼而上追錢南園，雄强之氣漸露行間，其間尚受何紹基影響不小。之後數年，宗法唐宋諸家，書無大變。至民國初，隱居上海，與沈子培、李梅庵、曾農髯等常有文酒之會，書法遂轉向北魏并周秦漢魏諸碑，最得力於《始平公》《楊大眼》《石門銘》《瘞鶴銘》及張裕釗，書風爲之一變，漸成自家規模。其於書法用功之最勤，也在此一時期。晚年書法由遒麗奇肆漸趨方正樸穆，所謂人書俱老者也。

鄭孝胥四體皆能，而以行、楷爲最。其作行、楷書有『楷隸相參』之主張。在跋《泰山經石峪》時曾道：『相傳書法大字蹙令小，小字拓令大，包慎伯非之，以爲大字小字法各不同。吾意二説皆拘於墟而未通其旨者也。字之疏密肥瘦隨其意態以成其妙，執死法者必損其天機，大小雖殊，理固無异矣。經石峪大字乃楷隸相參之法，此縮印本，若登泰山而小天下，山河萬里皆在掌中，其取勢新奇，天開地闢，發人神智，真奇觀也。學者於此，可以悟大小一致之理。』又在清道人臨魏碑册中題曰：『蔡君謨謂瘞鶴銘乃六朝人楷隸相參之作，觀六朝人書無不楷隸相參者，此蓋唐之前法，似奇而實正也。』這些都明白地道出了他的見解和追求。

可以明顯地看出，鄭的行、楷主要根基在顔、蘇、黄諸家，中年後，始主『楷隸相參』説，加入不少漢魏筆意，但也相當多地保留了顔字肩轉、捺脚過分誇張的特徵以及蘇、黄穩健灑脱、縱横開合的風神，祇是變化得巧妙，取捨得相宜，便成了鄭氏自家的『商標』。

沙孟海先生曾評其書：『早年學顔蘇，晚年始習六朝。其筆力極堅挺，有一種清剛之氣。對於諸碑略近李超墓志，又似數種冷唐碑，然或非其致力之所在也。最奇者，其作品既有精悍之色，又有松秀之趣，恰如其詩，於衝夷之中，帶有激宕之氣。』又云：『鄭君時參張裕釗之筆意，其用筆確有過人之處。』這些評論是貼切的。

鄭的楷書册《濟衆亭記》中，六朝書的成分就相當大，但很難説出具體出自何碑，也無個人面目。而他在六十三歲時寫的《叙古千文》則有了鮮明個性，可視爲代表作：歐字功底是顯見的（這在其更早些的作品《楊調元墓志》及《重建松寥閣記》中，表現得尤爲充分），但不少地方融入了其他成分，肩轉處就很有張廉卿特色，還有些顔的味道，而横畫和捺脚又時時透出漢魏遺韵，加上有意强調了上斂下肆的收放關係，字字顯得俊逸剛健，很有氣勢。這種獨特的楷書面目，决定了其獨特的行書面目。晚於《叙古千文》兩年的《九日李氏園登高帖》，筆法與字法幾乎完全同其楷書，衹是因爲是行書，加强了字的動勢和呼應，處理得更加自然隨意。漢隸中最有特色的捺脚與横畫，在這裏顯示得特别突出而又化入得不露痕迹，所謂『隸楷相參』者，於此作得以充分印證。十年之後（七十五歲）所書的行書横幅《贈青崖詩老》，更臻爐火純青，『作』的痕迹已全然不見，早年的勁挺遒麗之氣被沉穩簡静所替代，點畫之老到，字勢之渾樸，加之『青崖』抬頭另起，詩名以小字處理等都是隨意而出，可謂進入了返璞歸真、回歸自然的境界。這在鄭的作品中也是不多見的。

鄭孝胥的『楷隸相參』中的『楷』，顯然是指唐楷，而『隸』則廣指兩漢、魏晋南北朝時期的碑刻、簡書等。單就兩漢隸書看，他是下了大功夫的。張靖遠《海藏先生書法抉微》論其隸書『爲四體之冠，其真行即得力於此。先生十餘齡即從其叔祖虞臣先生習隸，虞臣先生善篆隸，爲閩中名宿。先生三十六歲時爲江寧胡煦齊作《白下愚園集》及《偶意詩草》二篋隸書，出入《禮器》《史晨》，用筆峻澀、樸秀兼之，不同流俗。隱居海上以後，於漢碑臨寫尤勤，墨本之外，兼取流沙墜簡之法，用筆超絶，下視儕輩』。又道：『海藏先生隸書，似得力於《張遷》《西狹》《史晨》《張表》，嘗見先生以楷隸相參之法臨前秦《廣武將軍碑》，真能獨傳神髓。』

就傳世作品看，鄭氏寫過大量漢碑是没有疑問的，但評其隸書爲『四體之冠』未免失當。鄭的行楷書，師法唐宋，陶融漢魏，晚年自成獨特面目，其所以應在書史中占有一席位置，關鍵在此。而隸書雖有相當功夫，但終未跳出漢人樊籬，不足爲家也。以《贈寶田仁兄》

扇面爲例，不難看出鄭在《張遷》《西狹》《廣武將軍》等漢魏六朝諸碑上所下的功夫，然而少了些作行楷書時那種爽健痛快的用筆以及塑造的獨特體勢，而多了一些『作』的痕迹。尤其楷法的摻入，雖屬少處，也不免影響了古樸的意趣。這大概是其『楷隸相參』説的作用，然以隸入楷，氣息自然古遠，而以楷入隸，則就難以處理了。此與其『以古爲上』的觀點也有些不太協調。

鄭孝胥篆書以小篆爲主，雖受鄧石如、吴讓之、吴昌碩等家影響不小，但『以古爲上』之基本觀點未變，故習篆直追二李，尤以泰山、琅琊刻石爲多。其『經巢』篆字匾額及丙子端午書四屏中的篆書一屏，平正婉通，很有琅琊遺趣。鄭在《松月居士集印編》中題詩曰：『少喜摹刻稍廢事，介節[1]見之戒勿爲。所見常疑後者勝，皖浙雖盛難詭隨。近年古璽益競出，始知秦漢猶莫追。直學古人法不盡，何取派別相瑕疵。……』另有詩云：『能書由天資，成就在學力。遍搜古人奇，一悟或有得。篆分絶矜嚴，取勢常以逆。草真趨隽永，神味務自適。唐庸宋益弛，晋魏誠造極。掃去殊未能，豈免爲人役。幼年慕從祖，淳古仍宕激。中年觀忠端，獨往深莫測。米顛恨其手，坐受談口厄。縱乎且勿談，破柱來霹靂。』可以清楚地看出鄭氏於書法的見解，還是很能順應時代潮流的。但在篆書上的成就，也如隸書一樣，未有明顯突破。

鄭的草書所見亦鮮，與其個人好惡有直接關係。《黄石齊手札》有他的題詩：『作書莫作草，懷素尤爲厲。君實與明道，不草究何礙。時人解章草，黄謝若小异。雲間周思兼，獨往擅妙詣……』藝術見解各家常有偏執，無須厚非。而他在《懷素自序卷》中的題詩却是很有見地的，可謂深知草法三昧：『草書初學患不熟，久之稍熟患不生。裁能成字已受縛，欲解此縛嗟誰能。獡獠解事趨平淡，筆下風雨常縱横。觀其能速不速處，蟬蜕一切如無情。没人操舟誠妙喻，舉止自若完神明。子瞻寧未見此帖，毋乃會意翻忘形。』曾見其篆、隸、草、行四屏及草書中堂一件，源出右軍，偶見自家筆意，很有晋人遺風。但與其行書相比，不免有纖弱局促之感，蓋因其於草書實踐不多故也。鄭在課徒時常有『不厭精熟』『已見精能，再求純熟』之類批語，但因自己對草書的偏見，而未能臻於精熟，也就無須再談『久之稍熟患不生』了。

鄭孝胥避居上海時曾組織『有恒心字社』，留下不少課徒評語，擇録一些，或可有助於對其藝術見解的了解：『柳書雖清挺，乃有匠氣』；『顔法頗難脱俗』；『蘭亭近俗，暫不宜學』；『專習隸書，可避俗氣』；『專習篆書，可俯視一切』；『筆姿甚美，當令學北碑以壯其骨』；『頗有筆致，然行草亦須從凝重入，放縱者多難進步』；『下筆頗舒展，然仍宜取碑版摹寫，從艱澀中求之，方有根底』；『天資高者，下筆易得風氣，然用功須筆筆踏實，故必以謹嚴精致爲能』；『須在用筆處追其意味，如但描畫殊無合處』；『仍宜雅馴深厚爲主，一染時派易入惡道』；『氣候已成，務在博覽』……這些觀點的形成，與其所處時代有直接關係，然大多觀點，至今看來仍不失現實意義。

清中晚期碑學的振興，改變了帖學一統千餘年的局面，爲單調沉悶的書壇帶來了清新活躍的空氣，打開了人們的視野，拓寬了書法的表現領域，造就了一批致力於碑帖結合的書家，更爲後來書法的發展，提供了莫大的啓示。因此，人們總結它，研究它，充分肯定它在書史中的地位和貢獻。然而，在這一時期衆多的代表書家中，由於鄭孝胥那段極不光彩的歷史，人們毫不留情地把他排除在外，打入了另册。如今評介他，應該説還是有一定意義的：其一，他在書法藝術上的成功，爲我們留下了不少值得研究、可資借鑒的史料；其二，他的藝術成就與藝術地位的不相稱，也爲後人留下了一個引以爲戒的反面教材。

注：㈠介節：鄭孝胥叔祖虞臣的私謚。

一九九二年四月

（原載《中國書法全集·康梁羅鄭卷》）

河南歷代主要書家記略

近幾年，河南書法的振興引起了世人的關注。作爲一種文化現象，需要研究和總結的問題很多，本文僅以素材形式，對河南歷史上的主要書家作一簡要介紹，希望能爲有興趣的同好或者後人的研究提供一些方便。

悠久的中原文化孕育了華夏文明，也積澱着書法的豐厚土壤。僅就與書法有直接關係的問題看，最早者恐怕不是安陽殷墟出土的數千片甲骨以及鑄有金文的最大商鼎『司母戊鼎』，而是要追溯到文字之濫殤——『河圖洛書』以及八卦，相傳河南淮陽『畫卦臺』便是伏羲氏作八卦的處所。隨着文物的大量出土和逐漸深入的科學考據，這些傳説愈來愈接近史實。

至秦，李斯（上蔡人）於統一六國文字所做的貢獻可謂前無古人。許慎《説文解字》

叙云：李斯作《倉頡篇》『取史籀大篆，或頗省改，所謂小篆者也』；衛恒《四體書勢》：『秦時李斯號爲工篆，諸山及銅人銘皆斯所書』；李嗣真《書後品》亦謂『李斯小篆之精，古今妙絶。秦望諸山及皇帝玉璽，猶夫千鈞强弩，萬石洪鐘』。

東漢，許慎（汝南召陵人）著《説文解字》并叙目計十五卷、《五經异義》十卷（散失），有『五經無雙許叔重』之評。其《説文解字》集古文經學訓詁之大成，不僅爲後世研究文字之最主要根據，也爲書法藝術之評析字法及其源流提供了重要依據。蔡邕（杞縣人），世稱《熹平石經》多爲蔡邕書丹，有『骨氣洞達，爽爽有神』之譽，其書論《筆論》《九勢》等至今仍被引用。劉德升（禹州人），傳爲行書的創始人，張懷瓘《書斷》云：德升『以造行草擅名，雖以草創，亦甚妍美，風流婉約，獨步當時』，并將其行書列爲妙品。

魏晋南北朝，鍾繇（長葛人）被譽爲楷書之祖。王羲之云：『鍾、張信爲絶倫，其餘不足觀。』孫過庭云：『漢魏有鍾張之絶，晋末稱二王之妙。』張懷瓘云：『繇善書……真書絶世，剛柔備焉，點畫之間，各有异趣，可謂幽深無際，古雅有餘，秦漢以來，一人而已。』鄭道昭（開封人）有北朝書聖之稱，《鄭文公上下碑》《論經書詩》《登雲峰山觀海詩》《雲峰山題字九種》等均爲其所書。包世臣云：『北碑體多旁出，鄭文公碑字獨真正，而篆勢、分韵、草情畢具。』康有爲謂道昭書『高氣秀韵，馨芬溢目』。這一時期，尚多書名爲詩文或政績所掩，而史書不乏記載者，如司馬懿（温縣人）及其後世諸多晋帝以及阮籍（尉氏人）、庾亮（鄢陵人）、宗炳（鎮平人）、謝靈運（太康人）、庾肩吾（南陽人）、江淹（蘭考人）、袁昂（太康人）、鄭述祖（開封人）、趙文深（南陽人）等等。

唐代，褚遂良（禹州人，一作錢塘人）高宗朝封河南郡公，人稱『褚河南』，初唐四大家之一，有《伊闕佛龕記》《孟法師碑》《雁塔聖教序》《倪寬贊》《陰符經》《枯樹賦》《房梁公碑》等傳世，朱長文評：『其書多法，或敬鍾公之體，而古雅絶俗；或師逸少之法，而瘦硬有餘；至章草之間，婉美華麗，皆妙品之尤者也。』另有書名不及河南，但不乏傳世書迹者，如長孫無忌（洛陽人）、陳遺玉（禹州人）、鄭餘慶（滎陽人）、劉禹錫（洛陽人）、裴休（濟源人）等。

宋代，郭忠恕（洛陽人）工篆籀，尤精楷法，歐陽修《集古録》謂自李陽冰後，『篆法未有臻於斯者』，又云『世人但知其小篆而不知楷法尤精』，有《三體陰符經》石刻及《汗簡》《論八分書》《論書體》等傳世。韓絳（杞縣人），書宗二王，受楊凝式影響頗深，用筆和平洗練，書風清潤雅潔，存世書迹有《承師詩帖》《家養帖》《陛見帖》《寄衡師詩帖》等。韓繹、韓縝，均爲韓絳胞弟，分别有《瞻懷帖》《欽聞帖》傳世，面目也各不相同。另韓琦（安陽人）、岳飛（湯陰人）等也傳有書迹至今。

應該指出的是，記述書家簡單地以其籍貫區劃，是不盡客觀的。不少書家的主要活動地往往不在原籍，比如宋代建都開封，因徽宗之喜好倡導，曾設書畫院，書畫之風熾熱空前，各地文人雅士、書畫名流紛紛雲集於此，四大家蘇黄米蔡均長期活動在開封，影響廣深久遠，僅就《宣和書譜》《宣和畫譜》之行世，可見一斑。

宋代之後，由於政治、經濟中心的轉移，中原文學藝術所受的影響是顯見的，盡管遺風延綿，開封、洛陽等地仍不斷文人墨客，但其後的數百年間，着實再難以列出舉足輕重的書史人物。

直至明末，王鐸（孟津人）的出現，纔使冷落的中原書壇爲之一振。雖然由於歷史的原因，造成了褒貶不一的評價，但僅就其傳世的《擬山園》《琅華館》兩部法帖及大量墨迹看，已使前後書家黯然，難怪乎有『後王勝前王』之評説。其書藝對中原書壇的影響，顯然爲其他書家所不能比肩，盡管由於各種原因，他的影響是斷續的，有時或者是間接的。

清中後葉，在那『三尺之童，十室之社，莫不口北碑寫魏體』的年代，中原仍然顯得有些冷寂，書家雖然不少，但影響未能突破地域，水平亦未能突破歷史。如純陽子、徐炳麟、丁一敬、黎乾、徐静等家競趨時風，師法北碑，却因趙董的長期禁錮，而未有可觀建樹。大多數書家，如倉兆彬、倉景愉、李鶴年、袁汝長、孫亦庵、史春荃等，則仍沿襲帖學，甚至館閣，功力雖厚，新意甚少，自然時過境遷，漸被人淡忘。

印象較深而對當代書法影響較爲直接的，當是民國書法。這一時期，由於政治、經濟、文化乃至軍事諸因素的作用，河南書家大多集中於開封、洛陽兩個城市。其時，于右任在河南的影響甚大，加之清末碑學之餘波、魏碑墓志出土之夥衆以及具有强烈變革意識的新思潮之衝擊，河南書家融合碑帖、變古出新的藝術追求已蔚成風氣。主要書家有：

秦樹聲，光緒廿九年經濟特科進士，任工部主事、清史館地理志總纂，楷書遒健秀逸，草書簡繁得當，民國初年書有墓志多種。

馬吉樟，晚清翰林，精小篆，兼擅真草，其篆書端莊樸茂，氣度恢宏，有『當代篆法，首推積生（吉樟字）』，因其無派，故能超乎衆派』之評。

林東郊，晚清進士，工書，尤擅大草，用筆平實，蕭散疏朗，摇曳多姿，行楷則摻以碑意，氣象渾穆。

丁惠民，晚清民初任開封知事，諸體皆能，最精行書，點畫藴藉，清新俊逸。有書論《静宧墨憶》傳世。

張瑋，曾爲駐外領事、外交部顧問，精鑒賞，富收藏，書以行楷最精，穩健端樸，骨力内含。

袁克文，袁世凱次子，曾任清史館編纂，書宗褚、顔，兼融漢魏，收放咸宜，自成面目。

董作賓，曾任中央研究院歷史語言研究所所長，於甲骨文研究成果甚著，書法也以甲骨文最精，頗得以筆代刀之奇趣。

王廣慶，曾任河南大學校長，師法北碑，兼融王鐸、于右任諸家，書風雄健，精氣内含。

晚年從事碑版金石研究，有《洛陽新出土三體石經考》《洛陽近年石刻出土記》等著述。

楊望尼，宗北碑，取法六朝造像，稚拙樸厚，雄渾蒼健，字勢奇絶，隨遇而安。

邵瑞彭，曾任河南大學教授，書以北碑爲宗，瘦金體爲用，高古秀逸，情采深藴。兼擅篆刻。

許鈞，四體俱佳，魏碑尤精，方圓自如，筆力遒勁，篆書法鄧石如，圓潤疏朗。

關百益，曾任河南省博物館館長，書法出入漢魏，筆法跌宕，方圓兼出，體勢端樸。

李振九，書宗二王，最擅行草，用筆内斂，妍妙嫻雅。

新中國成立後，由於衆所周知的原因，不少頗有造詣的書家未得施展才華的機會，其代表人物爲：

靳志，工詞章，精書法，尤擅章草，筆法静穆，格調高雅，有濃鬱之書卷氣。

李子培，以魏碑名世，氣象渾穆，樸厚天成。

陳玉璋，師法北海，擅榜書，遒勁蒼澀。

武慕姚，擅碑版，富收藏，隸書入古出新，自成家數，行書出於褚、顔，峭麗典雅，有論書詩稿傳世。

于安瀾，精於小篆，古法森嚴，筆墨洗練，工穩清雅，集有《古代書論選》等。

龐白虹，生前任河南書法家協會副主席，金石書畫兼擅，書以行草爲主，兼工篆隸，用筆老辣，字勢奇崛，篆刻率意自然，亦頗具個性。

林國選，擅行書，摻以碑意，瀟脱真率，雄渾宕逸。

李白鳳，精金文，擅篆刻，長於小學，其大篆樸厚古雅，深得先秦文字神髓，印章出入秦漢，自成一格。有《李白鳳印譜》《東夷雜考》等問世。

李德培，宗法于右任，最精草書，用筆洗練，字法簡遠。

傅隱戈，四體皆工，尤精漢魏，無論何體均法度謹嚴，端樸韵致。

還有很多，限於篇幅不能一一列舉。這些書家雖未昭彰於世，但其於書藝之執著追求和高深造詣，却深深地影響着年輕一代書法愛好者，當今河南書壇的中堅人物，很多都受過他們的教誨和熏陶，他們的名字應該和歷代名家一樣載入河南書法史册。

一九九〇年五月

（此文收入本卷時略有改動）

簡論幾位畫家的書法

編者按：收入的六篇短文，是作者應《青年書法》欄目之約所撰寫。作者素來强調從事傳統書畫，不可偏執一端，評點畫家的書法，正是其用心所在。文雖短小，頗耐咀嚼。

八大山人

八大山人的字是很難評説的。曾見『博采衆美，獨標一格』『開創了畫家書法以篆書入行草的先河』『兼有晋人韵味、唐人法度、宋人個性……』等評論，都有道理，却總覺未及關鍵。若以表象看，晋人風骨是顯見的，晚期的行草書也的確可歸於篆籀筆法，不祇起收無迹，極少提按，轉折處也幾乎全用圓轉。不過，客觀看，八大山人是極少寫篆、隸的，而他晚年獨具個性的行草書確實與其畫風極爲一致。那麼，對於八大山人這樣的畫壇巨擘，放下其畫、其人，單論書法顯然是不可以的。

八大山人的畫，怪异、簡古、隱逸、冷峻。若無其『敗身之辱』『遁迹空門』的悲苦遭遇，出此畫風是難以想象的。不過，有此身世者也非鮮見，而能將胸中塊壘化入腕底，淋灕酣暢地現於畫中，却是獨八大山人一家。這取决於八大山人對社會人生的痛徹領悟和對藝術機理的深刻化解，這種領悟和化解使他的畫作進入天人合一的至高境界，使他極受壓抑的人生狀態轉入高度釋放的精神自由。那麽，這種狀態帶入他的畫題、他的書法，自然而然地便要與畫風融爲一體，便要簡約，便要奇古，便要『隨心所欲』。那麽，這樣的簡約單以篆書的介入詮釋，就難免有些牽强，這樣的奇古套用『晋韵、唐法、宋意』之類的概念也是欠恰切的。

石濤

石濤曾云：『古人在立法之先，不知古人法何法，古人既立法之後，便不容今人出古法。

千百年來，遂使今之人不能一出頭地也。師古人之迹，而不師古人之心，宜其不能一出頭地也，冤哉！』看石濤作品，其於此覺悟之深是極顯明的。觀古人法，論古人心，入自己心，而後畫自己心，寫自己心，是石濤顯見的執著追求，也自然成就了他遠離世俗的藝術歷程。

身爲皇室後裔的石濤，由於父輩們同室操戈，幼年便逃離內府，削髮爲僧。因而較之八大山人，雖無刻骨之『國恨』，『家仇』所造成的創傷却難以撫平。直至晚年，還在發出『祇今對爾垂垂髮，頭白依然未有家』的悲嘆！這樣的人生況味和苦痛經歷，必然折射到他的書畫之中。

看他的字和看他的畫會有同樣的體味。他的畫，無論山水、花鳥、人物，元明人的氣息、遺韻雖多有流露，而感受到的却完全是獨特的隨心所欲、淋漓恣肆的筆墨和深沉圓融、淡遠幽邃的意境。他的字，一幅行草中常可同時顯現晉、唐乃至宋人趣味，而無論源自何家，祇求意到，不計工拙；其楷書和隸書，則常常是楷中有隸，隸中有楷，甚或楷隸不分，正所謂點綫到處，皆是心迹之流淌。

境界臻此，何言古法？古法即我法，我法即古法，無古無我，亦古亦我，遂成大法。這就是石濤的藝術品格，一個對塵世疏離、對人生痛徹的石濤所自然生發的藝術品格。

髡殘

我很喜愛髡殘的字，他的畫中多有長題，在欣賞畫作的同時，便品嘗了書法。早期可見不少行楷書，奇崛而不失古意，透着唐人經卷氣息。中後期行草書最多，且愈晚愈見老到，點綫渾厚樸茂，體格大度雍容，頗有《祭侄文稿》遺風。

經卷也好，祭侄稿也好，都和髡殘本人有着内在聯繫。髡殘性情孤耿，秉直不二。明末清初，投身抗清，失敗後避難空門，《周亮工讀畫録》記曰：『一日，其弟爲置氈巾禦寒，公取戴於首，覽鏡數四，忽舉剪碎之，并剪其髮，出門徑去，投龍山三家庵中。』剛正性格可見一斑。

其實，寫、畫皆是一種心情，一種狀態，而這種心情當是真性，不可扭曲，這種狀態也應自然，不能做作。髠殘畫題有云：『十年兵火十年病，消盡平生種種心。老去不能忘故物，雲山猶向畫中尋。』平生種種心消失殆盡，剩下的必是物外之心，故物不忘，却已是『明日黄花』，衹有寄托書畫了。而這種心情，這種狀態，恰恰成就了髠殘。否則，『四僧』中何以有其人？人生就是如此難以捉摸。

擔當禪師

擔當禪師俗名唐泰，詩書畫皆入高格，與八大山人等江南『四僧』爲同時代人，故有并提『五僧』之説，雖未普遍接受，但有相當道理。大概人們已習慣以『四家』合稱，又因擔當家居西南，地域偏遠之故。

以身世論，擔當出自仕宦之家，亦爲明亡之後遁入空門，以詩書畫排遣胸中塊壘，打發時日生活。以藝術論，其詩雅逸超然，深藏禪機；其書清古逋峭，瀟脱自在；其畫簡遠詭异，超然象外，皆不在『四僧』之下。

擔當三十三歲執禮於董其昌門下，早期作品顯見董之法門，其好友徐霞客評曰：『唐大來名泰，選貢，以養母繳引，詩書畫俱得董玄宰三昧。』他自己也有詩云：『太史堂高不可升，哪知萬里有傳燈。後來多少江南秀，指點滇南説老僧。』但其身世、個性畢竟與董不同，藝術追求相去漸遠，此以畫風所現最著。

不過，擔當的字始終未完全脱胎於董，也是事實，觀賞其晚年作品，於此頗有意思。他的不少山水册頁，多是一幅畫，配一幅題詩或跋語，各自獨立而相得益彰，這應是擔當對自己書法的得意和自負。但似乎還有另一層面值得琢磨，其畫簡古淡遠，純以寫意，其字雖率真，仍被法縛，二者放在一起，不免難以協調。擔當是否顧及於此，就不得而知了。

陸儼少

陸儼少雖是以畫名世，然其書法分量不輕，即便在當代書壇，想找出能與其比肩者，也要很費些事。

陸老對自己的功夫有如是分配：四分讀書，三分寫字，三分畫畫。他曾記述：『我於書法，所用功夫不下於畫畫。十四歲開始臨帖，初臨龍門二十品中之《魏靈藏》《楊大眼》和《始平公》，繼臨《張猛龍》《朱君山》等碑。三十歲後學《蘭亭序》，如是復有年。後來放弃臨帖，改爲看帖，尤喜楊凝式，下及宋四家諸帖，揣摩其用筆之法，以指畫肚；同時默記結字之可喜者，牢記在心，一有餘暑，抄書不輟，如是積紙數尺。隨看帖，隨抄書，二者同時進行。看帖所以擷取其意，注入心目；抄書所以訓練指腕，運轉自如，二者相輔不悖，并行而不偏廢。』

我所以不吝篇幅，大段録入上文，是覺得陸老此法對學書者很有警示作用。時下不少人衹知埋頭寫字，不知讀書緊要，到頭來不過寫字匠而已，品位難臻高邁。而陸老之法既可背臨活用古人，又可讀書修身養心，何其妙哉。

我很早就喜歡陸老的書法，其拙巧相生的味道很耐咀嚼。巧出於王，拙源於碑，而味道則是學養使然。他的行書，尤其他的畫題，頗多《聖教序》意趣，而他自述臨的是《蘭亭序》，這顯然受益於他的治學方法。陸老者，善學也。

張大千

賞評張大千的書法，不可忘了他國畫大師的特定身份。

傳統的中國文人大多詩文書畫皆能，在他們看來，諸類相通，相輔相成，單一爲之難臻堂奥，衹是各有側重而已。顯然，張大千是側重於畫的。

看張大千的書法，我偏好他的畫題，或詩或文與畫作相得益彰，常有點睛生發之功效。書法自身也多自然生動，蒼渾處透着逸情，方峻中時出奇趣。

張大千廿一歲拜師曾農髯，次年轉從李梅庵。其時，碑學中興之餘緒尚在，二人皆以寫碑名重江左，張大千自然就其衣鉢，用心篆、隸、北碑。

他後來最常用的行書便是此時打下的基礎，當屬『碑體行書』一類。有人評張大千『追隨李瑞清學習不及一年，就能寫得十分逼真，年方廿二三即能爲其師代筆』。可見其於書法之天賦也極其了得。不過，他一生的絶大部分時間和精力都用在了畫事上，早年雖在《瘞鶴銘》、黄魯直等書法傳統中下了功夫，却未及深入變化、脱胎師門，因而與其畫相比，尚不在同一高度。

權而衡之，失耶得耶？

一本沉甸甸的書法集

——《百年文人墨迹》讀後

近年來出版之書法集可謂多矣，但我從來没有如讀《百年文人墨迹》後的感覺。細想起來，書中之作品并無更多驚人處，却實實在在地讓我看了又看，不忍釋手。這大概是瀰漫於字裏行間的濃濃的文人氣息濡染了我，更可能是透露於字内字外的真真的文人情結感動了我。

書的封面是一幅蘇曼殊的《白馬投荒圖》，書中的第一篇文章是《真人蘇曼殊》，可見編著者對蘇曼殊之看重。有本蘇曼殊的全傳，副題是『沉淪的菩提』，不知這副題是否恰切，我分明地記得他的一首偈語：『心是菩提樹，身爲明鏡臺。明鏡本清净，何處染塵埃。』這是他臨終前的心聲，并無沉淪的感覺。這『白馬投荒』倒應是他的自我寫照。

傅雷給一位素昧平生的學子的信，滿滿三頁小行楷，一字不苟，談熱愛藝術與從事藝術之异同，更談爲人與從藝之關係，其人格力量自見其中。我自然地想到了他的家書，想到了他對兒子的熾熱的父愛，更想到了他五十八歲便從容走向另一個世界的寧折不彎的文人氣概。

對弘一法師的字我極熟悉的，然而，讀到贈國瓊居士條幅時，仍注目了許久。那簡遠净極之境界，使我强烈地覺到一顆歷盡紅塵、大徹大悟的心在顫動。無此閱歷，無此修行，很難有此筆墨。

收入于右任的兩件作品均爲行書，其雄渾樸茂之大氣象自不待言，我却更多地聯想到了他的草書，其淳古奇崛之『碑體草書』可謂風格獨有，前無古人。所惜臻此境界是于右老晚年到臺灣以後的事，大陸人極少見到。

聶紺弩的字寫得沉實老辣，我不曾見過，但更覺遺憾的是至今没有他的詩集。聽説他的詩和他的人一樣很特别，便到書店去買，未果而歸，後没再下功夫找。這裏收入的是他寫給胡風的一首律句，反復吟讀還是不能全解。看來，對其人知之甚少，想讀懂其詩是不可能的。

胡適的字收入了兩幅，其中寫給于正的一幅文曰：『譬如磐石，風不能移。智者意重，毀譽不傾。』我讀胡適的文章很少，衹記得對他有過一場大批判，後來纔知道學術界對他也各有説法。不過，我始終没有忘記他的『中國文藝復興之父』『現代中國的孔夫子』等稱譽。

翻讀到施蟄存的字特别親切，我不禁想到了二十年前聆其教誨并陪同游覽黄河的情景，前年又有幸讀到了他新出的文集。而今，施老是能親眼見到這本墨迹的爲數很少的『百年文人』了，我在千里之外默默地爲他祝福。

細讀張伯駒手稿『收藏西晋陸機平復帖、隋展子虔游春圖經過』，可謂感慨之至。原衹知近代收藏之富無出其右者，解放後，所藏李白《上陽臺帖》、黄庭堅《諸上座帖》連同《平復帖》等稀世之寶均捐獻國家，却不知其原收藏經過之艱辛，更不知其將住房、首飾悉數變賣，以收買國寶，防其流失海外。我看到了一個真真的中國文人的可貴品德，更感到了時下貪官污吏們的可惡可憎。

這又使我想到了收入此書的流沙河的聯語：『航天乃知黄鶴渺，到海惟見白鷗多。』

我似乎有些怨恨爲何不收入他的另一則聯語：『偶有文章娱小我，獨無興趣見大人。』若此，豈不更加精彩！

這本墨迹是潘亦孚先生編著的，收入的一百三十餘件珍品雖難以和張伯駒所藏相比，但其付出之心血亦非常人能及。插入書中的幾篇文章及自序可見亦孚先生修養之不凡及編著此書之初衷。其中，《坦蕩的梁漱溟》一文末段寫道：『讀梁先生的字，使我所悟的是自學、自省與良知，這是梁漱溟學習、思考和入世的一條脉絡。良知是什麽？良知從何處來？良知有何用？這題目太大了，我難答。但我多麽希望在今天的許多書籍報刊上，多一些關於良知與注釋良知的文字。因爲這兩個字，老百姓容易懂，在這兩個字裏，有着人心義理的一片天。』其實，這本書便正是『良知』二字最好的注脚，何止梁漱溟一人？真正的中國文人的心上都深深地刻印着這兩個字。我不禁想到了當今不少的書法人，尤其那些身處要職者，缺的正是這兩個字，他們的作品也因此缺了很多可看的東西。

掩卷之後，心情好像這本書沉甸甸的。正是這群可敬、可愛、可歌、可泣的文人，撑起了二十世紀中國文學藝術的大厦，他們是中國的脊梁、中國的精神。因而是書有着不同尋常的分量，讀後也自會有着不同翻閲尋常書法集的受益。盡管所收難免遺珠，我還是要向亦孚先生深深道一聲謝謝。我更要向我的好友宋文京道一聲謝謝，謝謝他千里之外給我寄來這本好書，也要順便致以歉意，因爲没能如期爲他的報紙寫出書評。

古法新用　老辣奇絶

——龐白虹先生書法藝術淺析

熟悉龐白虹先生書法藝術的同行們，大多有一個共同的感覺：龐老的字頗具個性，其用筆老辣多變，結體開張奇絶，布局不落俗套。初看時，很難一下説出源於何派，法於何家，然細細揣摩，慢慢推敲，咀嚼回味之餘，便可發現筆筆有法，字字有源，且常有變化，時出新意。而給人印象最深的則是其獨特的意境。

就其行書而言，有時結體偏長，右肩處折筆回鋒，内收行筆，竪畫和捺脚寬厚恣肆，很有鄭孝胥特色，然其篆法熔入，用筆雄渾處，更近吴昌碩風格；而有時則結體較扁，姿態遒麗，又具蘇東坡遺趣；偶爾還將横畫主筆或捺脚平出上挑，顯出章草意味。如是等等，用一家面貌很難概括得了。其篆書則熔金文、獵碣、秦篆於一爐，似缶翁又不盡然，常作擘窠大字，蒼勁健美中透出樸拙氣，配以行書題款，顯得渾然一體。隸書很少示世，偶然書之，深得漢碑精髓，又不泥於一碑，并羼入鄧完白、何子貞諸家筆意，雄强而靈動，古樸而不失時代氣息。

看過龐老揮毫作書的人，都有很深的體會，并每每從中得到啓示和享受。筆管在龐老手中時而直竪，五指緊執，萬毫齊力，時而平拖，輕輕捻轉，意味無窮，前俯後仰，左傾右側，真可謂得心應手，令人目不暇接，却又筆筆實在，不失法度，毫無嘩衆取寵、故作姿態之意。結構布局之經營，更是匠心獨運，出人意外，從每字到整幅，藏秀媚於樸拙之内，寓平正於險絶之中，不守成法，不斷出新。

龐老的創作態度非常嚴謹，常爲一字之結構、一幅之布局而反復揣摩，苦心經營，在探索中特別注重意境的追求。他常説：『要多看、多想、多寫』，對於好的碑帖，『不求全似，而取其精華所在』，『要博收兼取，最重要的是消化吸收，方能化爲己有，而不致形成大雜燴』。他特別强調『要講究氣勢，寫得痛快，不可拘泥於小處』，『要追求意境，重形更要重神』。

龐老早年畢業於京華美專，於油畫、雕塑等多種學科皆有很深造詣，他把畢生從藝之所得，薈萃熔化於書法之中，因此，他的字具有很高的格調與意境，既不同一般文人筆墨，更脱盡世俗凡塵之氣，真乃熔書畫金石於一爐，給人以博大深邃、意趣盎然之感。觀賞龐老的書法，常被一種無形的魅力所吸引而流連忘返。

龐老還長於篆刻，學印於壽石工、齊白石、吴昌碩、趙之謙，上追漢印古璽。他不輕易爲人治印，既治必工。所鎸之印以吴俊卿風格爲主，而具自家面目，方寸之間，刀筆俱見，氣勢不凡。

龐老已近耄耋之年，但壯心不已。每年歲末都要爲來年定出切實的學習計劃。他常説：『應該不斷探索，不斷求新，我不願定型，也不需要定型。』龐老現爲中國書法家協會河南分會副主席，他常以『不計毀譽』自勉。每當請教龐老的時候，他總是説：我没有什麽可談，衹不過是『側重表演藝術』，就像唱戲一樣，搞點『唱腔』。這種謙虚態度和永不滿足精神，正是他在藝術上不斷進取的動力。

近來，龐老罹病卧床，但書法早已成爲他日常生活中不可缺少的重要部分，衹要稍覺見輕，便强打精神起床寫字。看到龐老近來創作的書法作品，仍是雄强豪宕、生機勃勃，很難想見出自年邁久病之人之手。

願龐老早日康復，願龐老爲我們留下更多的藝術珍品。

見得真性情

——《率真堂書畫篆刻藝術》代序

我懶於文字，更不願評論當代人，但我樂意地接受了廣君。

這些年，河南形成了一個相當可觀的青年書家群體，他們是河南書壇的中堅，更是河南書法的未來和希望。他們中的大多數已有了相當的水平，取得了一定的成就，造成了不小的影響。但若冷静、客觀地分析一下隊伍的構成，不少人似乎又缺少些什麽，是扎實的基本功所鑄成的自家風貌，是豐厚的學養所孕育的發展潛能，是走向藝術高境界的執著追求？好像都有。

廣君當然屬於這個群體中的一員，但他有天賦、知努力、更率真，因此，又不同於這個群體中的一般成員。這大概是我樂意接受廣君的主要原因。廣君藏書很富，書架、書案、床上、地下，一個不大不小的三居室到處堆放着書籍、畫册、碑帖，這當然不是擺設。他讀書面廣，不求系統，衹講實用。中外文藝理論、文學、哲學、通史乃至野史、筆記等等，有了興致便讀，大多是依着興趣翻閲目録及相關章節，『不喜通讀，衹想取其大意，辨其説法，對其瑣屑的過程，不願深究』。這是一種很有意思的讀書方法，而對青少年時期飽經人生磨難，成家立業後承擔着諸多社會、家庭事務更無系統就學機會的廣君來説，則是一種頗爲實際的自學方法。讀書中有了心得體會，甚或是相左於著者之自家觀點，便隨時記下或直接題記於書眉、扉頁甚至封面，很有些大儒派頭。

弘一法師的佛語集聯、宗白華的美學散文、徐復觀的藝術精神，乃至馮友蘭、任繼愈、翦伯贊等家的哲學、史學著作等等，都曾伴他度過不少令他留戀回味的時光。對李叔同『光明晃耀如星月，智慧境界等虚空』之類警句常記心中；對徐渭『世事莫不有本色，有相色』之評論，則曰『我重本色』；讀了《世説新語》，便評晋人清談放誕之世風爲『官僚士大夫飽食終日之無病呻吟，若這等人瓶無儲粟、衣不蔽體，魏晋之灑脱不知當復如何?』……

如此，他積纍了大量的筆記、隨感，并寫了不少書家、碑帖的評論文章。時日既久，所得漸多，廣君之學養逐漸豐厚，境界也逐漸高遠起來。大概李贄《童心説》之『絶假純真，最初一念之本心也』及袁宏道『性之所安，殆不可强，率性而行，是謂真人』説，對其影響最著，齋名『率真堂』想必由此而得。

作爲率真堂主人，廣君可謂名符其實。其率真，既表現在處世爲人，也顯見在書畫印中，正所謂『書如其人，畫如其人，印亦如其人』。無論書、畫、印，他在繼承過程中，喜歡上了便臨，過段時間，隨着審美興趣的改變而另有所好，便毫無顧忌地弃舊圖新。無論臨習何家，多是憑着自己的理解，取其大法，臨其意趣，絶不死搬硬套。因此，無論習作還是創作，始終流露着真性情。

學書法，多數人采取深入一家，逐漸蜕變的辦法，比較安穩，易成面目。廣君則不然，十幾年前他就説過：『我學書法像球體在滚動，在不斷的碰撞、反彈中度過，是在學習、反思、學習這種曲折的綫上走着。』這同樣是一種方法，有其好處在，如人之機體，可在較短時期攝入大量營養，若消化吸收功能强，會很快豐滿起來。當然，若悟性、筆性皆差，即消化吸收功能有問題，結果將不是『碰撞、反彈』，而是四處碰壁，難以收拾。

觀賞廣君的作品集，確能看出其不斷地『碰撞、反彈』的過程。他很早寫過蘇軾、顏真卿，後來雖然傾心於明清諸家，但不少行書作品中還有蘇、顏之消息露出；還寫過龍門四品及大量北朝墓志，也染指過智永千文，當愛上了弘一法師及謝無量以後，其行楷書顯然藴藉了許多，再寫魏碑便去了幾分霸悍，添了幾分温文；隸書致力於楊淮表記，但其雖未直言，也可明顯地感到與清人乃至今人隸書的碰撞；他還痴迷過劉墉、陶博吾，從其作品厚重之一面，可得印證。廣君的隨筆中有這樣一段話：『倪元璐是我始終崇拜的書家，其用筆古厚，秦篆漢分、六朝碑版無不熔鑄筆端，風骨凌凌，情致高拔，所謂「新理异態紛呈」。他的書風具有開拓性……我雖愛慕徐文長、黃道周、王鐸等等，然若將作品羅列比較，黃道周、王鐸將就，而徐渭的脱凡見之元璐，不免氣短，真若「小巫無坐立處」矣。』余亦甚愛倪元璐，但不能完全苟同此論，而就廣君的近期作品看，徐、黃、王三家之影響隨處可見，并不少於元璐。這也應視作他的『碰撞』效應吧，既可看出其於徐、黃、王諸家付出之努力，也『反彈』出元璐之難以捉摸。

我更欣賞廣君在一些碑帖上的題跋及風格類似的那部分作品，雖信手拈來，却筆墨精到，體勢完備，頗有晋人風韵，更見自己性情。我想他必在二王法帖中用過功夫，但在問及其學書過程時，并未提及，若非遺漏，便是與古人暗合，抑或是過於目便能留於心、應於手。真若此，廣君之天賦出我想象矣。

廣君作畫，山水爲主。最喜石濤、王蒙、黄公望諸家，與其書一樣，不囿於一格，石濤『法自我立』『筆墨當隨時代』之見解，顯見地影響着他的創作思想。多大塊布黑，濃墨皴點，這使我想起陳平鬱鬱蒼蒼、渾樸幽深之畫風；雖林巒茂密，而不失通靈，又使我想起黄賓虹『明一而現千萬』之灼見；亦有大塊留空者，更見其筆墨功夫及構圖匠心。偶作蘭梅小品，自是清心爽目，意趣别有。

人們常以『寫』來名狀中國畫之創作。這個『寫』，在廣君畫中體現得很是到位，方圓中側之用筆、枯濕濃淡之設墨得心應手，此顯然得益於其書法之字内功夫，直接可以感受到的。而我所更多注意的是他之『寫意』，這裏當然不是指與『工筆』相對應的『寫意』。畫之所寫，是要表達畫家之思想情懷及對造化之感受，一幅佳作常給觀賞者以很多咀嚼回味，所謂『畫中有詩』。這是另一内涵之『寫意』，深一層之『寫意』。

試讀其小品《蟹石圖》：一條怪石貫穿畫面，旁有一蟹。筆墨確是不俗，但覺氣韵生動而已。讀其題記，却不盡然，『歪詩不出門，留待後人評。稀裏糊塗不知趣，大道無門』。是喻指螃蟹碰上了竪在眼前的怪石，還是作者自虐？更有石後所題：『天下第一绿毛蟹，飛來第一擎天石，招來第一扯皮意，落向第一無情人。』四個『第一』排比而出，一寫蟹，一寫石，一寫意，一寫人，雖是信手之打油，却更見真性情，俏皮之極，絶妙之極！再回過頭來看畫，不免忍俊不禁。真乃畫題相輔相成，相得益彰，作品自然地升華了境界，加深了意趣。

此使我聯想到當今一些專事國畫者，因不擅書法，更少畫外功夫，作畫之後常爲落款作難，遇到構圖欠缺，無能以題記補救，勉强爲之，則難免捉襟見肘，甚或不如没有。這些朋友，當從廣君畫中得些啓示，何況書法本來就是國畫家之必修課。

廣君的篆刻没有書畫占用的功夫多，但直接受益於其書畫之修養及聰慧之藝術感悟力，因之，同樣有着可觀之規模。

前些年，他曾致力於《古印精粹》一書的選編，搜集了大量的印譜，很下了一番研究功夫，對戰國古璽、秦漢魏晋印章乃至明清流派諸家，一一作了比較，對各時期各家之字法、刀法、印式特點，可謂了然於胸，獲益極大。

眼界既廣，自然容與徘徊。他避開了多數中原印人取法秦漢之路，以魏晋印爲本，流派印爲用。此既可看出其可貴之獨立思考，又顯示出其篆刻審美傾嚮與書畫之一致。顯然，魏晋印相對於漢印的那種從容自然、放任純真以及明清流派諸家如陳鴻壽之勁峭凌厲、趙之謙之含蓄温雅等，和其心靈發生了更强烈的碰撞，更愜意的共鳴。

觀賞廣君印作之感受與其書畫一樣，雖不拘一格，却在一個調子之中；雖係廣君所製，又不失淳厚的古璽印氣息。所以如此，應歸於其一貫之創作心態：把握住傳統模式與自我語彙之契合點以後，無拘無束，無慮無憂，一任自己性情之抒發。

在我草草讀完廣君作品集的樣張時，忽然莫名地生出一絲疑慮：他之作品，尤其近時那些頗爲率意、不拘小節的行草書，能有多少人認可？特别是國展的評委們都喜歡嗎？尚未得出答案，又突然覺得自己好笑。前些日子，還爲黄庭堅的一段書跋感慨不已，怎麽就忘了？『老夫之書，本無法也，但觀世間萬緣，如蚊蚋聚散，未嘗一事横於胸中，故不擇筆墨，遇紙則書，紙盡則已，亦不計較工拙與人之品藻譏彈。』觀照廣君，頗有幾分魯直味道，其創作中隨處可見之『法爲我用』與『老夫之書，本無法也』如出一轍，而其『不計較工拙與人之品藻譏彈』也是人所共知的『廣君性格』。此正是其作品處處見得真性情之關鍵所在，也正是做學問藝事之難能可貴處，我又何故憂天哉？

一九九七年十二月

貫貞的『如夜行山』

貫貞囑我作序，難以推辭，衹得勉力。推辭并非由衷，猶豫文力不勝也。

賓虹老畫論有云：『余觀北宋人畫迹，如夜行山。昏暗中層層深厚，運實於虛，無虛非實。』貫貞取『如夜行山』名其詩書畫作品集，足見對藝術、對人生覺悟之深。僅此，爲序便難下筆，便不無猶豫。

論藝不可不論人，而識人至難。回看貫貞爲藝做人的過程，還確有『如夜行山』的感覺。

初識貫貞是在中國書法院高研班，過後纔知他原本是專業學畫的，大學畢業後却做了裝修營生，再後來當了文化自由人，又大多時間深居寺院。個中過程無須細説，但顯明覺到他於藝術、於生活、於世事，在用心取捨，在『層層深厚』。

時下，畫國畫者很少書法功夫，此乃致命弱點，貫貞却能捨弃成功職業及豐裕收入，放下繪畫，研修書法；當代書畫人多爲名利所累，無以自拔，貫貞却能尋得一方净土，參禪事佛，静心修爲。如此積㵚數載，貫貞自然地融入中國傳統文化的長河之中，且愈見其廣其深。他説：『書法當從秦漢，繪畫必師宋元；至於詩詞，則從《詩經》《樂府》入，流連於唐宋圭臬……』讀其作品，深覺斯言不虚。

他之書法，融碑於帖，取法於意，質樸不失清雅，簡精而又散逸；他之繪畫，筆净墨古，韵幽意藴，顯見内心訴求與繪畫精神之契合；他之詩詞，取之生活，發自心源，時有畫境與禪意交相映帶，意象與情思互爲托承之境界。而他之詩、書、畫又是一體的，是他這些年逐步净化之生活狀態、逐步升華之心靈感悟并由此而逐步錘煉之筆下功夫所相互作用的結果，這是自然的『層層深厚』。

貫貞之認知與『如夜行山』的碰撞是必然的，或者説是『層層深厚』至一定程度之後的自然反饋。我想，深夜看山是模糊的，漸近漸清晰。同一座山，模糊與清晰自是兩種感覺：模糊是一種美，所謂『霧裏看花』者也；清晰也是一種美，所謂『清水芙蓉』者也。藝術如此，人生亦然：有些事模糊挺好，所謂『難得糊塗』；有些事必須清晰，所謂『是非分明』。

這些不同的領悟，需要逐步修養、融化，而後漸次取捨、體用。

依賓虹老所論，余以爲『層層深厚』是境界的不斷提升，『運實於虛』『無虛非實』更是認知的轉化與質變，個中另有道家與禪宗的深意。貫貞作品所體現的清、寂、虛、空，正是此種人文精神與表現形式的統一與融合之嘗試。

『如夜行山』既是修爲過程，也是終極關懷，無論藝術與人生。因爲『層層深厚』是無止境的，『運實於虛』『無虛非實』更難以企及。無疑，面對艱難漫長之征途，貫貞自會鍥而不捨，樂在其中。

二〇一三年九月

有意義的人生

——《陳新泰書法作品選》代序

人生活得有意義、有價值，大概莫過於把握一個適宜自己的最佳選擇并一以貫之、不懈追求。

由於所處時代的種種原因，新泰先生和當時大多人一樣，無力擇業，對寫字的執著衹能作爲業餘愛好，但他却從兒時至晚年從未間斷，且歷久彌堅、與時俱進。顯然，新泰先生是在把書法作爲自己一生的追求，體味并享受着一種純真的人生過程。

過來人都知道，字寫好很難，而不斷提升更難。新泰先生却做得很好，這令我很出意外，因爲三十年前我所知道的與他水平相當的書者，幾乎全都落入了僵化甚或倒退的地步。後來纔知道，他之敬業精神、他之時光付出遠超乎常人，因而，他之收穫又是情理之中的。

新泰先生入手晋唐，上溯兩漢、三代，於傳統書法情有獨鍾而不爲時尚所動。因而他之作品没有當代的『花頭』，更不急功近利，一步一個脚印，走得很扎實。他之小楷，鍾繇爲本，融會二王、虞、褚諸家，謹嚴而不失雅逸；他之章草，取之《月儀帖》《急就章》，摻以王世鏜、于右任，古意盎然而自有變數；他之甲骨、篆籀，廣收龜甲獸骨、鼎器銘盤等商周文字，更以文字學角度審視究竟，因而脱離了依樣葫蘆，進入了自由王國。

我想到了已經付梓的新泰先生所著寫的《甲骨千字文》，其書法意味自臻上乘，更爲難能的是，他把甲骨文中闕如的字，以『六書』之規範、甲骨之字法，一一補之，并分别用小行楷清晰標注。脱稿前我已得先睹之快，行世後當有工具書之功用，并可爲愛好者之範本。

我還想到了他已經成型的《金文千字文》以及準備着手的《楚文字千字文》，殷切地期盼着二書早日脱稿，讓更多的人分享。

新泰先生已年過古稀，還在秉燭達旦，筆耕不輟。願他保重身體，願他有意義、有價值的人生走得更遠。

二〇一三年八月

來德的啓示

曾來德給我的感覺，早已不是一般概念上的書法家，而是一種現象，一種書法現象，一種文化現象。這種現象正强烈地震撼着當代書法界乃至整個文學藝術界，以至所有關注東方藝術生存、發展的人們，都不能漠視他的存在和影響，無論是贊同者、反對者還是疑惑者，概莫能外。這是我的基本看法，大概言不爲過。

我們先盡可能地去掉藝術的偏見和傾嚮，暫且不論其書法本身成敗得失，僅僅着眼於他十數載超乎常人的執著和投入以及在全國各地非同凡響的巡展和那沉甸甸的作品集，便足以令人十分地敬畏了。

當然，就藝術見解論，我也是贊同曾來德的，即便個别觀點難以完全苟同。因爲他觀念超前、才思敏鋭、談鋒犀利，難免言多有失，却使你不忍抓住一點進行發難。而從探索求變、標异領新之角度觀照，若情感平平，無一二過激觀點，甚至不令人覺到有些狂傲不羈，反倒不可思議了。

接觸過來德或者咀嚼過來德作品的人，都會深切地感受到他承載着一種使命感，一種激活舉步維艱的傳統書法的使命感。盡管這種使命感極其沉重，他却自覺地承載着。他把書法置於當代中外藝術思潮交匯的大背景中進行審視和思考，不斷地擴展着書法内涵和外延的認識，大膽地進行着對傳統書法創作的革命。

有人講：『曾來德又要吃傳統的飯，又要砸傳統的鍋。』這顯然是對來德藝術思想、創作觀念的誤解，或者是對現代書法的無知。來德的創作確實具有傳統和現代之雙重性，但這是極正常和極必然的。那些把傳統和現代對立起來的人們，大概没有認識到真正意義的現代派書法，非但不是反傳統，而是對傳統進行着頗具積極意義的揚弃！現代書法的創作者，如果不具備深厚的傳統書法積澱，或者在其探索過程中不注意擴展、加深對傳統的認識和把握，其作品不可能進入應有的境界。而來德於此無疑是做得極好的。在很多人認爲極難溝通的傳統和現代之間，來德找到了屬於他自己的藝術語言，把二者很好地結合并融爲了一體。

來德有句話給我的印象很深刻：『當我在文字的靈魂護佑下偏離文字時，我能否達到文字所未曾達到的世界，或者説文字的彼岸？……』此話當視作來德現代派書法（不知來德是否同意如此稱謂）創作的思想基石。好一個『文字的靈魂』，真乃點到了中國書法美學的根本。古人早有『字雖有質，迹本無爲』『唯觀神采，不見字形』之説，把有書法意義的字視爲鮮活的生命形態。來德抓住了這個關鍵，以生命之最高存在形式『靈魂』二字，表達其由傳統向現代轉變之歸依、超度之關節，他在『文字的靈魂護佑下』要『達到文字所未曾達到的世界，或者説文字的彼岸』。這裏，要緊的是無論要達到哪一個『世界』或者『彼岸』，前提都仍然是『文字』。此乃來德高於他人的機敏處，更是其現代派書法能够爲愈來愈多的人所認可和接受的關鍵處，因爲他始終緊緊地抓住了『文字』這個書法的本體，因而他的現代派作品是屬於書法的，而不是繪畫或者其他。在這個大前提下，來德在全身心地致力於文字之靈魂的捕捉和塑造，捕捉『文字被隱匿於黑暗中的最高抽象法則』，塑造『漢字的精神性存在』。

可貴的是，來德始終堅持『觀念和技術兩者必須是一等一的，新的觀念必須輔之以新的技法和新的書寫材料纔可能前進和產生創造意味的作品，衹有新的觀念而無新的技法，衹是一種假設和空想，觀念便失去了其物質載體』。來德如是説，也如是做。看他的作品，首先感到的是綫條的豐富、深邃和力量，這無疑得益於其過硬的筆墨技巧和對傳統筆法、墨法的突破。在抓住了這個體現書家心靈軌迹的書法藝術語言第一要素并不斷賦之以新的生命的同時，緊扣一環的便是與技術『一等一的來德觀念』的淋灕盡致的表現：文字在進入了他的作品之後，很難再見到其固有的原始形態，切割、截取、變形、組合，無所不用其極，而皆服從於『漢字的精神性存在』，原則於『文字的最高抽象法則』。於是在來德的筆下，在來德的靈魂碰撞中，一種現代的充滿活力的生命形態躍然紙上，它和傳統書法給人的感受絶然不同，却又使人覺到書法傳統精神的存在，這就是我們常説的氣韵、意境，一種天地渾融之氣象，天人合一之境界。

我没有見過來德對自己的探索做何歸屬或者有什麼名稱。而今，具有前衛意識的探索性書法名目繁多，諸如書法主義、現代派書法、後現代書法等等，各有説辭。其實，就如人的名字，叫什麼無所謂，關鍵是能否長大成人，做成氣候，而不在名字叫得如何動聽。我想，來德没有過早給自己的作品定名，意亦在此。

我更不願意對來德指手畫脚，盡管他的作品還有一些不盡如人意的地方。因爲從任何一位書家的作品中挑出一二缺憾，都不是難事，何况來德的作品并未結殼，而是正在逆流、頂風，不斷探索。憑着來德對藝術的真誠、膽識、天賦和自信，我們没有理由懷疑他將循着自己早已認定的方嚮繼續奮進，無論最終能否達到理想的彼岸。而我們最應重視的，則是由他之不懈努力所構建的『來德現象』在當代藝術發展進程中的無可置疑的積極意義。

如今，來德的書法系列展就要移師河南了，欣喜之餘不免生出些許憂慮。我曾不止一次地聽説來德的展覽對於畫界甚至學術界的影響比書法界更大。是來德之探索不屑書法界一顧，還是書法界遲頓、麻木、近乎頑固的守舊？我希望書法界的朋友們正視這個問題，作出心靈的回應，而不要回避，更希望來德的展覽能給河南書法界帶來應有的啓示和思考。

一九九八年十二月

悼伯安兄

伯安兄走了，極其突然地走了，以致所有認知他的人都難以承受！

我是當天晚上十點二十分接到俊杰兄的電話得悉這一噩耗的，我驚呆了！泪水止不住掉了下來。他纔五十五歲，難得的好人品，事業正值巔峰，病魔却奪走了他的生命。蒼天啊，人世間竟如此之不公平！

聽説他是五月二號上午十一點多鐘，在畫室門前突然倒下的，再也没有起來。

我僅去過一次他的畫室，大約三個月前的事。畫室是借用他夫人單位的房子，一塊二米多高、六米多寬的板墻頂滿了畫室的南墻，剩下不多的空間，放着一張老式簡易沙發，大概是招待客人和自己臨時歇息用的，還有一把舊木椅，上面堆放着顔料、畫筆。這便是畫室全貌，極簡陋的。而在我看來，却是一座神聖的殿堂！因爲板墻上貼着他正在創作的《走出巴顏喀拉》長卷！因爲這幅長卷將是中國當代國畫人物創作的一個里程碑！

長卷是一位頗具眼光的日本企業家策劃，在中國長期考察、挑選畫家承擔創作的二米高、百米長的大工程，擬在日本一家博物館長期陳列。所憾，這位企業家早幾年不幸病故。但伯安兄并未因此中斷創作，而是除了上班之外，傾盡了他的全部心血。

不知他跋涉了多少山山水水，也不知他搜集了多少參考資料，更不知他起了多少次小稿，衹知他已經不間斷地畫了整整十年。我去畫室的那天，他已經完成了六十多米。對着板墻上那段在我看來也已畫好的一段，他極虔誠地問：『王澄兄，你看哪些地方不行？』略微停頓後又極認真地説：『我請了很多朋友提意見，不少地方作了修改，有些是整段推倒重來。』我默默地聽着，下意識地點着頭，眼睛却盯着長卷，一瞬也不願離開。對於我這個國畫外行來説，能提什麼呢？而畫面所呈現的强烈藝術效果和獨特個人風貌，已使我慣用的贊美之辭顯得蒼白，還能提什麼意見？再想到他不顧病痛、全力創作的情景，我又能提什麼？

他曾幾次讓我來，我却不忍打擾他。此時，畫卷猶如一塊强大磁石，將我吸引、凝固下來。

畫面上憨厚的藏族群衆、負重的牦牛、機警的獵犬……通過他蒼勁而質樸的綫、豐厚而蘊藉的墨，表現得淋灕盡致。這裏，傳統的國畫技法得以提煉和升華，帶有西方色彩的素描關係也表現得异常强烈，二者融合得又是那樣渾然一體。我驚嘆以人物爲主的中國畫竟有如此强大而豐富的表現力！

那天，他要把畫出的其餘部分全拿出來讓我看，而我意識到占用他的時間已經太多，帶着幾分歉疚，更帶着幾分留戀，告别了他和他的畫室。

那天，他還頗爲腼腆地說：中國文聯副主席馮驥才看過他的畫後，要在美術館爲他辦展覽，并問我：這畫行嗎？記得我衹簡單地回答了一句：可惜文藝界如馮驥才這樣的領導太少了！

如今，他的畫室的板墻上，留下的是一張剛剛拼接好的二米高、六米寬的宣紙，上面還未及着一筆彩墨，潔白潔白的。

透過這張潔白的宣紙，我彷彿看到了已經完成的壯美的畫卷《走出巴顔喀拉》，感染

到了那畫卷所蘊涵的博大、燦爛的黄河文化以及她所哺育的勤勞、智慧的偉大民族。

在這潔白的宣紙旁，我彷佛，不！我真真地看到了伯安兄依然站在那裏，拿着畫筆，深情地凝視着他爲之傾注了全部心血的畫卷，好久，好久，他終於滿意地笑了！

他肯定會滿意的！

他從來都非常知足，藝術之外，别無他求。社會上的五顔六色與他無緣，各種類型的交際場合極少見到他，素常説句話都没有大聲。大概正因爲此，他所得到的回報太少，太少！而他又何曾想到過回報！我想，這正是他與一般畫家之不同處，也正因爲有了這個不同，他所得到的回報又最多，最多！他於藝術上的杰出成就，他之水平在海内外同人及專家中所得到的高度評價，他的高尚人格所赢得的廣泛贊譽，便是他之付出所得到的最好回報。

天道安在，人生半途何故去？

畫壇悲哉，事業未竟盼歸來！

這是我聽到噩耗當夜，含泪寫下的挽聯。我最敬重的畫界朋友伯安兄走了，他帶着輝煌更帶着遺憾，永遠地走了！而一個真正藝術家的品格和風骨却愈加清晰地凸現出來，并已深深銘刻在我的心中！他所創作的不朽巨制，必將作爲人類的寶貴財富，永遠地流傳下去，發出奪目的光彩！

一九九八年五月

學書階段論

最近，觀察了周圍的學書者，查考了歷史上一些有代表性的書家，發現每個人的學書過程都有一個相近的規律可循，我把這個帶有普遍性的規律歸納總結爲五個階段，試述於後，供愛好者參考。

學習，對一個人來説是終生的事情，書法更是如此。因此，了解一下學書全過程及各個階段可能遇到的問題和應注意的事情，是很有必要的。特别是初學者，對學書過程中可能遇到的問題有思想準備，便可及時采取相應措施，而避免誤入歧途或半途而廢。對已經學習了一段時間，有了一定基礎的人，也可回憶一下自己走過的路，以便爲以後的學習，制訂一個符合客觀發展規律、切合自己實際情况的計劃，增强向書法藝術高峰攀登的自信心。

應該指出，此文僅爲學書的一般規律，由於氣質、學養、閱歷、環境諸因素的不同，每個人都有其自身的特殊性。由於這些特殊性的存在，對照學書各階段就不可能完全適合。譬如，筆性好、臨摹能力强的人，急進期的通過會快些；知識面廣、藝術修養高的人，升華期的提高就比較輕鬆。即便各種因素、各種條件比較接近的人，勤於耕耘、寒暑不輟者與三天打魚，兩天曬網者，進度就自然相差很大，因此各階段的時間劃分，衹是相對而言，階段之間的過渡也無明顯界綫。

一 急進期

從起步開始，第一階段名『急進期』。按照正確的學習途徑，由臨摹帖入手，或教師單獨輔導，或參加各種類型的學習班。由於人們普遍具有對新事物的好奇心理，又由於初學容易上手，從點畫到字形，常常很快就有了幾分形似，因此，學習的積極性比較高，大部分人都能做到日不錯影，堅持天天臨習，對自己的進步比較滿意，旁人也常常誇獎鼓勵。無論是寫顏還是寫柳，無論是寫隸還是寫魏，容易初具面目，筆性好的人，還能選一首碑帖上字比較多的詩句，

『創作』一幅作品，自我欣賞或讓朋友、同行品評，甚至參加本地的展覽。

達到這一水平，對一般人來講，是比較容易的，祇要方法對頭，以一兩個碑帖爲主，堅持臨摹，經過兩年左右的努力便可解決。

此期最容易出現的問題是見异思遷。因爲剛剛進入書法藝術的大門，就好像到了一個從來都没有去過的地方，一切都是新鮮的，具有强烈的吸引力。又由於原來所見碑帖、法書不多，鑒賞能力自然較差。因此，每見一個碑帖，就感到新奇，就想和自己所臨碑帖比較，且常能發現原來所臨碑帖不具備的『優點』，於是便改弦易轍臨起新帖來。過了十天半月，又見一個碑帖，還會弃舊圖新。於是乎朝秦暮楚，蜻蜓點水，到頭來落得個一無所獲。

因此，這一時期，關鍵是選準碑帖就堅定地學下去，千萬不可見异思遷。

二　緩進期

經過前一個階段的學習，可基本掌握入手碑帖的特點，即初步達到『入帖』。但這種收效畢竟是初步的、幼稚的，碑帖中有的字，寫起來還看得過去，碑帖中没有的字，寫起來就大爲作難，常常是離開帖便不知所措，因此，作爲『根據地』來説，還需要大量的時間，付出更艱辛的勞動來鞏固，於是便自然步入了『緩進期』。

顧名思義，這一階段的進度相對要緩慢些。要熟練掌握前階段所學碑帖的規律，做到帖中没有的字，也可順手寫來，而且讓行家一看，便能識出宗法何家、源自何帖。爲此，單單停留在照本臨帖，顯然是不行的。要注意逐漸打開視野，豐富自己。譬如，對自己所學的碑帖，應該做深一步的研究：它的時代背景和當時的書風，書家的師承和淵源等，如此從横的和縱的方面，對所學碑帖做一番了解，找出與其有直接血緣關係的碑帖，作爲臨習的輔助，甚至改臨這些碑帖亦無不可。同時，還要注意培養對繪畫（特别是中國畫）、音樂、舞蹈等姊妹藝術的興趣，逐步提高自己的審美能力。有時間還應該讀些文學作品，特别是我國的古典文學，諸如詩詞歌賦等，不斷提高自己的文學素養。我們切不可忽視這些看來與寫字似乎無關的事情，要捨得在這些『字外功』上花些氣力，可能會因此占用一些練字的時間，但這是值得的，在以後漫長的書法道路中，將會越來越體會到它的重要性。

這一階段的學習，不像前階段那樣收效明顯。時間長了，新鮮感漸漸消失，學習的熱度會逐漸下降，工作及社會活動的衝擊，家務事的干擾，加至書法的提高過程，本來就是波浪式的，有時可能停滯不前，甚至出現倒退現象……以上各種因素，都可能使人到此却步，以致前功盡弃。因此，這一階段的關鍵是加强學習的自覺性，要處理好學習書法與本職工作及家務勞動的關係，要知難而進，在進步緩慢甚至停步不前時，要頂得住。無數學書者的經驗證明，這時往往正孕育着一個質的飛躍，衹要方法得當，堅持下去，將會出現長足的進步，正所謂『山重水復疑無路，柳暗花明又一村』。

經過大約四至六年緩進期的學習階段，對於書法的基本功夫已經大體熟練掌握，能够選擇自己喜歡的詩詞、聯語，按傳統的幅式，創作出條幅、對聯等不同形式的作品，而且常可得到行家的稱道：這幅是寫顔（真卿）的，鑾有功夫，那幅是寫王（羲之）的，有點意思。一些有心人，還可掌握一定的書法理論，培養初步的鑒賞能力。

一般學習書法的人，經過不懈的努力，都可達到這一水平。此後，便進入了一個相對穩定的階段。但有少部分人，還未進入穩定期便向下滑去。藝術修養差是主要原因，其中個別人還有一個致命的弱點——急於成名。他們的典型表現是自以爲寫得不錯，有了一定的基礎，於是便創起新來。什麼是書法藝術的特有本質，什麼是書法藝術的傳統精華，什麼是書法藝術的發展規律，等等，他們一概不管，而一味地追求狂怪。更有甚者，個別人利用一些地區一些部門的人們缺少書法知識，而以『書法家』自居，任筆爲體，嘩衆取寵，實乃俗媚粗野，糟蹋藝術，而且謬種流傳，危害匪淺。

現在，隨着書法事業的迅速發展，人們的欣賞水平和鑒別能力在不斷提高，因此，走這條路的人在逐漸減少，他們的市場也愈來愈小，最終必然被淘汰。

三　穩定期

穩定期在漫長的學書道路中，是非常關鍵的時刻，發展下去，大部分人將要不可避免地進入僵化階段，不管是自覺還是不自覺。從事任何事業，想要取得一定成就，都不是輕而易舉的，書法尤其如此。有人把它比做跳高，一般高度，運動員通過努力都可以達到，而且進度比較快，常常是五厘米、十厘米地向上升，但是到了一米七八以上，就很難了，每提高一厘米，常常需要付出數倍於前的代價，如果方法不當或者稍微懈怠，還有下降的可能。書法進入穩定期前後就是這樣，由於繼續提高的難度加大，不少人便望而生畏，滿足於已有水平，不願作艱苦的長途跋涉，這是進入僵化期的最主要原因。還有些人，所見不多，又少理論作指導，於是徘徊起來，不知下步邁向何處，時間長了，心手自然僵化。因此，應盡量縮短穩定期。這就要求一方面不斷鞏固已有的成績，繼續經營多年來建立起來的『根據地』，一方面要積蓄力量，『窺測方嚮』，準備擴大地盤，打出新局面，力爭早日進入升華期。

孫過庭《書譜》云：『至如初學分布，但求平正；既知平正，務追險絶；既能險絶，復歸平正。』升華期之前，可視爲『求平正』階段，而進入升華期就開始了『追險絶』的艱苦歷程。

四 升華期

在緩進期中已經提到，要捨得在『字外功』上花些時間，而在向書法藝術高峰攀登的升華期中，『字外功』就顯得尤其重要了。

『字外功』的修養是多方面的。首先是文學修養，特别是古典文學，這與書法藝術的特質有直接關係。書法歷史悠久，大量的書論經典是文言，没有一定的古文基礎，就無法閲讀；書法作品的内容，大多是寫詩詞、聯語，没有一定的格律知識，就很難理解，這些還是表面的、直接的。更重要的是，文學修養是基礎，是根本，它決定着一個人的氣質、素養，這些内在因素，對一個人能否在書法事業上取得成功，是非常重要的。查閲一下書法史，便可發現歷代書法家無一不是文學家、詩人或學者。

文學修養之外，還要注意培養廣泛的愛好。書法藝術和其他姊妹藝術，諸如音樂、繪畫、戲劇、舞蹈等等，有着密切的關係，可以從中汲取豐富的營養。一個人的知識面愈寬，對書法藝術的理解就愈深，審美情趣就愈高，這些在前邊已經談過。

還有一點需要强調的是，走出斗室，到社會中，到大自然中，去呼吸時代的氣息，飽覽祖國的山河，以滋潤我們的情懷，開闊我們的胸襟。古人尚知『讀萬卷書，行萬里路』，在日新月异的信息時代，這一點就顯得更爲重要了。

當然，談了這麽多，最終還是離不開練字，也替代不了練字。由穩定期向升華期邁出的第一步是很關鍵的，要有膽識，敢於追求，大膽突破。在緩進期中曾提到應找些與所學碑帖有直接血緣關係的碑帖臨習，意思是在基礎還不牢固時，步子不可邁得過大。現在，就像蓋樓一樣，基礎已經打好，該是向高層發展的時候了。這就要廣開視野，博覽約取，上下幾千年，縱横數百家，各種書體，各種流派，都要盡可能涉獵；要和書法界的人士廣泛接觸、交談；要多看各種專業性的書刊……這些都是提高鑒賞水平的必由之路，而衹有眼高，纔可能手高。

下一步，字如何寫，大體有兩種方法：一是按自己原來所寫碑帖，上溯其源，下尋其流，做一番研究，然後決定主攻目標。譬如，原來是寫顏，而顏真卿主要是宗法王羲之，同時還融入了漢魏乃至周秦的筆法，因此，就不妨改寫王羲之的傳本或者在魏碑、隸書、篆書中選其一二名碑，寫上一段時間。這樣會自然覺出用筆的方法增多了、變活了，寫出的點畫更有内涵，更多情趣，而結字的能力也自然增强了。還要尋其流，歷代受顏真卿影響的書家不計其數，晚唐的柳公權，五代的楊凝式，宋四家，明董其昌、王鐸、傅山等等，或楷書，或行書，都不同程度地透露着顏書的氣息，尤其至清代，錢灃、劉墉、何紹基、翁同龢、趙之謙等書家，師法顏體更爲明顯，但所列諸家却又各具面目。因此，不妨一一做些剖析，看看他們是如何繼承古人，而又不被古人所縛，創出新路的。這是大有好處的，會爲我們的學習提示不少可供借鑒的方法。以上做法比較容易上手，也比較穩妥，但收效往往較慢。

再一個方法是有意和自己找别扭，包括多方面。譬如，原是寫碑的，現在偏要寫帖；原是寫隸的，現在偏要寫行書；原來寫得比較秀，現在偏要粗獷些；原來寫得比較平正，現在偏要奇險些；原來用硬毫，現在偏用軟毫；原來習慣用焦墨，現在偏摻進些水；原來愛坐着寫，現在偏站着寫……一個目的：争取短期内出現大變化。這就更要有膽有識，甚至要擔些風險，可能會失敗，使你不得不回頭重來，即便如此，也可從中吸取經驗教訓，爲下步鋪平道路。有人把這種方法比做『遠親結婚』不無道理，衹要『雙方健康』，是可以實現『優生』的。所謂『雙方健康』，一是基本功扎實，一是目標選得好，這樣既利於出新，又不致脱離法度。否則，不可避免要出現『怪胎』。

以上兩種方法要因人而异，一般情况宜先用第一種，後用第二種，也可根據不同時期的不同情况靈活掌握，輪换使用。

按照《書譜》的説法，這一時期爲『既知平正，務追險絶』。

五　成熟期

由升華至成熟，不同人所需時日大不相同。經過十數年抑或數十年的不斷探索、不懈追求，甚至數次反復，閱歷在逐漸豐富，境界在逐漸升華，筆下的功夫在逐漸老到，也就逐漸達到了『運用盡於精熟，規矩諳於胸襟，自然容與徘徊，意先筆後，瀟灑流落，翰逸神飛』，接近了『通會之際，人書俱老』的境界。這裏需要指出，『人老』謂修養的成熟，『書老』謂造詣的高深，不可把『人老』錯誤地理解爲年高。歷史上年輕而水平高的書家是不乏其例的，著名的書聖王羲之僅活了五十多歲，他的兒子王獻之纔活了四十多歲，而他們的成就和影響，可說是無出其右的。

按《書譜》的說法，到此已是『既能險絶，復歸平正』了。這個『平正』，不是第一階段『平正』的還原，也不是第二階段『險絶』的倒退。同是『平正』，却有着質的不同，經過了『險絶』的『平正』，是返璞歸真。

需要指出的是，進入成熟期後并非即可馬放南山。舉個例子，王鐸晚年仍是一日應酬，一日臨帖。當然，這一時期的臨帖與此前諸期之臨帖有着不同的含意，重在養心、養手，避免市野之氣流入腕底。因此，臨帖是寫字人一輩子的事，祇是各階段之目的不同而已。

更要指出的是，進入成熟期後始終要保持活躍的藝術思維和不斷的探索精神，書法的進程是永無止境的，真正的書法家要永葆藝術的青春。

從起步到成熟，是一個强者在知識的海洋裏向光明的彼岸奮力拼搏的艱苦歷程，又是一個勝者從書法藝術的必然王國到自由王國的幸福歷程。願以此與同道們共勉！

一九八四年秋初

（此文收入本卷時略有改動）

『藝術書法』之我見

書法前面冠之以藝術，大概會有不少人持有异議或不能理解。書法不就是藝術嗎？名之以『藝術書法』，豈非畫蛇添足？

的確，大概兩千年前，人們對書法之藝術認識已見諸文字記載。東漢蔡邕曾云：『夫書肇於自然，自然既立，陰陽生焉，陰陽既生，形勢出矣。』王羲之的老師衛夫人也有『夫三端之妙，莫先乎用筆；六藝之奥，莫重乎銀鈎』之説。然而，另一個不容忽視的事實是，在這漫長的歷史中，書法始終未完全脱離實用而獨立爲藝術。東漢趙壹曾云：『且草書之人，蓋伎藝之細者耳。鄉邑不以此較能，朝廷不以此科吏，博士不以此講試，四科不以此求備，徵聘不問此意，考績不課此字。善既不達於政，而拙無損於治，推斯言之，豈不細哉？』之後，以書取仕漸盛，直至清末，以變法著世之康有爲在論及干禄字時，也不得不言道：『……

於是，鄉邑較能、朝廷科吏、博士講試皆以書，蓋不可非矣。』此大大桎梏了人們視書法爲藝術的認識深度。

這種與實用、仕途緊緊相連的現象，至今仍在延續着，衹是味道有些不一樣。君不見，當了某級協會頭頭便可名利雙收，更可做些手段，青雲直上嗎？於是，便有了『國展』在即，按着某些大人的喜好進行『創作』的怪現象，更生出了拿着字到處敲門的敗類。何以談探索？何以談創新？那是要被打入另册，坐冷板凳的。面對這種種之書法非藝術狀態，强調一下其藝術屬性，無疑是必要的。這算是社會學的原因吧。

藝術書法之提出，就書法本體而言，更爲必要和緊迫。書法要創新，無人不曉，但如何創新，多數人却心中無數。帶有共性的問題很多，主要有二：其一，幾千年的傳統過於强大，形成的習慣勢力更是頑固，人們在繼承傳統時，往往墮入其中，不能自拔；其二，社會已發生深刻變革，開放的、一體化的工業文明給人們帶來的思想變化，以及隨之生發的多元審美意識，爲文化藝術注入了諸多新元素和新活力，這在各藝術領域都有充分體現，唯獨書法界，多數人對此麻木得很，頗有些閨房獨守的感覺。究其原因，書法人對書法之藝術意識很缺乏或者説很不到位應該是最主要的，因而導致很少有人對書法之藝術性進行時代的深入思考，更少把書法置入當代大藝術的氛圍中進行審視。

當然，書法的表現對象僅爲漢字，空間是狹小些，但其筆墨關係、構成因素、創作模式却可有無窮的變化，這正是藝術書法所要强調的主要内涵，也是書法現代轉型的主要課題。要勇於打破傳統的慣性狀態，改變對傳統認識的僵化和局限，更廣泛、更深入地認識和把握傳統，而且，這種對傳統認識的轉化和當代審美意識的注入應該是同步的、相輔相成的。顯然，當代藝術的表現是多元的，是張揚個性的，是注重形式的，是强化效果的，那麼，藝術書法及其現代轉型自然也要朝着這些方面努力。

有些人不屑談筆墨、結字、布篇等具體問題，但觀念轉變後，進入創作時，必須面對的正是這些具體問題，這些具體問題解決得如何，直接體現着觀念轉變的正確與否和是否到位。時下，對筆墨之中側正偏、濃淡枯濕、輕重緩急等已做了很多的嘗試和表現，應該説大大突破了古人。結字之變化好像還缺少些辦法，或者説思路還不够開闊，似乎把注意力過多地集中在了字勢的誇張和變形上。對於字勢，加大其張力，强化其視覺衝擊力是必要的，但不是唯一的，其他種種美的形式，諸如樸厚、稚拙、静逸、奇巧等，都有充分的變化空間，有待拓展和再塑。猶如音樂，同樣七個音符，可以譜寫出通俗、民族、美聲等不同曲調，且各有雄渾强悍、委婉凄惻等不同情感之抒發，更不失時代之氣息，不見得非摇滚不時代。至於整幅作品的經營，更可不拘一格，時下已有很多較爲成功的探索，但須注意與筆墨、字勢之協調，要有自己的獨立思考，要有自己的個性語言和表達方式。

顯然，這種現代轉型，我是主張由内而外的，即首先要立足於書法之本體，因爲其基本元素是不變的、永恒的。這是個度，或者説是個底綫，由此而外的拓展和突破，不可逾越這個底綫，否則，就不是書法，包括『現代派書法』以及我們所談論的藝術書法，這是我始終不變的觀點。此底綫可概括爲兩句話：一是創作行爲爲書寫，而非繪畫，更非製作（不包括作品的後期裝飾）。二是表現對象爲漢字，可任意誇張、變形，甚至重組，但要有相對可識性。我之所以不贊成由外而内的轉型，是因爲這種轉型很容易脱離書法本體，誤入非書法狀態。前一時期，有不少各種名目的現代性探索便屬此類，其實質已與抽象繪畫無别。

二〇〇五年七月

書法創作的幾個有關問題

——在中國書法藝術學院舉辦的全國書法創作培訓班上的講稿

一　傳統認識與審美取嚮

我們不必爲傳統之定義多費口舌，因爲中外辭書對其界説大體是一致的。然若在『傳統』前冠之以『書法』二字，似乎就有了异議，起碼在時下，客觀存在着不同的認識。概言之，有兩種觀點：一種單指書法資料（即文字直觀史料），一種則把書法資料之外的、與書法相關的史料（包括政治、經濟、思想、文化等各個領域）也包容進來。後者顯然是廣義的，更有學術意味。單就前者論，又有幾種不同看法：

其一，唯二王風格爲主綫的承傳有序的『正統』帖學，纔稱得起書法傳統。

其二，帖學之外，應再加上金石碑刻爲主要內容的碑學。

其三，除了碑、帖之外，『經書』也應列在其中。

其四，歷史長河中，所有與書法有關，可供借鑒之資料（如簡牘帛書、西域殘紙、磚瓦陶文等，直至當代代表人物的書法作品），都應包括在内。

繼承優秀的民族文化遺産，對書法創作的意義是肯定的，關鍵是對傳統認識的不斷豐富和完善，這又相對取決於時代審美的同步把握乃至前瞻意識。因爲審美不同，對傳統的解讀也就不同。

美是永恒的，審美則隨時代發展而變化。長袍馬褂不可否認是美的，然若當代人穿上，便會因不合時宜而被人嗤笑。顔真卿、柳公權的楷書更無可否認是美的，但現實是以其模式寫出的作品，常因過於程式化而難以入選高規格展覽，即便作者的功力很好，也難逃此厄運，以致問津者愈見其少。趙孟頫的行書應該説是至善至美、無可挑剔的，但今人却將其視爲『過於甜熟』，而視其大家於不見，置於被遺忘的角落。

時代審美就是如此殘酷。

當代人的審美又是復雜的、難以捉摸的。有人講，現在是展廳時代，人們追求的是視覺衝擊力，作品要大，藝術效果要强烈，但我們却常能在大展中看到工穩的小楷入選甚至獲獎。又有人講，明清之際黄道周、倪元璐、張瑞圖等書家的作品形式感强，最合當代人口味，但我們發現李叔同、謝無量等内涵藴藉一路書風同樣受到青睞。還有人講，二王爲代表之晋人遺風典雅韵致，乃書法之正統、書壇之永恒，但我們却感到『民間書風』正在爲愈來愈多的人所注目，尤其爲年輕學人争相仿效。更有人講，什麼現代派，純粹是胡來，我們不能接受，但目前的現代派書法較之二十年前有了明顯的進步，出了不少好作品，已爲全國中青展所首肯，還有一些很有思想和實力的作者，尚未加入到我們的行列中來。……

當代審美就是如此撲朔迷離，難於對焦。

有人試圖延續前人之説，概括今人之審美追求曰：『晋人尚韵，唐人尚法，宋人尚意……今人尚情。』此説顯然過於牽强，犯了一個常識性、概念性錯誤。假如情和韵、法、意果真能劃在同一範疇，那麽，當今書人的崇尚倒不妨將其全部包括在内，更爲客觀、更爲全面些。

當代書壇的審美的確是多角度、全方位的。

書法作爲獨立之藝術門類而被社會廣泛認同和接受，是近時期的事。所有的藝術門類中，書法最古老，却又最年輕，因此，她要獨立於當代藝術之林，便必須以一種既傳統又新穎的姿態展現於世人面前。那麽，她的審美取嚮便必須合於時代。而當代人的審美顯見地在隨着國門的打開、改革的深入，不斷地變化着、豐富着。因此，書法舊有的、固守一隅的格局便必須打破，姊妹藝術思想的借鑒，外來藝術思潮的參照，都成爲極自然的、無可回避的事。而當今書人審美之無法劃一，也便是極正常的了。

書法又是最爲獨特的藝術。數千年秩序井然、涇渭分明的發展脉絡，以及對民族文化的依賴性和親和力，決定了傳統對其之意義重於其他任何藝術門類。這是無可置疑的，所有書界中人均有切身體驗。即便是現代派書法，如果没有一定的傳統繼承做根基，也難修成正果。

於是，出於不斷豐富的、廣闊的審美視野，出於時代對書法創作的多元化需求，書界中人對傳統的發掘和繼承，顯示了前所未有的熱情和大度。這便回到了開始的話題，比較幾種對傳統的不同認識，結論是顯見的：越是廣義的、包容性越大的傳統認識，越符合書法發展的需要。而正確地認識傳統之前提，無疑是合於時代發展的審美取嚮；合於時代發展及書法自身規律的審美取嚮，則又根源於深刻、全面地把握傳統。

如果説時代左右着我們的審美，創作態勢又導引并制約於時代審美的話，我們的傳統則是永恒的。

二　書法本體與形式表現

常識告訴我們，本體指事物的本原或者本性。那麼，書法藝術的本體自然是以藝術的手法所表現的『字』（或曰漢字），此應該是毫無疑義的。這就是説，如果以最簡明、最基本的概念界定書法之本體，一個『字』字即可概括。

但是，作爲書法藝術本體的『字』，又絶非一般意義的文字。王澍《論書剩語》曰：『作字如人然，筋、骨、血、肉、精、神、氣、脉，八者備而後復可以爲人。』劉熙載《藝概》

曰：『寫字者，寫志也。』虞世南《筆髓論》曰：『字雖有質，迹本無爲。禀陰陽而動静，體萬物以成形，達性通變，其常不主。』顯然，他們説的都是有書法意義的字，賦予了中國藝術精神的字，能够體現宇宙萬物、具有生命形態的字。這纔是真正意義的書法本體。

因此，作爲書法本體的字，其原始的文字意義或者叫文學意義，已退居次要地位。所謂『唯觀神采，不見字形』大概也有這層意思。也就是説，隨着書法藝術的獨立發展，具有獨特藝術形態和豐富審美内涵的書法本體，早已擺脱和超越了原本意義的文字。

如果對此没有异議，書法作品的關鍵便是本體的形式表現了。因爲無論其神韵、意境，無論其風格、流派，衹能通過形式體現出來。這裏所指的形式當然是廣義的，决非單指傳統習慣認爲的中堂、對聯、扇面、斗方之類（此等稱作幅式更爲準確），它應該包括不同審美取嚮和表現手法所創作出來的全部視覺形象。

現在，有些人贊美書法作品，愛用一個時髦詞，曰『形式感强』。但是，當你稍加留意，就會發現他們指的多半是那些墨色、字形、章法處理得比較大膽的作品。這就值得注意了，因爲如此理解書法的形式以及形式感，未免有些偏頗。

具體到書法而言，『形式感』應是作品的形式通過視覺給予人們的心理感受。因此，書法作品的形式感是極爲豐富的，不同形式的作品必然有不同的感受。如果簡單地把表現視覺衝擊力强的作品稱作形式感强，那麽，含蓄、蘊藉一類的作品，就衹能算作形式感弱了，這顯然是不客觀、不公平的。

不可否認，形式有其獨立存在的意義，但書法藝術品更重要的是其形式所蘊涵的内容。這裏的内容是指通過作品的外在形式，即直接視覺形象所折射出的藝術内蘊，就是平時説的意境。没有意境，或者意境貧乏的作品，其形式衹能是蒼白的、徒然的。

因此，我們在考慮作品的創作形式時，首先要有立意。劉熙載《藝概》曰：『聖人作易，立象以盡意。意，先天，書之本也；象，後天，書之用也。』這裏，『象』即書法作品的外在形式，『意』便是通過象所體現的作品的意境。此乃中國書法美學之根本精神，我們切切不可忽視。衹注重『展廳效應』『視覺衝擊力』，而忽略作品意境的塑造與深化，往往是不擇手段地玩弄筆墨，絞盡腦汁地誇張變形，甚至采取剪裁拼貼的辦法進行製作，結果是不言而喻的。發展下去必然游離書法本體，抽換書法内涵，變態爲抽象繪畫或者工藝美術。

我們贊成并且鼓勵觀念的突破和創作的革命，希望常有新穎的形式出現，但决不等於可以忘記和背叛書法形式應有的、獨具的、本質的傳統内容。

這裏，技法始終是重要的，是最基本的形式表現和審美要素。諸如筆法、墨法、字法等等，失去這些基本要素，便無書法可言。隨着時代的發展，人們對技法的表現，不斷賦予新的思想、新的内容，做出了不懈的努力，取得了可貴的成果。其中，最具典型意義和應該給予肯定的是現代派書法，這裏指的當然是真正意義的現代派書法。他們對傳統的書法表現形式給予了前所未有的揚弃和突破，却又没有脱離『書寫漢字』這一基本原則，因此，在書法發展史中的積極意義是無可置疑的。

然而，技法却不是唯一的，形式更不是至上的。作爲書法，無論是傳統派還是現代派，最爲關鍵的是書家通過技法塑造的外在形式所賦予作品的内藴，重『象』，更要重『意』。

人們早已把『館閣體』視作貶義詞，將其束之高閣。然而，我們又無可否認館閣體對技法的要求精嚴到了無可挑剔的地步，它所展現的形象也完美到了無可挑剔的地步，何以落得如此下場？答案很簡單：重象輕意，甚或有象無意。

與之相反的另一種現象則是，某些『探索性作品』的創作走過了頭，它們要完全擺脱漢字的束縛，追求『有意味的形式』，甚至放弃『書寫』這一最根本的表現方式。結果是顯見的：作品即便有象，亦非書法之象；即便有意，更非書法之意。因爲它們脱離了書法的本體，發生了質的變化。

這便是書法本體及其形式表現最傳統、最獨特之所在。

我們决非中庸，更非守舊。

我們應該不厭其煩地强調一個基本觀點：中國書法是書寫漢字的藝術，無論任何流派、任何風格，决不可脱離『漢字』這一最根本的表現内容，也不可脱離『書寫』這一最根本的表現方式。唯此我們的書法纔稱得起書法，我們的書法纔能永遠獨立於世界藝術之林，而不至於异化。有了『書寫漢字』這個前提，無論怎樣解讀傳統、超越現實，我們的觀念和創作都不爲過。

三　流派格局與創作觀念

開始我們已經談到，當代人的審美是多角度、全方位的，對傳統的認識和接受也顯示了空前的廣闊和寬容。那麽，當代書法的創作追求，就必然也是廣視野、大格局的。

我們再也不可能回到唯東晋遺韵、江左風流是宗的一統天下，書壇呈現着前所未有的多流派、多風格争奇鬥艷的活躍局面，這顯然是正常的，是時代發展的必然，是值得我們書界中人驕傲的。

我很佩服『民間書風』的開拓者們，他們以敏鋭的視覺、深厚的功底以及天才的藝術融合力，從長期被人漠視的西域殘紙、簡牘帛書，乃至斷碑殘碣、片瓦隻石中，開發出片片緑洲，拓寬了書法創作的領域，豐富了書法的藝術表現力。當然，他們的一些盲目的追隨者們，未免讓人有些擔憂。這些人在藝術感覺上看似聰悟，所出的作品也頗有幾分時髦，但由於他們缺少傳統積澱，作品便難免粗糙，更少内涵，藝術境界自然不高。這些人多半少底氣，無後勁。寫了一段之後，常覺難以爲繼。

我更佩服『現代派書法』的探索者們，他們以開放的思想、前衛的意識，借鑒外來思潮和海外模式，開創着自己的新天地。他們認爲傳統書法缺少藝術活力，甚至有種無路可走的危機感，力圖以自己的創造，尋出一種新的書法語言，一種與現代思想更易溝通、與現代文化更爲融洽的書法模式。他們中的優秀者的確在進步着，創作出了不少好作品，有些很有思想和力度。但也應該指出，他們中的不少人正處在彷徨之中，其作品常給人以似是而非的感覺。原因是這部分人既缺少一定的美術修養，更缺少對書法傳統的深刻認知和功力訓練。

我也注意到了『學院派書法』的一些作品，遺憾的是，我始終未對其理論構想弄明白，更不要説去理解其作品有何區别於其他流派的獨特語言和意境了。

當今書壇，占據主導地位的顯然仍是循着原有傳統軌迹向前走的人們，無論是帖學還是碑學，或者碑帖兼取。無可争辯，這些年來他們的成果最豐厚，因爲這條路有着數千年的沿襲和積澱，走起來最穩健也最寬廣。在可以預見的未來，他們仍將是主流，是大多數，盡管他們自身也同樣存在着這樣那樣的問題。這是書法發展規律也是歷史發展規律使然，誰也無法左右。

如果從大格局觀照流派，我始終認爲『傳統』『現代』兩派即可概括：無論『新古典主義』，也無論『民間書風』，皆應歸於『傳統派』之列；而『學院派書法』如果成立，大概也衹能歸屬『現代派』之中。其實，時下給一些作品定名并不重要，重要的是我們展示於世人面前的作品究竟能説明什麼，而不在於先以什麼名稱界定尚未形成氣候的某些作品。

值得注意的是，隨着書法藝術獨立意識的確立，『書法創作』一詞被越來越響亮地提了出來，這本是極正常的。但是隨着創作思考的愈見活躍，認識也逐漸出現了分歧，并導致了創作觀念的模糊和差异。

有人提出了『書法創作不可重復』的論調。對此，應該先搞清楚『重復』指的是什麽。我看，對於書法作品而言，除了復印之外，真正意義的重復是不存在的。因爲即便是描摹自己的作品，其環境、時間、紙墨等條件已不復存在，作者的心境則更無以回到原來狀態，所謂此一時彼一時也。因此，稍有書法常識的人便知道，重復作品是不可能的。那麽，此論的提出者們大概指的是另外意義的『重復』，比如用筆、用墨、結字、布局等創作習慣的重復，所謂『慣性創作』。若真如此，那就更莫名其妙了。重復他人、重復古人應該指責，重復自己有何不是？不重復何以得過硬之功夫？不重復何以從必然過渡到自由？不重復何以出個性、出風格？其實，就連『不可重復論』的提出者們，也在不斷地重復着自己的創作，衹是表現形式不同而已。

現在的問題是，書界中的大多數人，不是重復自己多了，而是堅守不住自己的陣地，見异思遷、朝秦暮楚，寫了一二十年，還是没有自家面目。當然，重復自己的前提是，已在傳統中攝入并消化吸收了一定的營養，有了自己值得强化的東西，而且在重復自己的過程中，還要不斷地補充新的營養。因此，我們不僅要肯定『重復』的意義，還應强調積極意義的重復，避免機械的、消極的重復。

更有人提出了『書法無創作』的論調。這種人常以『文人雅士』自居，認爲書法是他們的『閑情逸致』，不過『寫寫玩玩』而已，無論什麽用場，皆是信手拈來，一揮而就，從來不寫第二張。這些人若是有意講派頭，則另當别論；若對書法創作確是這等認識，就太令人詫异了。

古人確有『無意於佳乃佳』之説，但我們不要忘了先人們『池水盡墨』『退筆如冢』之功夫。没有技法精熟作前提，便要信手拈來，結果是不難想象的。古人的『無意於佳』也絶非某些人的『寫寫玩玩』，恰恰相反，正是古人重視創作的寫照：不但要技法精熟，連心境也要調整到最佳狀態，做到『心忘於筆，手忘於書』，完全進入物我兩忘、天人合一的超然境界。『寫寫玩玩』豈能與之同日而語？

我們倒是應該從此論的反面吸取一些積極因素。時下確有些人把創作看得太重，特别遇上大展徵稿時，臨池常常處於一種亢奮、緊張狀態，總想比平時寫得好，結果却多是事與願違。重視大展作品的創作是必要的，關鍵是我們如何像古人那樣調整自己的心態。我看最要注意的是，收斂起功利心，換之以平常心，放鬆入静地進入創作，自然可得『無意於佳乃佳』之理想境界。

當然，進入這種超然狀態并非易事，要有一個長期修煉的過程。這裏，重要的還是傳統，要回到傳統中來，不僅是書法傳統，更包括整體的民族文化傳統。當我們實現了真正意義的傳統回歸，體悟到了『讀易松間，談經竹下』那種真正的人文精神時，自然的、隨之而來的必然是對現實的超拔和對自我的超越，我們的創作觀念也定會發生質的轉變和升華。那時，我們何愁不能像古人那樣『不激不厲，而風規自遠』哉！

一九九八年十一月

隸書創作隨感

——在中國書法進修學院舉辦的首屆全國書法創作培訓班上的講稿

大家從全國各地遠道而來，花了不少錢，也投入了不少時間，很不容易，所以，我應該盡力和大家多作些交流。來了以後學院領導給我講了要求，但因爲一些特殊情況，事前没來得及準備，昨天晚上僅列了個提綱。我先談，有什麽問題大家可以提，可以討論。

我們是書法創作培訓班，目的很明確。剛纔個别同志交换了意見，希望多談些實際的，這個思路很對我的口味。我是搞創作的，很少理論研究，因此，更樂意就有關創作的具體問題和大家交流。學院安排講隸書創作，今天的題目就叫『隸書創作隨感』吧。

首先簡要回顧一下隸書的發展，學隸書總要對它的發展史有一個大體把握；然後結合我個人的體會，談談隸書創作中應注意的問題；最後就全國大展的一些有關問題講一講。

隸書的發展史大家都很熟悉了，我再簡單地重復一下。按過去一般的説法，隸書是漢代程邈發明創造的，但是隨着出土的東西慢慢多了，這種説法便不擊自破了。本來，在文字的演變過程中，一種書體的出現和成熟，决不可能是一個人所能完成的。隸書的出現大概要追溯到戰國時期，四川青川縣出土的簡書（一般稱之爲青川木簡）其主要成分還是篆書，大篆的成分爲多，但它的筆勢已經明顯地表現出隸意，用筆開始出現微弱的波挑，因此可視爲目前發現的最早的隸書，有人稱作『古隸』。其後的雲夢秦簡，隸書的成分明顯增多，出現了一些方折的味道，而且波磔意味更濃，字的横勢開始出現，出鋒、藏鋒、提按等不同的筆法也隨之出現。看看這些東西，可以感覺出隸書演變發展的脉絡。到了西漢，和後來成熟的隸書更加接近，諸如馬王堆帛書、臨沂漢簡、居延漢簡等，從這些簡書中可以明顯看出，篆書的成分在逐漸减少，體勢逐漸向横勢發展，方筆和波磔逐漸增多。西漢較晚期的刻石也很精彩，如五鳳刻石、萊子侯刻石等，寫隸書有了一定基礎以後，從這些簡書、刻石中借鑒吸收些東西是很有好處的。當然，初學隸書還是應從東漢成熟的隸書入手，諸如《石門頌》《禮器碑》《張遷碑》《西狹頌》《衡方碑》等等，不勝枚舉，風格各异，諸位可以根據各自不同的審美習慣和現有基礎，選擇適合自己的碑帖臨習。因爲漢碑中有些適宜初學，有些則要有一定基礎後再寫。譬如《石門頌》，奇逸寬博，變化豐富，有人稱其爲隸書中的草書，有人評其膽怯的不敢學，力弱的不能學，這些評論比較中肯，有一定道理。又如《禮器碑》，有人評爲漢隸第一，屬於典雅、精妙、俊逸、跌宕一路，有奇妙的變化和豐富的内涵。再如《張遷碑》，屬古拙樸茂一路，其筆法、字法皆异於一般漢碑。這些都不太適合初學，而《封龍山頌》就比較好把握，其寬博恣肆比不了《石門頌》，典雅奇峻不如《禮器碑》，高古樸拙不如《張遷碑》，正因爲此，它比較好掌握。還有些更適合初學的漢碑，如《乙瑛》《華山》《張景》等等，平正工穩，點畫規範，臨習這些漢碑，便於養成正確的用筆習慣，熟悉隸書的結字規律。漢碑中還有個《曹全碑》，雖屬平整一路，但其風格秀美俊逸，與前述各碑皆有明顯區别，有人説適於女性書寫，我看很難説，現在有陰盛陽衰之説，不是没有道理，我們省就有幾位女書家的字比男士的作品還雄强粗獷，相反，倒有不少男書家追求細膩内涵的書風。這個問題不屬於我們今天討論的範圍。

漢代以後，隸書的發展基本停滯了下來。文字的演變發展是主要原因，楷、行、草書的出現和逐步完善成熟，自然地替代了隸書，這當然和楷、行、草各種書體的實用性强緊密相關，因爲那時寫字僅僅作爲事物的記録和語言的交流工具，人們的主觀意識中還没有書法藝術這一概念，盡管寫字時有着强烈的美的追求，但没有把它作爲一門獨立的藝術看待。直到清代，隸書纔隨着碑學的振興得以復蘇和發展，這一時期出現了不少隸書寫得很好的大家，如鄧石如、鄭簠、金農、伊秉綬、趙之謙等等，他們面目各异，自成家數，但都取法漢碑，給我們學習隸書提供了很好的借鑒。可以看看他們如何繼承古法，而後塑造自己面目，也可以直接從清人入手，再慢慢融入漢碑。逆流而上也好，順流而下也好，我看這是方法問題，各人的主客觀條件不同，可以靈活掌握，酌情而定。

下面談第二個内容。講以前，了解到諸位大多數還不是全國會員，當然，衡量一個人書法水平的高低，不能以此作爲唯一標準，我的意思是講得盡可能針對性强些，和大家的口味一致起來，盡管是老生常談，還是要浪費大家一些時間。

我自己寫字總結有『十六字法』，即『深入一家，逐漸蜕變，不與人同，避免僵化』，這是我的基本原則，我認爲也適合大多數搞創作的，包括在座諸位，特别是前八個字在當前更要注意，因爲在全國性的展覽評選中，不少稿件都存在這個問題，就是深入傳統不够，或者説深入傳統的方法不對頭。不少人急於求成，結果是欲速不達。現在的信息很快，展覽、出版、電視、報刊等等，一個展覽剛搞過，哪些作品是入選的，哪些是獲獎的，全國的作者馬上就知道，然後一些人就競相仿效。近兩年好些了，大家比較地成熟了，受時風影響的人越來越少了，但還有相當一部分人在搞小聰明，找近路走，跟着時風跑，因此，這一點還要强調：搞藝術如果没有個人的執着追求，老跟着别人跑，是最没出息的，你也永遠趕不上，衹能跟在後邊。一些年輕人接受能力强，對新事物敏感是好事，但是從另一角度看，就是見异思遷了。打個比方，如果談戀愛，今天談一個，明天談一個，後天再换一個，不考慮自己的情況，朝三暮四，到後來肯定一個也談不成。書法也如此，除了個别非常聰穎、藝術感悟力特别强的人，概莫能外。因此，我講首先要深入一家，一定要牢固基礎，要有自己的『根據地』。咱們回顧一下歷代的大家，可以發現師承都很清楚，而現在大部分寫不出來的，都是在這方面下功夫不够，不願意在一兩個碑帖上多花幾年時間。剛纔有幾位同學讓我看作品，我就很不客氣，我講你先不要讓我評點，自己先談談近年來臨的是哪個帖，他答不上來。另有一位説臨過很多帖，我要他説具體點，他列舉了王羲之、米芾等很多名家，我説就你這幅作品，一點王羲之、米芾的味道也没有。臨帖的目的是什麽？不是向别人炫耀臨過多少帖，而是把古人優秀的東西學過來，化成自己的東西。基礎打好了，再去求變，那是水到渠成的事。剛纔談到清代碑學的振興，出現了一些隸書大家，給我們開了先河，提供了很多可以借鑒的東西，鄭簠的飄逸飛動、金農的平整奇逸、伊秉綬的博大雄渾等等各有各的面目，但都以漢碑爲根基，而且不是很多的漢碑。他們當時没有我們現在的條件，没有我們見得多，都能卓然成家，很值得我們思考，重要的是揣摩他們的學習方法。『深入一家』這個問題一定要重視，如果基礎不牢，不要經常换帖。當然，在初學階段，由於審美水平所限，選帖可能有誤，换一下也無不可，但不能老换，凡認準的碑帖，一定要作爲看家本領學到手。有了自己的『根據地』，然後逐漸蜕變。

所謂蜕變，由古人面目慢慢變爲自己面目，有質變的意思，而質變要有量變作前提，因此，要逐漸蜕變，一口吃不了個胖子，但也有竅門，做好了可事半功倍。我愛打一個比方，人的面孔都有五官，而且長的地方大體都一樣，但是千人千面，其區别很細微。所以我講，想寫出自家面目大可不必過分，在原來基礎上稍微變一下即可，變多了反而會把原來好的東西都丢掉，而且這個變仍要在傳統中攝取營養。現在，有些年輕人老想出奇制勝，變得很大膽，但過分了，違反了書法本身的規律，就像把眼睛放在了眉毛上邊，是不一樣了，但是個怪物。違反規律是不行的，這個規律就來自傳統。前段時間，寫《張遷碑》的很多，它的用筆基本屬於方筆，若加一些圓的成分，面目就全變了；《石門頌》多用篆書筆法，是圓筆，給它摻一些方意，馬上就不一樣。這衹是舉個例子，當然不是變一下就可以了，就成功了。所謂逐漸蜕變，就是慢慢地一點一點地變，到了一定的火候，就會發生質的飛躍。

這個辦法容易見效，又不易離譜，保險系數大，適於大多數學書者。

『不與人同』『避免僵化』的提法，是我對自己的要求和告誡。不與人同，是在逐漸蛻變過程中應該時時注意的問題，要有自己的變法，避開別人走過的路，另闢蹊徑。在處理這個問題時，個人的信念和毅力很重要。盡管傳統的天地無限廣闊，但搞書法的人太多了，我們又處在信息時代，當你在尋找自己的道路時，常會發現每條路上都有很多人在走。我想，我們不必因此而猶豫不決，如果和别人撞了車，并不可怕，關鍵是自己要有信心，在同一條路上，力争走得快些，走出自己的風格。這方面，前人成功的例子很多。米芾和王鐸都是寫王的，劉石庵和何紹基都是寫顔的，面目都大不一樣，我們應該認真分析一下，看看他們是如何從王羲之和顔真卿中蛻變出來的，找出了個中機關，再結合自己的取嚮舉一反三，我們的思路自然會被打開。這是個學習方法問題，如果解決得好，在逐漸蛻變的過程中，形成不與人同的風格是完全可以辦到的。關於『避免僵化』，是每位書家到了中晚期都無可回避的問題。人書俱老是我們學書者追求的高境界，然而能够達到的是極少數，大部分人會出現程度不同的僵化，甚至倒退。舉個例子：郭沫若中青年時期寫得很好，而晚年的行書格調并不很高，雖然有人稱『郭體』，但和他的身份，他的名望，他在文學、歷史、考古等方面的成就并不相稱，像他這樣修養的人，到晚年還出現這種問題，是值得深思的。當然，他主要的精力没有放在寫字上，但我們是從書法的角度來看他，不能因其他因素而降低標準。書法界中這種現象很多，諸位如果留意，就會發現在你周圍就有類似問題。總結先人的經驗，我認爲避免僵化的最好辦法是臨帖，也舉一個例子：明末清初的王鐸，書法達到了很高成就，有『後王勝前王』之説，意思是王鐸的字超過了王羲之。王鐸所以取得如此高的藝術成就，一個很重要的原因是重視臨帖，直到晚年，他仍然堅持一天寫應酬字，一天臨帖。當然，一個書家不同時期臨帖有着不同的目的，早期是爲了掌握用筆和結字的基本規律，中期是要融百家之長形成自己面目，而再後一時期的臨帖，則主要不是吸收古人的東西，而是在養筆性、養手性、養心性，如此做既可避免僵化，更可防止市野之氣流入腕底。臨帖之外，時刻注意書壇的動嚮，掌握時代的審美，預測書法的發展，當然也很重要，一個真正的書法家要永葆藝術的青春。

我的十六字方針大概就是以上這些東西。還有一個問題要説明一下，『逐漸蛻變』和『不與人同』實質上是一個問題的兩個方面，不可分割對待。逐漸蛻變的過程就是塑造自己面目的過程。要解决好這兩個問題，除了前邊談的，再講一下『取捨』，就是説要掌握好對碑帖取捨的分寸。逐漸蛻變不是不要突破，其中有個量變到質變的過程。突破不等於突變，不是把自己原來的東西全丢掉。取捨是兩方面的，你取得多了，捨掉的肯定也多。咱們談隸書，剛纔提到了《石門頌》，其筆法以篆書爲主，多用圓筆，當你基本掌握了《石門頌》的用筆、結字以後，單將其用筆稍加方意，馬上面目全非，用不着把其結構、用筆全改了。這是打個比方，究竟捨什麽，取什麽，要反復比較，慎重對待。我看寫隸書求取捨，主要還是應從漢碑裏討營養，當然也不排除往前推，秦代的東西，戰國的東西，甚至再早一些，這叫追根溯源；也可順流而下，清人在隸書上成就很大，是漢代之後隸書的又一高峰，但看清人的隸書，重要的是揣摩他們是如何從漢碑中蛻變出來，借鑒他們的方法。隸書之外也可擷取，要把眼界盡量開闊，有人就用行草筆法寫隸書，關鍵是把握好取捨。我觀察了很多人，成功的失敗的都作了分析，結果發現凡是成效快、個性好的，都是變得不多的，也就是説在深入一家之後，把學到的大部分好的東西没有隨便捨掉，而是作爲自己的基地保留了下來。舉個例子：北京的劉文華是近幾年涌現的一位年輕書家，都知道他寫《張遷碑》下的功夫很大，寫得很像，後來變了，但在很長一段時間中主要面目還是張遷。他在幾次國展中連續入選或獲獎。當然，每次的作品可以感覺出變化，但是在漸變，有一個清晰的軌迹。如果變得快了，這個軌迹就看不出來了，原來好的東西肯定會失去很多。

下邊再談幾個有關創作的具體問題。一個是用筆和用墨的問題。書法是綫的藝術，用筆墨表現出的綫條决定着一個書家的藝術語言，綫條的形質如何，關鍵在用筆和用墨。我對康有爲《廣藝舟雙楫》中關於用筆的論述特别感興趣。古人論用筆的很多，但都没有他的論述深刻。我把這段抄了下來，讀給大家，希望認真體會。『書法之妙，全在運筆。該舉其要，盡於方圓。操縱極熟，自有巧妙。方用頓筆，圓用提筆，提筆中含，頓筆外拓。中含者渾勁，外拓者雄强，中含者篆之法也，外拓者隸之法也。提筆婉而通，頓筆精而密，圓筆者蕭散超逸，方筆者凝整沉着。提則筋勁，頓則血融。圓則用抽，方則用挈。圓筆使轉用提，而以頓挫出之。』這一點我不太理解，所以打了個問號，因爲一般講方筆用頓挫，而圓筆如何以頓挫出之？很難體會。我們對前人的東西不要盲從，理解的、認爲是好的，我們就吸收、就采用，如果有疑問就打個問號，以後慢慢研究，請教一下別人，如果還得不出答案，可以放在一邊不管它。下邊緊接着有句相應的論述：『方筆使轉用頓挫，而以提挈出之。』『提挈』，顧名思義即提綱挈領，在這裏就是提的意思，可以理解。再接着有句『圓筆用絞，方筆用翻』，不知道大家是否理解，大概不少人對用筆中的『絞』不太注意，我的體會在寫隸書，甚至行草中都用得到，如果用絞鋒，出來的綫條更豐富内涵。『絞』是在運筆的同時，轉動筆杆，使鋒或順時針或逆時針轉動，方嚮視情况靈活掌握，這種轉常常伴着起倒，且轉動要超過一百八十度甚至三百六十度，否則不是絞鋒，而是一般的轉鋒。這種絞法不可多用，且要恰到好處，否則會失去自然而成做作。這種用筆古人没有，起碼趙孟頫之前没有，但後來有了，因此他的『用筆千古不變，結字因時而异』的説法是錯誤的。當然，現在還有好多人不知道或者不會用絞法，我看大家不妨試試，會有好處的。現在有些筆質量不行，還沒寫幾筆鋒就扁了，甚至散開了，如果你不想停下來膏筆、理鋒，就衹有靠絞法在運行中來調整、理順，這樣既達到了一氣呵成的目的，又可把綫條寫得圓渾豐富。用這種絞法處理隸書捺脚，更有其獨到功效。關於『方筆用翻』，對這個翻字有不同理解。一般認爲在處理肩轉時，將鋒改變方嚮，反過來行筆叫做『翻』，隸書中常用此法。但一個人有一個人的用筆習慣，我就不翻，而是用轉的方法，或實轉或虚轉，如果處理得好，可得异曲同工之妙。康有爲在這段論述的最後説：『妙處在方圓并用，不方不圓，亦方亦圓，或體方而用圓，或用方而體圓，或筆方而章法圓，神而明之，存乎其人矣。』這段論述很精妙，更深一些，不單在談用筆，還有結字、章法問題，包括了書法的全部内容，而以方圓二字涵蓋，很辯證，很有哲理。關鍵是最後的『神而明之，存乎其人矣』，他是在强調要靠我們個人去領悟、去運作。

用墨問題，古人已很講究，所謂墨分五色。王鐸於行草書又創造了漲墨法。隸書創作一般認爲没有行草書講究用墨，其實不然，那是陳舊的觀念。現代人的審美更强調形式感，特别是展覽，展廳效果很重要，能否抓住評委，進而打動觀衆，是作品成敗的關鍵。因此，墨色的變化和合理運用，在隸書創作中也同樣是不容忽視的重要環節。而墨色變化又和章法緊密相關，那種衹講行不講列的隸書作品，用墨問題顯得尤爲突出。墨色變化最要緊的是求其自然，我常看到有些作品墨色開始很重，之後依次減輕，然後再重，第二行、第三行的處理很注意上下左右的關係，濃淡乾濕、疏密輕重擺布得很匀，看起來互相都關照到了，實際效果很糟，還不如平鋪直叙，不加變化，原因是顯見的，經營的痕迹太重，失去了自然和諧。書法創作，經營是必要的，但效果應給人以不經意的感覺。就像一首歌，如果每句都是一高一低，呆板機械，没有鋪墊，没有高潮，聽起來一定很不舒服。整幅作品的墨色變化還要講究平衡，而這種平衡不是物理概念的平衡，而是視覺的平衡。形成和制約這種平衡的因素很多，更有無窮的變化，當然，内在規律是有的，却又難以具體描述，鄧石如的『計白當黑』可視爲一種高度概括，不妨慢慢咀嚼體味，在創作中逐步積纍體驗。

另外，寫隸書的同志最好寫點篆書，隸書是篆書演變過來的，如果摻一些篆書用筆，綫條會顯得圓渾而富有内涵，質感無疑會增强。有些没有篆書基礎的作者，單純寫隸書，用筆往往比較板，綫條比較薄。

再談一個問題，體勢的出奇和度的把握。寫字講究變化是應該的、必要的。但不少作者想變而不知道怎麼變，除了前邊『十六字體會』中談的，再從另一個角度簡單談一下。變的過程，實際是製造矛盾的過程，製造矛盾就要解決矛盾，并在新的格局中統一起來。有些作者在製造矛盾上很有辦法，但是矛盾出來解決不了，或者解決得很不合理。譬如寫隸書，把本來應在中間的竪畫有意偏置在一邊，而且偏得很厲害，我明白其意圖，想以奇取勝。此類例子很多，諸如把一些本該横平竪直的點畫寫得歪歪斜斜，把本該方正的框架寫成梯形等等，其實這類辦法并不新奇，而是怪誕，没有把握好度。你把中間的竪畫處理得稍微偏一些可以，撇本來是短的，寫長一些也可以，捺本來是長的，寫短些也無妨。但你要清楚這樣改變以後，字的重心會隨之發生變化，必須采取相應的辦法補救，把失去的重心調整過來，也就是説要有解决矛盾的辦法，解决得好字就有了新意出了奇趣，解决得不好就失之低俗，關鍵要合乎美的規律，不要過分。『過猶不及』這個詞雖人人皆知，但不少人并不注意，當前，書法中過分地用筆、用墨以及結字、布章是很常見的，應當引起重視。

最後談幾句關於個人追求與時代審美的問題。剛纔有位學員給我提了一個很有趣的問題：『你是一個評委，能否預測一下下届國展，哪種風格的作品入選概率要高一些？我們應該向哪方面努力？』恕我直言，這種問法雖很坦率，但不高明。我剛纔已經講了，你如果想趕潮流，趕時尚，永遠趕不上，永遠處在『趕』的位置。揣摩評委的心理更要不得，評委本身也在發展，在變化，包括評選過程中對各種書體、各種風格、各種流派的看法，都在變化發展中。當然，作爲一個藝術家、書法家，他的審美，他的追求常常是有傾嚮性的，這是很自然的，既受時代的影響，又爲個人的見識修養所左右。但是，作爲評委來説，在評選過程中則應盡量拋開自己平常的傾嚮性，盡量去掉個人好惡這個因素，各種流派、各種風格、各種書體都應放在一個水平綫上比較衡量，力争客觀寬容。我相信，大多數評委主觀上都是這樣要求自己的，但是藝術的評判没有絶對標準，客觀上能否做到完全公正是另一回事，受種種因素制約，這不是我們要考慮的問題，完全没有必要考慮，我們應該考慮的是排除這些不利因素的干擾，選凖自己的目標，堅持走下去。

至於時代審美，我看也不必過多思考。你生活在這個時代，一切與其息息相通，想絶緣辦不到，想修煉出魏晋人的心態風範也同樣辦不到。而衹要對當代書壇稍加關注，時代審美的概貌便不難把握。要緊的是自己的執著追求，力避一切不健康的干擾。包括我今天講的，下邊還要點評作品，給你提的意見都是僅供參考，是在思想方法上、在學習方法上、在思路上給你拓寬些，給你些啓發，究竟如何走，完全取决於自己，因爲自己最了解自己。當然，你的執著追求要有一個前提，要適合自己的現狀，合乎書法的規律，否則，就不叫追求執著，那叫一頭碰到南墻上。如果確實有問題了，還是要回過頭來。路多得很，就在你脚下。

一九九七年五月

《石門頌》臨習概要

概述

《石門頌》爲東漢摩崖刻石，高三百二十七厘米，廣二百五十四厘米，二十二行，行三十或三十一字不等。額題《故司隸校尉楗（犍）爲楊君頌》，内容爲司隸校尉楊孟文主持修復褒斜棧道事。桓帝建和二年（公元一四八年）漢中太守王升撰文立石，未署書者姓名。因鎸刻在陝西褒城縣褒斜谷石門崖壁上，故名《石門頌》。

此摩崖乃漢隸中之上乘，用筆圓渾勁挺，體勢縱逸多變，有『隸中草書』之譽。楊守敬評曰：『其行筆真如野鶴閑鷗，飄飄欲仙。六朝疏秀一派皆從此出。』康有爲云：『《楊孟文碑》（即《石門頌》）勁挺有姿，與《開通褒斜道》疏密不齊，皆具深趣。』正因爲此，一般認爲初學漢隸不宜以此作範本，而應從較規整一路漢碑入手，有了一定基礎之後，再攻此碑，自然水到渠成。這就要對隸書有一個歷史的了解和整體的把握，纔好結合自己情況，由易而難，循序漸進。

一般言及隸書，便自然地想到兩漢，這是因爲隸書至漢代，尤其到東漢已完全成熟，非常完美。若就現有資料看，隸書的出現則應上溯到戰國時期，四川出土的青川戰國木牘，已有明顯隸意，有人稱其爲『古隸』，因爲還保留着濃重的篆書成分。之後的睡虎地秦簡、馬王堆漢簡，乃至居延、敦煌等簡書，顯示了一個清晰的隸變過程。學隸者對此不可不知，因爲我們需要豐富文字知識，增加表現手段，就必須溯本求源。這些大量的戰國、秦、漢簡牘，不僅可以幫助我們窺探文字由篆而隸的演變軌迹、形體由來，而且由於大多是下級官吏的手迹，信手寫來，饒有天然之趣，其筆墨行使轉運清晰可辨，也非翻刻、傳摹者所能及。

東漢盛行刻碑銘功記事，以廣天下，傳後世，這就不同於簡牘大多作爲一般記載、傳遞功能的文字，需要操辦者認真對待，此大概是隸書達到輝煌時期的一個主要原因。這一時期存留下來的佳刻甚多，鳳翥龍騰，各極其致。《石門頌》《楊淮表記》圓勁縱逸，《衡方碑》《魯峻碑》方嚴雄厚，《禮器碑》《史晨碑》凝練典雅，《西狹頌》《郙閣頌》寬博奇崛，《張遷碑》《鮮于璜碑》古樸凝重，《曹全碑》《孔宙碑》峻秀宕逸，《華山碑》《乙瑛碑》謹嚴平實……可謂不勝枚舉。其中的大多數碑刻由於風化剥蝕，又平添了一份天然情趣和金石氣息，這種自然和歲月所賦予的美，是人工難以企及的。

漢代之後的隸書漸趨程式化，雖時見書刻，多不足取。直至清代，隨着碑學的振興，隸書纔得以復蘇，取得較高成就者有鄧石如、鄭簠、金農、伊秉綬、陳鴻壽、趙之謙等，他們的一個共同點是超越晋唐，直取先秦兩漢，這是他們成功的關鍵所在，也爲我們留下了有益的啓迪。

臨習是學書的必由之路，猶如繪畫之素描、寫生。臨習又是從書者畢生功課，至老不可捨弃。當然，不同階段之臨習自有不同的目的，所用方法也各自不同。譬如，入門初學必須一筆不苟地忠於原帖，如此方可得其形體，悟其筆意，練得法度，養好習慣；有了一定基礎則取其意臨之，或者取所需臨之，如此方可心領神會，意到筆隨，逐漸蜕變爲自家面目；及至書有所成，仍應不斷臨帖，時時以古法修養手性，免得流俗之弊偷入腕底，以臻『熟後生』之高境界。大凡學書很久而收效甚少者，多因不願苦功臨帖或者不得臨帖要領所致，有志於書道的同好們當引以爲訓。

有人將臨習分爲對臨、背臨、意臨三個階段，還有人將臨習分爲心臨、對臨、背臨和實臨、意臨、臨意兩個層次。此中不免有些概念上的模糊、範疇上的混淆。我不願把簡單的問題復雜化，使讀者莫衷一是，祇把《石門頌》的臨習分爲實臨和意臨兩個階段叙述。

實臨

所謂實臨，即對着帖實實在在地臨習，力求寫像原帖，第一步必須如此做。下筆之前最好認真讀讀帖，找找點畫、結字的規律，做到心中有數，以減少盲目性，提高臨寫的效率。下邊就《石門頌》的點畫、結構及臨習時應注意的主要問題，分別予以剖析。

一、點畫的特徵及書寫要領

《石門頌》雖爲東漢刻石，但其用筆基本爲篆法，除個別撇捺外，大多以中鋒行筆，逆入平出，無明顯提按，也無一般隸書之『蠶頭燕尾』，因此，其點畫乍看起來并無顯著特徵，而此却正是《石門頌》的特徵及妙處所在。若進一步觀察，不難發現無論横、竪、撇、捺、點、鈎、折，很少雷同，這種不同不是其自身形態的不同，而是其勢的無窮變化，這種千變萬化的『勢』無處不有，隨字而生，又極其協調統一，從而造就了《石門頌》的獨特風貌，而這種獨特風貌决定了它獨特的用筆方法。

1. 横畫

《石門頌》的横畫并不完全平直，常有起伏變化，大多是極細微的，難以尺度衡量，也無法用言語恰切描述，所謂妙不可言者也。學者須細心琢磨，慢慢體會，時間長了自可悟得個中三昧。

起筆要注意逆入藏鋒，所謂欲右先左，不必頓筆即可接着右行，即起筆與行筆在紙上的着力相近。個别横畫起筆稍有頓駐，形近於方。行筆要穩，做到管竪鋒正，不可偏欹，要遲送澀進，以增加綫條的内涵和力度，免生流滑。收筆不必筆筆回收斂鋒，大多將鋒慢慢離紙即可，除個别主筆外，一般不必頓筆作燕尾狀。這裏慢是關鍵，絶不可猛然離紙出鋒。

2. 竪畫

《石門頌》竪畫的特徵及起收行使與横畫基本一樣，不同處是較之横畫的起收更少頓駐，尤其收筆處多以輕提空回處理，幾無鋒芒外露，顯得圓渾含蓄。一字中若有多處竪畫，則或相背或相嚮，不拘形式，却呼應得體，相映生姿。若無平正一路漢隸功底，很難如此隨心所欲。

3. 撇畫

一般漢隸的撇畫有兩種，起筆處與前述横竪畫并無二致，區别主要在收筆處。一種仍爲輕提空回，一種則向上方轉鋒，同時有程度不同的加力，然後回鋒收筆。《石門頌》撇畫的處理大多屬前種，後一種很少。還有一種撇法其他漢碑很少見到，即撇畫將到盡頭時，轉向前上方繼續以中鋒行進，而不是在轉的同時頓筆回收，其行進的多少不定，一般很短即輕提收筆或回鋒收筆，而無頓駐。這種轉嚮是極自然的，不可硬折上去。

4. 捺畫

《石門頌》的捺畫也有其獨特面目，極少如一般漢隸的捺脚（即行筆到將盡時頓筆，其力偏向下方，之後慢慢轉向右上提筆出鋒，形成隸書的標準捺脚，所謂燕尾），而是如其特有的撇的處理，不過方嚮反向右下而已。因此，練好了撇，捺則不難解决，衹是在將到末尾轉向後上方行筆往往要長些。

5. 鈎法

《石門頌》的鈎與其撇近似，有時轉鈎處稍有折意或稍有輕頓，但極少如一般漢隸的轉後頓筆向上回收。其反鈎則與捺近似。

6. 轉折

一般稱『折法』，這裏稱『轉折』爲的是區别於楷書，因爲漢隸的折筆除了以折法處理外，還有轉法。《石門頌》的折法與一般漢隸基本相同，或提筆折過，或以接筆爲之，這種接筆往往有意錯開，不準確銜接，以豐富其變化。其轉法則與其他漢碑不同，或轉中含折，或純以轉爲之，無論如何轉，均不加提按，綫條顯得更加灑脱而富於彈性。

7. 點

《石門頌》的點姿態頗多，然其筆法并無特别處，無非是横、竪、撇、捺的縮短而已，無論是上點、下點還是三點水、火字點，概莫能外。换句話説，常將『點』變作『畫』來處理，此法也常見於其他漢碑。

知道了《石門頌》點畫的基本特徵和書寫要領，就可以大膽落墨，如法炮製了，功夫到了，自可運用自如。當然，如果有時間練練篆書，當會更好。前邊已經講過，《石門頌》的筆法大體屬篆法，這是其不同於其他漢碑的一個要點。

二、結字的特徵及臨習要點

1. 以方爲主，因字立形

漢隸結字多呈扁形，《石門頌》字形則近方，原因之一是不像一般漢碑那樣强調波磔和橫畫主筆，其二是點畫之間特别是橫畫之間比較寬鬆，其三是字的下部往往處理得很開闊。所謂因字立形，則是根據每個字的點畫多少、結構特點，或扁或方，或長或短，或大或小，隨其自然，不拘一格。這些特點，對於初臨者較難把握，要多讀多臨，時間長了，便可悟得規律。

2. 點畫呼應，收放有致

舉幾個例子，可以看出此乃《石門頌》又一突出特點。『公』字的捺向右上方飛起，處理得極大膽，與向左下取勢的撇遥相呼應，整個字頓時活了起來；『截』字捺寫得極短小，與左半部的寬大形成鮮明對照，整個字既有奇趣，又非常穩實；『焉』字的右折轉放得很開，成一個大弧，裏邊四點天地廣闊，全字顯得豪放宕逸。類似例字俯拾皆是，讀者慢慢把玩，自能體會妙處所在。作爲臨習，此點更難掌握，特别是要收放呼應得恰到好處，單有一般的用筆、結字辦法遠遠不够，要有較高的審美情趣和構圖能力，纔能把握好分寸。這祇有勤於臨池，苦苦磨煉，别無他途。

3. 偏旁多姿，相映生趣

過去有漢隸的偏旁多呈獨立存在之説，這大概是與行草書相對而言。其實，每一偏旁的處理都要考慮與其相對部分的關係，而作相應的調整，這在《石門頌》中顯得尤爲突出。譬如『誠』字的『言』旁，『口』有意向左下拉出，這樣單看『言』本身就失去了重心，但與右邊『成』的取勢恰成呼應，使整個字顯得穩而不板；『明』字的『目』旁下部明顯向右傾斜，而『月』却有意向左取勢，使全字既穩住了重心，又頓生妙趣；『鑿』字的『殳』寫得很扁，下部形成的空顯然偏右，而『金』大膽地補入空中，再用撇放捺斂的特殊手段救之，包括下部幾筆一同向左取勢，使整個字斜而不倒，奇趣横生。此類例字隨處可舉，無須一一羅列，其關鍵所在是有意製造矛盾或者説是造險，而後解决矛盾或者説收拾險情，從而寫出新景象。當然，這種本領更要慢慢鍛煉體驗，不可操之過急。

4. 鬆而不散，灑脱大度

此點是《石門頌》的最顯著特徵。由於其點畫瘦挺，體勢寬博，綫條之間便不那麽緊密；

又由於其結字富於變化，便顯得少嚴謹之『規矩』，而這種『鬆』和『亂』恰恰是其姿態萬千之所在。譬如『履』『益』『城』『永』等字，好多點畫有意斷開，筆勢相左，但就整字看，搭配極得體，若把其排列規矩，筆筆黏合，則頓失情趣。

當今，寫《石門頌》者不多，寫得好者更是鳳毛麟角，大多是在追求『鬆』的時候，出現了散亂欹斜，那就更談不上灑脱大度了。所以前邊提到臨寫此碑前，最好能在平整規矩一路漢碑上先下下功夫，原因即在於此。

意臨

顧名思義，取其意臨之即爲『意臨』，要臨出意趣，寫出性情。這要有很好的『實臨』基礎，要達到能够『背臨』的程度，即不看《石門頌》範本，憑記憶隨意取碑中字，均可將其點畫形態、位置結構寫得準確。『背臨』猶如中學生背課文，合上書不可掉字丢句。而『意臨』則如朗誦不是一般的背讀，要把詩文描寫的情感表達出來。由『實臨』至『意臨』，在學書過程中是一步很不容易的升華，蘊含着質的飛躍。

一、意臨的方法和要點

1. 把握整體，不失大意

所謂大意，一是指碑帖的綫條、字勢的主要精神，二是指碑帖所表現的主要意趣、情調。因爲有了熟練的實臨功夫，應該説已養成了正確的用筆習慣，因此，這時的臨習不應該再把注意力放在起收轉折的一個個動作上，而完全可以靠實臨時養成的習慣，下意識地完成正確的用筆，餘出的主要精力則可放在綫條質感的營造上。因爲有了熟練的實臨功夫，應該説碑中的字形已諳於胸中，因此，這時的臨習也不必再多注意點畫位置的經營，而應多去着眼於大局。當然，這個『大局』衹是相對而言，現階段也僅指注意體勢的把握，着意於《石門頌》寬博恣肆的動態結構，與進入創作階段時所要考慮的大局自有不同。

2. 對照檢查，周而復始

意臨一段時間之後，『意』的成分會逐漸減少，而『隨意』的成分則會逐漸增加。即《石門頌》的特徵、風格會被不自覺地扭曲，而臨書者個人的習氣會不自覺地滋生出來。這時就非常必要對照檢查，及時發現問題所在，予以糾正。如此一遍遍地認真臨，一遍遍地認真查，當會發現每次都有新收穫。

這裏，認真很重要。認真，纔能發現問題；認真，纔能解決問題；認真，纔能不斷感悟。不少人在實臨階段能够認真，一旦開始意臨，便濡毫潑墨隨意揮灑，把實臨時學到的東西丢得一乾二净。必須清楚，意臨的目的是寫出《石門頌》的精神風貌，而不是『脱帖』，還未到創造自家風格的時候。

3.體味規律，舉一反三

所謂規律，主要指特徵。抓住了特徵，便大體掌握了規律。凡流傳有序的碑帖均有其自身規律，衹是有些顯明，有些隱晦。《石門頌》因其變化豐富，規律較難把握，而正因爲此，更需認真體味，多下功夫。掌握了規律，可得舉一反三、事半功倍之效。

前邊講過，《石門頌》用筆屬篆法，其點畫少提按，瘦勁圓渾，這便是其特徵、其規律。

然而，僅此還不够，還出不來它的意趣。這就要細心觀察其微妙，比較與一般篆隸之不同，發現較一般篆隸綫條之豐富處，并慢慢體會其表現手法。結字亦如此，無論再變化，也有其内在規律可循。可按不同結構的字，分成若干種類型，再反復比較其异同，自可慢慢發現規律所在。

二、常見的弊病和問題

1. 有意顫抖，故作姿態

《石門頌》的點畫大多起止無迹，又無明顯提按，筆力弱者常將綫條寫得單調乏味。於是，一些人行筆時便有意顫顫巍巍或扭扭曲曲，認爲如此便豐富了綫條的内涵。這些人衹知症狀不知病因，下藥自然要錯。造成此弊還有個原因，就是對碑刻的錯誤理解，將長年風化剥蝕的殘缺，誤爲本來面目，刻意追摹而致。如果讀帖仔細，自可剥去假象，還其廬山真面。

解决綫條質感的唯一辦法是筆力的磨練，是逆入平出、遲送澀進的正確筆法，無巧可取。當然，《石門頌》的綫條變化的確豐富，不是平鋪直叙，但那是極自然而微妙的，學書者稍不注意便會過頭，成爲故作姿態。

2. 點畫相左，組合散亂

這個問題最易在臨寫《石門頌》時出現。《石門頌》寬博恣肆的特徵，取决於其點畫組合的寬鬆自然，而寬鬆自然的點畫組合又建立在高度協調的美的構圖規律之上，因此，總給人以鬆而不散、姿態萬千之美感。如果把握不住這種内在的規律，而一味追求寬博自如，就必然導致點畫相左，組合散亂。因而，我一再强調初學漢隸不宜以此作範本，而應從規整一路漢碑入手，意即在此。由易而難，循序漸進，基礎是牢靠的，對構圖規律的感悟和把握，也會水到渠成，不期然而然了。

3. 變形過分，結構怪异

這是當今不少人常常出現的問題，不僅寫《石門頌》，寫其他碑帖，寫任何書體，都常出此弊端。他們或有意將點畫移位，或有意誇大一部分，或過分變化墨色，諸多非常手段無所不用其極，結果是不言而喻的。我們的先人很少有此問題，因爲他們都是循着寫字的規律一步步來，他們不存在急於參展、發表的問題。顯然，此症之主要病因是求成心切，這些人多半自我感覺良好，認爲臨帖有時，應該變了，該是創造自己風格的時候了。其實，他們不知道如何變，更不知道如何創，因爲他們的功夫還遠遠没有下够，他們的審美水平也没有提到相應的高度，一變就必然離譜。

臨帖是手段，創作是目的。如果我們老老實實地照着前述的步驟按部就班地臨習，把握其規律，掌握其技巧并不難，由臨習到創作的轉化也完全是功到自然成的事。在這個轉化過程中，有些人常感到臨習時學的本領用不到創作中來，或者索性臨是臨，創是創，把二者完全脱離甚至對立起來，以致出現臨摹作品很可觀，創作作品如出他人之手的怪現象。究其原因，除了臨習没有下够功夫，便是方法不得當，後果是一個：未能把《石門頌》的基本筆法熟練掌握，結字規律諳於胸中。因此，一旦離開帖進入創作，寫出的點畫就變了味，字的結構也不知該如何安排了。

另外，還有一個整體把握的問題。在臨習的後期，要適當注意字與字、行與行的關係，養成大局觀的習慣，鍛煉處理大章法的能力。所憾，《石門頌》整體拓片很難見到，影印出版者常常分成數頁，且多是經過了剪裁拼貼，難以窺得全貌和體味章法，我們祇有多看看其他碑刻、摩崖，以資借鑒。好在隸書章法變化不大，可將其視爲次要問題，留待以後慢慢解決。

書法批評隨想

——在一九九〇年書法批評年會上的發言

當前，書法批評文章日漸增多，書法批評的重要性逐漸爲愈來愈多的人所認識，這無疑是令人欣慰的，但確有分量的好文章委實太少。原因是多方面的，最根本的問題是理論的薄弱，諸如對書法本體的認識，對古代書論的理解，對時代審美的把握，對創作傾嚮的預測等等，都比較模糊、表淺。因此，批評文章便常常墮入兩個極端，或空泛晦澀，不着邊際，使人不知所云，或庸俗乏味，以偏概全，使人難以承受。這樣的批評自然不可能對書家及作品作出恰切的評價，對一般讀者也無補於創作的宏觀把握及具體指導，更難以對時代作出準確的判斷，爲後人留下客觀的資料。於是，批評便失去了其自身最基本的價值，甚至造成了難以挽回的負面影響。當然，要從根本上解決這一問題，還須靠書法界，尤其書法理論家們來做大量艱苦的工作，包括古代書法理論的整理、研究，書法基礎理論的界定、畫一，書法批評標準的制定、規範以及書法批評形式、方法的探討等等，從而逐步建立系統的書法批評學。這顯然不是朝夕之事。

但是，已經復蘇并迅速發展的書法藝術，迫切需要書法批評的同步發展，因此，在高層次的理論體系尚未建構起來之前，做些基礎方面的事是不應忽視的，而且是很有意義的。基礎工作是多方面的，我所提的是以創作實踐作切入點，搞些實在認真而又具有學術品位的書法批評。這不僅僅是書法創作自身所需要，也可爲理論的建立和完善積纍素材。其實，大家都在做着這方面的事，衹是很少把問題的着眼點移到書法批評方面來。

譬如書展、書賽的作品評選，便是一種特殊形式而又异常重要的批評，盡管這種批評相對於報刊文章不那麽直接，却是影響極大。我在剛剛結束的三届中青展評選座談會上就提到了這個問題，即全國性大展的入選作品特別是獲獎作品的書體、風格的傾嚮性，對全國書法界（尤其青年作者）相當一段時間的審美情趣及創作追求，有着明顯的導嚮性。

近幾年，風格比較内涵、簡遠、情趣的作品逐漸增多，出現如此傾嚮主要是藝術發展自身之規律性、周期性與人們審美變化相互作用的結果。一些有影響的中青年書家，經歷了書法熱潮的反復衝擊之後，大多冷静下來，開始對歷史、時代、個人進行深刻的反思，進而在創作上作出了相應的調整。這是可喜的，標志着他們的日漸成熟，然而，却帶來了顯見的副作用。不少年輕人因水平所限，缺乏自我把握能力，把一些書家調整後的探索——一個更高層次的起點，當作了他們直接入手的模式、競相效仿的時髦。然而，抄近路、走捷徑，畢竟遮掩不了功力的不足，於是，内涵變成了糜弱，簡遠變成了單調，情趣變成了纖巧，久之，這種趨勢便釀成了時弊，有人稱作『流行色』，反映在書展、大賽及報刊上，便是作品面目的雷同，無論何種書體都覺大同小异，似曾相識。此種現象對書法藝術的健康發展顯然是不利的。

鑒於此，糾正這種傾嚮首先就要着眼於大展的作品評選。對於書展、大賽的組織者，最重要的是建立完善的評選制度、科學的評選方法以及組織優秀的評委班子，而對於評委，則應在保證入選及獲獎作品藝術水準的前提下，盡可能地注意不同書體、不同風格、不同流派的兼顧，力避因『時尚』干擾而造成某種傾嚮。另外，每次評選之後，回過頭來看看，作出深入系統的分析和科學全面的總結，也是極有意義的事。

我之所以比較强調評選問題，是因爲當今書壇的一大特徵就是書展、大賽的日漸增多，這是書史上從來没有過的，是當代書法最重要的表現形式。如前所述，這些展賽最迅速、最直接地反映書法創作的現狀，最敏感、最强烈地左右書法創作的趨勢。因此，舉辦此類活動輕率不得，而作品的評選自然是异常的重要。

至於對書家的具體批評，也很有一些問題需要提出來討論。主要表現在報刊方面，幾年來，庸俗、廉價的溢美之辭滿天飛，似乎被評者都是登峰造極的藝術大師，都是無瑕可指的足赤完人。若稍加注意，便可發現這類文章如同創作中的『流行病』一樣空洞乏味、大同小异，把它們放在任何一位書家身上都很『適合』，衹須更换一下書家的名字。

對於作品的賞析，也很少能像對待古代法書那樣，從書家的身世、背景到技法的淵源、特點，流派的承傳、變化以及在書壇上的地位、影響等等，進行全面深入的論述。因此，多數文章顯得蒼白無力，更無學術價值。尤其對作品內容的批評，則更是我們所忽視的。此中有一個對『書法內容』如何界定的問題，牽涉到對書法本體的認識，已經有不少文章見諸報端，各有説辭，本文無力作這方面的探討。

造成上述局面的原因很多。

評者和被評者雙方處在同一時空，大概是不容忽視的重要因素。常常因爲被評者是熟人、朋友，更或有一定名位，而使批評者的思想受到大禁錮，不心甘情願却又是自覺地扮演着吹鼓手角色。因此，批評家首先要接受的是自我批評，要有起碼的社會責任感和藝術良知。

其次，便是批評者專業素質的不足，所謂觀千劍而後識器，如果評者自身對書法涉足不深，甚至很少創作實踐，寫起文章就很難切着正題，就難免不着邊際地兜圈子，説些似是而非、玄之又玄的話。因此，批評者加强自身之藝術修養和鑒賞水平，更是當務之急。

最近，幾位有識之士闖開了『禁區』，打破了捧殺的一統局面。言者無罪，聞者足戒，希望能蔚成風氣。當然，此類文章也須力求客觀，避免其他色彩的摻入。很顯然，正常的批評應該是二者兼顧的，而不是對立的。否則，對被評者來説，無論褒貶皆無益處，讀者們也不可能從中受到應有的啓示，甚或被誤導而深受其害。

羅根澤先生在《中國文學批評史》一書中論及『批評的錯誤』時，指出了『能力欠缺、是己非人、愛同憎异、貴古賤今、貴遠賤近、貴近賤遠』等錯誤類型，我看這些『批評的錯誤』也程度不同地表現在書法批評界。『能力欠缺』有待我們逐步克服，而其他諸類則是需要大家引以爲戒的。因爲我們都有批評的責任，而且都在自覺或者不自覺地扮演着批評家的角色。

五年來河南書法展覽暨創作概説

——在一九九六年全國展覽工作會議上的發言

河南省書協第二次代表大會是在一九九一年十一月召開的，中國書協第三次代表大會是在同年十二月召開的，都已過去了五年。五年來，中國書協在展覽組織、創作評審等方面做了大量工作，開創出前所未有的生動局面，强有力地推動了全國書法創作的持續發展，取得了爲世矚目的成果和業績，因此，召開全國展覽工作會議，來肯定成績、總結經驗、瞻望今後，是非常必要的。五年來，河南省書協在全國書壇熾熱的大氣候中，在本省過去的基礎上，思開拓、求進取、上下協力、未敢怠懈，在展覽、創作方面也有了一定的進步，借此機會作一回顧，以求教與會諸位，對於今後發展，也是很有意義的事。

一

一個書法家，創作是第一位的。一個省級書法家協會，抓好全省的書法創作，無疑也是第一位的。而就目前書法大氣候看，不同形式、不同規模的展覽仍然不失爲一種促進創作、普及提高兼顧的好辦法。很難想象，在一個數萬名愛好者的省份，除了展賽，還有什麼更好的方式能够把大家的參與意識和創作激情不斷地調動起來，保持下去，使其中的一部分優秀分子嶄露頭角、逐步成熟。因此，我會投入最多、費力最大的工作始終是展覽。五年來，我們主辦、聯辦以及承辦的省級以上展賽就達三十餘個，其中規模大、影響廣的有『第一届中國書壇新人作品展』『第二届中國書壇新人作品展』『首届全國刻字藝術展』『宋河杯全國書畫大賽作品展』『中華五千年全國著名書畫家作品邀請展暨全國書畫大獎賽』『第三届中原書法大賽』『第四届中原書法大賽』『振興河南系列書法大展』（包括六個展覽：振興河南書法展、當代著名書家作品邀請展、明星企業及金融騰飛書法展、河南書法篆刻藝術回顧展、河南教育書法展、第三届墨海弄潮展）

『河南書法百家精品展』以及『紀念王鐸誕辰四百零一周年海内外書法名家作品邀請展』『王鐸原作邀請展』等。我們還配合形勢舉辦了『紀念毛澤東誕辰一百周年書法作品展』『紀念中國人民抗日戰争和世界人民反法西斯戰争勝利五十周年筆會』以及『海内外書法名家作品展賣』等活動，并三次組織作品到日本、新加坡展出。這些不同規模、不同形式展賽活動的舉辦，不僅延續和擴大了河南書法的影響，更爲重要的是拓寬了創作領域，鍾煉了創作隊伍。

據不完全統計，五年來，我省在中國書協主辦的正規國家級展覽中，總入選數爲六百零四人，三十四人次獲獎。其中，全國届展和中青展的入選、獲獎情况爲：四届中青展入選三十四人（按各省入選數計，居全國第三位），獲獎五人（按各省獲獎數計，居第二位）；五届全國展入選五十人（第二位）、獲獎八人（第一位）；五届中青展入選六十三人（第一位），獲獎二人、優秀二人（第二位）；六届全國展入展四十二人、入選二十人（總數第一位），獲獎六人（第一位）；六届中青展入展四十四人、入選五十一人（總數第一位），獲獎六人、提名獎二人（第一位）。這些成績的取得，不斷地鼓舞着全省書法界，促進着我省書法創作的繁榮和發展，而這種在全省範圍蓬勃發展的書法形勢，又在不斷地孕育和推出新生力量，擴大和加强着我省的創作隊伍，從而形成了一種良性循環。在這種良性循環中，逐漸形成了一支以中青年爲主體的創作骨幹隊伍，并在省内外産生了一定的影響，對我省書法藝術事業長期穩定發展起着重要的作用。

二

直觀地看，展賽活動的主要功能是社會性的。其直接作用除了激發作者們的創作熱情，檢閱創作隊伍的成果之外，更多地是造成了一種廣泛的社會效應，使書法在全社會得到逐漸多的認識和理解，使人們在感官得到愉悦的同時，精神得到净化和升華，從而使更多的人自覺或者不自覺地接近或者走入書法隊伍中來。因此它的主要或者直接意義是普及的。而作爲書法家協會，作爲書法組織工作者，我們舉辦展覽，目的顯然不僅僅是普及，還在如何運作，如何把握好一個展覽的籌備、評選、展出以及展後各個階段的工作。做得好，除了前述的功用之外，提高的功效當能加强和突出出來。

譬如，對於中國書協舉辦的各種展覽，特别是全國届展和中青展，我們除了全省發動之外，都要舉辦研討班、創作輔導班等形式不同的活動，采取抓重點帶全面的方法，重點青年作者指定參加，都要拿作品，組織省内外創作水平高、鑒評能力强的書家作學術講座和主要講評。强調大家既要有短期行爲，拿出各人强項，揚長避短，力争入選獲獎，更要有長遠計劃，選準目標，調整綫路，執著追求。提醒大家要把作品放在全國書壇的背景下，置於傳統書法的長河中，結合各自不同的情况進行點評、剖析。長期以來，我們始終保持着很好的會風，與會者都能坦誠地、負責地談自己、評别人，既肯定成績，更指出問題。因此，會議開得實在，很見實效，大部分作者在每次展覽的作品創作時，都能進入角色，有的放矢，并在這種過程中得到錘煉和提高。

對於本省的展覽，我們則各有側重。四年一次的墨海弄潮展已經三届、中原大賽已經四届，前者爲了推出優秀青年書家，面雖然窄，分量不輕，評選參展者非常慎重，既提名，之外的作者也可競争，讓作品説話，避開其他一切因素，藝術水平爲唯一評判標準。作者選定後，作品還要進一步會診，再創作，往往幾經反復，纔定稿展出。因此，過程本身作者便得到了極深的感受和明顯的提高，展覽自然也比較成功。從以往三届的整體情况看，大部分作者經受了考驗，成爲河南創作隊伍中的中堅力量，并在全國書壇形成了一定的影響。

中原大賽則因其牽涉面廣，覆蓋面大，而根據我省書法形勢的發展變化，每届以不同的形式舉辦。剛剛結束的四届大賽，分專業及業餘兩大組進行，專業組指省書協會員以上的作者，業餘組又分少兒、中青年和老年組，旨在兼顧學術性和廣泛性，使大賽既能保持一定的學術品位，又使廣大愛好者都有參與的機會。爲了取得好成績，不少地市、單位組織了初賽或者是規模不同的創作輔導班，經過充分的準備，很多地市甚至一個單位就選送了上百幅稿件，我們僅從這些前期過程便可看出大賽的成功和意義所在。

三

目前，書法形勢發展很快，特别是創作，由於社會的開放，信息的快捷，思想的活躍，而形成了一種書體、風格無所不包的生動格局。河南書法的創作在這種大形勢下未能例外。然而中原人畢竟是喝黄河水長大的，數千年社會積澱和人文續延所鑄成的粗獷、雄强、樸厚的群體氣質，仍然在當代河南人身上頑强而又自然地表現着。『中原書風』便是在這兩種因素的制約和作用下應時而生，并在不平静中得到發展，成爲河南書法創作的主調。

對於『中原書風』的認識，我們有過反復，目前也未完全趨於一致，這是很正常的事。在藝術走向多元的時代，一個地區以一種書風作爲倡導，乍一看來，着實令人難以理解，如若細説一下，當會感到確實有道理：其一，『中原書風』指的是河南書法創作的大格、大調、大風，絶非指某種書體和流派，因此，其意蕴和涵蓋是博大的；其二，這種創作的格局和主調，是歷史的自然沉積和時代的客觀熔鑄，并非某些人的多情和臆造；其三，在『大風』的格局和主調中，注意强化個人的主觀意志和審美取嚮，塑造屬於自己的鮮明的藝術語言和個人風格。隨着創作的發展和深入，『大』的内涵和外延在河南書壇被不斷地豐富和擴展着。幅式的大，在『展廳時代』是自然的，無可厚非，十年前，人們提及大作品，便馬上想到河南，而近幾年，這個『大』早已不是我們的專利。作者們更多地在把注意力由外在形式轉移到内涵中來，轉移到『大氣』『大方』『大雅』『大樸』『大巧』等等表現作品品格的諸方面來，作爲風格的主調，作者們的追求始終未離開這個『大』字。

碑版金石仍然是我們的主要營養和源泉，周秦漢魏如此遥遠的時代却始終和我們特别地貼近，篆隸以及北碑一直是作者們的主要表現對象，即便是我們的『帖學』爲主的作者，也在時刻注意把凝重、渾厚、質樸的語言融入自己的筆下。盡管某個作者曾爲某個『時尚』所動，在『巧』字上、在外在形式上下了些功夫，但無礙大體。而且他們經過一個階段的嘗試和徘徊之後，逐漸沉静下來，在對自己的創作進行了認真的梳理之後，比較地明確了今後一個時期應走的道路。因此，從全省的創作，特别是主要作者的創作來看，自覺意識和主觀成分在逐漸增加，這種自覺和主觀是建立在對書法認識的逐步提高和深入之上的，是從必然向自由的良好過渡，衹是有些作者表現得比較明顯，有些僅僅初露端倪。

四

展賽的頻繁舉辦，爲書壇不斷地創造着生機和活力，有力地促進着創作的繁榮和發展，迅速地補充和擴大着書法創作隊伍。看着一批又一批涌現出來的新人，作爲一個書法組織工作者，常産生一種難以遏制的興奮，然而，冷静下來之後又産生一種無法排遣的憂慮。一個顯見的現象是『你方唱罷我登場』，這似乎是大批新人涌現的自然結果，但那些未在展覽上亮相的『老作者』，却應該引起我們更多的關注，因爲這部分人占了不小的比重。原因是多方面的，從他們自身看，除了極少數急流勇退或者不屑參與者，多數大概是無力競争而自動放弃甚或勉力爲之却名落孫山。而作爲組織者，未及時引起重視，采取有力措施，帶領這些作者不停步地向更深層次邁進，則是另一個不容忽視的原因。盡管這種事做起來難度很大，收效很慢，甚至還要耐得住寂寞。否則一輪輪如此下去，從某種意義上看，我們的工作也應該算是一個不大不小的失誤。

一個書法家，一個書法群體，由幼稚到成熟，歷程是漫長的，需要解决的問題的確很多，包括外部環境和内在因素的方方面面。過去，我們在外部環境的開發上做了大量工作，今後仍然需要繼續做好，以鞏固和發展我省書法的大形勢，但是，時至當今，如何激發和强化作者隊伍的内在因素，確保我們的作者始終保持健康的、不斷向上的創作態勢，已顯得越來越突出，越來越緊迫。爲此，近幾年，協會把注意力和工作重點相當程度地轉移到這方面來，并逐漸加大投入和力度。

我們主要抓了各專業委員會的活動，書法創作委員會、篆刻（刻字）委員會以及理論委員會每年都要舉辦學術研討會，或單獨或聯合，與會者均爲書法、篆刻以及理論研究方面的骨幹，并保持人員的相對穩定。在今年的書法、篆刻創作研討會上，我們强調了『强化學術意識，提高綜合素質』的會議宗旨，要求大家更好地站在時代與歷史的高層面上觀照作品分析問題，搞好創作之外，要特别注意理論修養的加强和創作思想的深化，要求每個人都要制訂讀書和寫作計劃。對理論作者，則提出要注意學術研究的自我調整，作文章既要講究學術品位，更要注重實用價值，要明確理論的首要功用在於總結實踐和指導實踐，不脱離書法本體的研究纔是有意義的。對所有與會者强調指出，每個人都要有緊迫感，要對自己的現狀有清醒、客觀的估量，無論何時都不可滿足，要永遠想着向前走。

此外，在激發内在因素方面，協會注意盡力爲作者們創造環境和條件。比如，對本届中原大賽專業組的創作，要求盡可能地自撰詩文，并作爲評選的參考條件；對研討會的與會者每人提供一百元的購書費；對各種展賽的獲獎者，除獎金之外，以專業書籍作爲獎品，對有潛力而生活困難的作者給以助學金補貼；等等。這些措施，作爲協會的確是盡了力的，也收到了一定的效果。但若就骨幹隊伍的培養提高看，工作還不够深入細緻，因此，最近在醖釀成立一個學術組織，把我省中青年創作群體中最具實力的一部分作者組織起來，既集中活動，又常抓不懈。集中活動以創作觀摩、學術研討、專家講座等形式爲主，平時則要求創作計劃的制訂、實施和學術理論的選題、研究、撰寫等，并以制度形式予以强調和約束，確保其發揮實效。

在做好這些大量具體、細緻工作的前提下，展覽仍然是不容忽視的一項重要工作，但要適當向骨幹作者傾斜，譬如重點作者的聯展或者個展；更要重視展後的工作，諸如創作研討、學術評論，乃至報刊發表、結集出版；等等。這些都是避免無意識、無休止輪回，促進和成就真正藝術家的必要措施，是我們書法組織工作者應該時刻關注和盡力操辦的事情。

總之，隨着書法的不斷發展，書協工作思路和側重點也在不斷調整，若仍按十幾年前的老套路辦事，顯然不合時宜，將有礙書法健康深入地發展。同時，不容忽視的是，在要求我們的隊伍加强理論修養、深化創作思想時，協會自身和主席團一班人要首先强化學術意識，要身體力行，把個人內在因素充分調動起來，素質盡快提高上去，否則，提高活動的品位，落實計劃的工作是難以想象的。

關於六屆全國中青展的通信

王鏞同志：近好。

大札拜悉。如君所言，此展有兩個引人注目的問題，一是再次在全國性大展中接納現代派書法參評，二是有關評選機制的改進。

目前，現代派書法名稱太多太雜，諸如『新書法』『後達達主義』『書法主義』『後現代主義』『黑色主義』『探索性書法』等等，各有説辭，却都不盡意或不準確。這是自然的事，其作爲書法藝術的一個流派，充其量在我國不過十年光景，雖有進步發展，畢竟難以完善，就其稱謂，我們采用『現代派書法』也是比較之後的不得已選擇，因爲總得有個名字，纔好做相關事情。以後會有高人想出恰切的名稱來的，或許『現代派書法』就此沿襲引用下去，也未嘗不可。『今草』其體創於漢，其名始於唐，至今不也照樣稱呼嗎？

無論如何，中國書協在全國大展中接受現代派書法是件大好事，但伴之而來的必然有不少的非議和責難，這也是極自然的事。莫説尚處在摇籃中的現代派書法，即便是延續了數千年的傳統派書法，不也有人指東道西麽？『思想僵化』『無現代意識』，甚至『氣數將盡』『已入窮途』等等，也頗聳人聽聞。如若平下心來細想一下，不難發現此等見解與非難現代派觀點似有殊途同歸之處。傳統與現代相對而言，互爲依存，現代意識與創新精神絶非今人纔有，否則，我們的書法藝術何以風格衆多，流派紛呈，以至如此泱泱之數千年輝煌！其中的顔真卿、懷素、張旭、蘇軾、黄庭堅，直至金農、鄭燮、伊秉綬等等，在他們那個時代也够『現代』的了。令我不解的是，書法藝術發展了幾千年，怎麽會有人突然感嘆要入窮途末路了，必須用另一種形式取而代之，方可挽狂瀾於既倒？我看這些人大概是對書法藝術還缺乏真正的認識，對傳統文化還缺少深入的了解，若非此，當會對傳統書法的延續和發展毫不懷疑，對現代派的出現也定會持歡迎、寬容態度，而那些致力於現代派的創作者，也纔有可能搞出好的作品來。其實誰都知道，任何藝術流派，祇要合乎時代審美，遵循藝術規律，就一定能發展起來，不是能阻擋了的，否則，它將自生自滅。當然，作爲活動的組織者，除了學術上的考慮之外，還應重視『百花齊放，推陳出新』這麽一個方針性問題。

你説『無論大小事，首先解決觀念認識，可以説是從事藝術事業的首要功夫』。對此，我深有同感，而觀念的解決，或者説正確觀念的獲得，則需要大量的實踐和調查，把諸多的感性認識升華爲理性，且要經過多次反復。我不願談枯燥的理論，尤其對你又是多餘的，衹是涉及此有較深的體會。想起一九八六年二届中青展時自己那件非驢非馬的作品，頗覺汗顔，但在當時也是下了功夫的，雖給自己留下了難堪和遺憾，但却有着創作其他作品難以得到的收穫。那以後，我試着做過不少次『現代派』的嘗試，確也費了些紙墨，然都不成功，從未再敢問世，但對現代派書法有了深一層的認識，深深體會到一件好的真正的現代派書法作品，絶非任何人都能一揮而就的。没有扎實的書法、美術功底，没有較深的藝術修養，没有此方面的長期認識和實踐，出來的作品衹能是胡鬧，衹能是對現代派書法的褻瀆。

關於評選，進入終評時將篆刻及現代派作品分別集中懸挂，我在草擬的初步意見中也是如此考慮的，祇是對分別組織評委中部分適合的人選進行終評的辦法有些猶豫，如此做有利有弊：評委中全才不多，依其所長分組對篆刻及現代派作品進行專評，自然把握得更準確，此其利所在。評委人數有限，長於篆刻及現代派者更占少數，人少評起來就可能欠全面，此其一弊；篆刻、現代派與其他作品分三組評，很難統一尺度，易出現寬嚴不一，此其二弊；加上各組入選比例也頗難定，究竟孰長孰短，確須再細細斟酌，多徵求些意見。當然，萬全的辦法是没有的，盡量客觀些、周全些吧，争取拿給全體評委討論時順利些，少費些大家的時間。

還有一點需説一下：就像書法與篆刻一樣，現代派書法與傳統派書法也有相對可比性，當然這種比較的標準很難用文字來界定，是意會的東西難以言傳。藝術的評判原本就是如此，很大成分是靠評判者的直感，而這種直感又是建立在長期的經驗積纍之上，所謂『觀千劍而後識器』者也。由此我想，評委的構成也要有新的考慮，原班人馬恐難完全勝任，這就不費筆墨了，請正成同志你們一塊定奪吧。

匆匆耑此，不當處尚望賜教。舊歲將盡，順頌

新年大吉！

王澄拜啓

一九九四年十二月二十日

發展地域特色　推動書法騰飛

——王澄、陳振濂就河南省書法活動開展及前景展望的對話録

《中國書畫報》編者按：河南省書法家協會在全國省一級的書法家協會之中，以工作效率極高、領導班子團結，在當代書壇上倡風氣之先而聞名，自二十世紀八十年代中期以來，『中原書風』也成爲一個强有力的象徵，預示着書法界以大兵團作戰的集群活動方式占盡時代風騷的燦爛前景。一九九六年四月二十五日至二十七日，全國各地著名書法家聚集南京，參加『全國特邀書法家作品展覽』開幕式。在同時召開的『時代·歷史與書法學術研討會』上，河南省書法家協會副主席、全國第六届中青年書法家作品展覽評選委員會副主任王澄先生作了重點發言。會後，受本報編輯部委托，中國美術學院教授陳振濂先生與王澄先生就河南省書法活動以往的經驗與今後的展望進行了一次對話。其中涉及當前書法活動的利

弊、省一級協會的對應措施以及河南省書法家協會今後的工作打算等等，內容相當豐富，我們請王澄先生對此次對話作了整理，特予刊發，以供投身於書法活動中的各級協會領導成員與書法家們參考。

陳振濂： 河南省書法家協會是在全國名列前茅的，請問幾年來連續幾屆的中原書法大賽、墨海弄潮展覽之外，河南省書法家協會還在哪些方面投入了相當的精力？

王澄： 中原書法大賽和墨海弄潮展均爲四年一屆，現已各舉辦三屆，前者偏於普及，規模大，涉及面廣，每屆舉辦方式不同，旨在擴大書法藝術在社會各界的影響，發展河南書法的基礎隊伍，發現和培養新生力量；後者則以提高爲主，每屆推出二十名左右有實力、有潛力的年輕作者，把他們介紹給全國書壇，經受檢驗，聽取批評，使他們盡快成熟，從而使河南形成一支年齡結構較爲理想的中堅力量。

當然，僅此兩項活動還遠遠不能適應迅速發展、逐步深入的書法形勢，更難以適應處於轉型期的社會大形勢。因此，從長遠計，這些年我們非常重視把書法推入市場經濟的工作，我想，也可叫做『雙軌制』吧。其一，作爲藝術，要始終保持它的純潔性，要以書法藝術自身的規律來規範、塑造我們的作者，來把握整體事業的發展方嚮；其二，正確認識書法藝術品的商品屬性和市場價值，擺正藝術與經濟的關係，從而使我們的藝術品健康地走向市場，使社會對書法的藝術品格和商品價值逐步達到一種客觀的認識和理性的接受。

按照這種『雙軌制』的理想，通過這些年的努力，在我們河南這個經濟比較落後的大省，已經基本形成了一個較爲良好的社會環境和市場狀態。有了這樣的大環境，我們便抓住時機與企業聯手搞活動，每年一至兩次，形式不同，既搞活了協會的工作，又促進了企業的文化建設，同時也贏得了一定的經濟效益。有了積纍，我們先後建立了河南書法獎勵基金會和河南書法發展基金會，目前，已有相當規模，其基金主要用於獎勵取得突出成績的作者。僅去年在召開的河南省第三届書法頒獎大會上，我們就拿出了近三萬元獎金和價值逾四萬元的專業書籍，對二百六十九位作者進行了獎勵。基金還用於對有重要學術價值而難於收到經濟效益的項目的補貼，例如《河南近百年書法史》一書的編撰。我們還建立了河南書法助學金制度，每年拿出一萬元左右資助成績優秀而生活困難的青年作者。如此等等，似乎偏重於經濟，但抓不住機遇，充實基礎，協會就無法生存，就不會有號召力、凝聚力，發展全省的書法藝術事業也衹能是一種美好願望而已。

陳振濂： 河南省書協每年的理論研討會都邀請省外理論家來豫作學術報告，請問這樣做是基於什麽出發點？它的實際收效主要表現在哪些方面？

王澄： 河南書法、篆刻、理論研討會已堅持了十多年，屬於書協下邊三個委員會每年一度的學術活動，有時分别召開，有時則合并召開，與會者爲書法、篆刻、理論三方面的骨幹作者，其中有幾次我們邀請了全國名家、理論家到會作學術報告或輔導，除了閣下之外，有姜澄清、劉正成、王鏞、曹寶麟、黃惇、林景海等先生，每次的目的不盡相同、各有側重，但一個總指導思想很明確，那就是加强理論修養、提高整體素質。總起來看，收效還是顯著的，一些忽視理論研究的作者，逐步認識到理論的作用與價值，更意識到作爲一個書法家，其全面修養的重要與緊迫。一部分作者結合各自的不同情况，有計劃地讀書，有針對性地思考、研究問題和撰寫論文，不少文章散見於專業報刊，有些還入選了全國的學術會議甚至獲獎。這些作者的綜合素質的提高，使他們對於書法傳統、書壇現狀以及發展趨嚮的認識和把握，漸趨客觀、全面和深入，從而對自己的位置和走嚮也相對比較清醒和明確。這也就是我們每一届研討會的主要目的，落脚點是創作，是希望我們的骨幹作者都能成爲真正的書法家，而不是要求他們都去當理論家、當學者。當然，由於歷史的原因，河南的經濟和文化在近現代比較落後，尤其和你們江浙相比，差距是顯見的，這也正是我們重視這方面工作的一個原因。盡管難度很大，見效很慢，我們還是會堅持下去的，并且要逐步加大力度，以適應深入發展的書法大形勢。

陳振濂：目前，歷年『中原書法大賽』的主要獲獎作者、『墨海弄潮』的出展者，他們的狀態如何？他們在全國展、中青展的參展意識、參展實績方面表現出何種狀態？

王澄：三届『中原書法大賽』和『墨海弄潮展』的時間跨度比較大，第一届中原大賽爲一九八四年，第三届弄潮展爲一九九五年，十一二年了，年齡跨度也比較大，僅一等獎的獲獎作者來看，最大的已經七十三歲了，最小的現在纔二十六歲。盡管如此，這批作者相對比較穩定，有一百二十人左右，構成了我省書法創作隊伍的中堅力量，其中大約百分之九十的作者創作思想活躍，對全國書壇的發展態勢始終以積極的態度給予關注，并把個人的創作現狀不斷置於這種大背景中進行比較和思考。他們是一批正在成熟的作者，盡管其中大部分人還没有形成鮮明的風格，但都有很扎實的基本功和創作經驗，比較注意個人的全面修養，對下步應該做什麽也有一個比較清晰的思路，這批作者中約百分之六十對中國書協舉辦的展覽，依然保持着較大的興趣，但并不很在意是否入選，而是以一種重在參與的心態對待創作和投稿，從一個角度來檢驗自己的作品是否合於時代，衡量自己的作品在全國書壇的分量和位置，因此，這部分作者的創作態勢和入選率表現出一種相對穩定性。

當然，另有少部分作者，對國展的興趣很大，對投稿非常重視，花很大力氣進行創作，目的不單單是入選，而是要拿獎。對他們，我持理解和支持的態度，就像奥運會上奪金牌，要拼命。靠自己的作品去争功名，有何不好？嚴肅地、全身心地投入創作又有何不好？我看要比那些僅是『隨便玩玩而已』的人不知强多少倍。這些作者往往經過一個大展的拼搏，便獲得一次飛躍，進步是顯見的，國展中獲獎的常常是這部分人，即使没有取得名次，他們的經驗和教訓也比别人深刻。至於少部分對國展興趣不大或者不願參與的作者，有着不同的情况和原因，這些人多半有包袱，比如在書壇已有不同程度的影響，如果落選或者一般入選，而自己的學生或周圍的年輕人都獲了獎，便覺得面子上過不去；再就是個别人已經獲了大獎，如果再參展很難保持原來的榮譽，若獲獎等級下落或是一般入選，便也覺得丢了面子，有了如是思想，干脆見好就收；還有少數人對評選的結果不滿意，有着各種各樣的看法，不願意把自己的作品送去任人宰割。對這些態度比較消極的少數作者，我同樣表示一種理解，而對他們應該如何并不强求。書協是一種比較鬆散的群衆團體，對於作者隊伍中的一些問題，祇能因勢利導，更重要的是應從主觀上、從我們自身多找原因，多做工作，取得作者們的更多理解和支持。

陳振濂：河南搞過第一次國際書法大展，又搞過第一屆國際臨書大展，在經歷這十五年的書法大潮的人們腦子裏留下了不可磨滅的印象。在今後，您是否打算組織這一類的國際大展？

王澄：國際書法展覽是一九八五年河南書協搞的，有二十個國家和地區的千餘件作品展出，對於擴大中國書法的影響，加强國際文化的交流，促進河南乃至全國書法的發展，無疑起到了很大的作用。國際臨書大展是一九八七年開封書協主辦的，有十六個國家和地區的六百餘件作品展出，對於還處於復興階段、創作上比較混亂無序的中國書壇以及書法發展基本處於停滯狀態的一些國家和地區，敲響了『回歸傳統』的警鐘，對於我國書法的健康發展起到了積極的導嚮作用。現在，十幾年過去了，書壇在逐步走向成熟，而就各種各

樣的大型展賽來看，全國各地搞得够多了，形成了前所未有的『展賽熱』，既促進了創作的繁榮和發展，也帶來了令人憂慮的副作用。比如，展覽周期的緊迫，使得一些作者采取短期行爲，陷入一種爲展覽而創作的被動局面，無暇對自己的創作進行冷静的反思和調整，因此，河南書協前幾年就對本省作者提出了『讓我們沉下來』的號召，明確了『强化學術意識，深化創作思想』的方嚮，旨在使我們的作者在迅速升温的書法大潮中保持清醒的頭腦，不要隨波逐流。當然，就目前來看，我們省書協再搞全國範圍甚至國際性的大展，不是不可以的，也不是完全没有必要，但是要結合形勢，慎重選題，不可泛泛搞，一要注意與中國書協、兄弟省市書協舉辦各種展覽的協調、避讓和互補，二是要注意所搞活動的學術品位和歷史價值，否則，寧可不搞。况且搞一次大型展賽，經濟上的投入很重，尤其在目前形勢下，書協的積纍應該用到最需要的地方，而給『展賽熱』再加温，似乎不是當務之急。

陳振濂： 您認爲目前河南書協、書法界的狀態如何？是正處於高潮期，處於高潮後的問歇，處於走向高潮的前導階段，還是正處於低潮？究竟應該如何評估目前河南的書法狀態？

王澄：就河南書法界的整體狀態看，始終處於一種穩定的發展態勢，很難以高潮期或者間歇期來界定，也可能是『身在此山中』的緣故吧。大概有些人會感覺這幾年河南書壇沒有八十年代的轟轟烈烈，關鍵是着眼於什麼角度。前一個問題的回答已涉及，如果單從展賽的數量或者規模來衡量，恐怕有些簡單化或者表面化了。若從另一個角度看，任何事物的發展都有其自身的規律，特别是作爲一門藝術，書法更有其獨特之規律所在。一個書法家，一個書法群體，由幼稚到成熟，歷程是漫長的，需要解決的問題很多，包括外部環境和内在因素中的方方面面。以『展賽熱』爲主要表現形式的外部環境，在早中期的確起着很强的催化作用，但一個書法家能否真正成熟，還有很多其他方面的外部環境在起作用，而内在因素將在中後期起主要作用。顯然，這種内在的因素的强化，不是『大規模的運動』所能奏效的。因此，隨着書法的深入發展，作爲省一級書協，如何結合本省的具體情況，多幹些有針對性的實事，應該是更爲重要的。基於這種認識，近幾年我們關起門來幹自己的事多一些，與八十年代相比，的確顯得有些沉静了，但我們自覺很充實，仍在爲河南書法的健康發展盡心盡力。比如剛剛結束的『'96河南書法、篆刻創作研討會』，我們以口號形式明確提出了『强化學術意識，提高綜合素質』的會議宗旨，四十餘位與會者都是我省的骨幹，我們强調大家應把迅速發展的全國書法形勢作爲動力，把河南書壇以及每位的現狀，冷静客觀地放在全國書壇的背景下，放在傳統書法的長河中，來分析、研究、總結，從而盡可能清晰地肯定自己的成績和問題所在，以便制定一個有針對性的發展規劃，包括創作、讀書等方面。我們還爲每位與會作者提供一百元的購書費，數量雖小，協會却是盡力的，意在引起大家對自身修養的重視。又比如正在籌備的第四屆中原書法大賽，我們明確提出『專業組稿件提倡自撰詩文，并作爲評獎參考的條件』，也是希望大家在綜合素養方面多下功夫。當然，落脚點還是創作，而不是要大家都去做詩人、做文學家。我想，這些例子大概可以從一個側面來説明河南書法界的現狀吧。如果這種工作的側重能够見效，應該能使我們的作者的内在因素得到不同程度的調動和激發，全面修養得到不同程度的充實和提高，我省書法隊伍的後勁就會加强，我們在全國書壇的先進地位纔能真正地穩固。否則，將會真的跌入低潮，且短期難以重振。

陳振濂：您認爲河南省書協在全國的位置如何？像您、周俊杰、李剛田以及張海主席等在全國的書法展覽、評審、學術研究方面的活躍，對於河南的書法活動展開是積極的還是消極的？河南省書協是如何把握地方與『中央』即全國書協活動的關係的？

王澄：就目前情況看，毋庸諱言，河南書法在全國的位置當屬先進之列，尤其創作隊伍的整體實力是有目共睹的，歷届全國展和全國中青展的入選、獲奬數可爲佐證。理論隊伍相對薄弱些，但不落後，作者們的文章不斷見諸報刊，包括全國學術討論會，有兩届論文入選數還是蠻高的。這種狀况應該説和書協領導班子特别是駐會一班人有着直接關係。協會同志們的一個突出的特點是識大體、顧大局，有强烈的事業心和責任感，又有較高的專業素質。如果説河南書法有優勢的話，這一點是最大優勢，是各種工作能够順利實施的前提和保證，是對全省作者形成向心力和凝聚力的關鍵所在。至於閣下提出的幾位河南書壇的『頭面人物』，盡管閣下提及的名單中有我本人，我也無需回避。當前，書法界競争很激烈，而正常的競争應該是水平的競争、實力的較量，有競争纔有進步，競争可促進書法的發展。當然，客觀地看，目前的競争并不完全正常和公平，正因如此，我們的作者纔應以積極的態度去對待種種正常的和不正常的現象，如果以消極的態度對待，顯然是於事無補，而衹能助長謬誤。因此，對一個執著追求藝術、以中國書法事業爲己任的人來講，他的詞典裏不應該有『消極』二字的。當然，我們這些『頭面人物』絶對不該以此爲借口，不檢點自己的行爲，而應時刻想到廣大作者在看着我們，不要辜負了時代賦予我們的責任和義務。而且，客觀地講，如果我們做了不應該的事，的確會産生消極影響，位置和權力愈大，這種影響自然就愈大，甚至鑄成無可挽回的損失。

對於中國書協的各種工作，包括展覽、會務、學術活動等等，凡是需要我們配合做工作的，我們始終以積極的態度盡力來做，這是省一級書協的責任和義務的一部分，理應重視和做好。當然，中國書協的工作也有不盡如人意的地方，我則以負責的態度在力所能及的情況下，履行一個團體會員的義務和責任，無論是否能起作用。

陳振濂： 河南省是書法大省，理論研究也在全國名列前茅，最近還聽説在組織《河南書法史》的編寫工作，這令人敬佩。而論及教育，過去的河南書法函授院也是聞名遐邇的，最近好像不大聽説了。不知您是否打算在書法教育方面再振中原雄風？在新形勢下，您準備如何把握書法教育的時代特徵，并在河南的書法格局中給予它一個什麽樣的定位？

王澄： 教育乃立國之本，自然也是書法之本。中國的書法教育很獨特，歷史上除了師徒形式的個體教育模式之外，似乎再没有其他形式了。新時期以來，我國的書法教育發展很快，各種形式應有盡有，大概就差專業院系的設置了。函授是一種很好的社會辦學方式，頗受一般愛好者歡迎。河南的書法函授一九八四年籌備招生，每年一届，共辦七届，學員達兩萬多人，遍及全國各省區，爲書法的復興和普及起到了很大的作用。隨着形勢的發展變化，一九九二年我們停辦了函授，原因是多方面的，中國書協開辦了中國書法培訓中心應該是一個直接的原因；那些年，正規學歷的社會功用不可低估，我們的函授於此無能爲力，也是一個原因；而我們考慮更多的是，隨着書法的深入發展，我省的書法教育應該進行戰略轉移。

單純的函授顯然有局限，其作用是普及爲主的，無法代替正規的專業院校的專業教育。而歷經了十幾年的書法熱的河南，已經成長了一批有相當創作實力的年輕作者，他們是河南書法的未來和希望。前邊已經提及，這支隊伍的綜合素質亟待進一步提高，否則難以擔此重任。而客觀條件所限，他們不可能都進入高等院校深造，那就祇有立足本省，結合我們自己的條件勉力爲之，這就是我説的『戰略轉移』，面上的工作還要做，諸如展覽、競賽、大型講習班，這是基礎，不搞不行，但是要花大力氣做『點』的工作，這個『點』的工作我們原來也在做，但力度不大，重視不够，最近我有一個想法，尚未經主席團研究，先作爲個人意見談一下，即組建『河南中青年實力派書家研修會』（暫名），作爲書協直接運作的一個常設的、鬆散的純學術組織，其成員名爲『研修員』，顧名思義當是我省中青年群體中最具實力的一部分作者，擬選四十名左右。研修員應相對穩定，根據發展變化進行少數吐故納新，以增强競争意識，保持活力。研修會既集中活動（半年一次）又常抓不懈，集中活動以創作觀摩、學術研討、專家講座等形式爲主，平時則要求創作計劃的制訂、實施和學術理論的選題、研究、撰寫等，并以制度形式予以强調和約束，明確以協會主要領導人主抓，確保其正常運轉。如此做，無疑要付出相當長的時間、精力和財力，但是值得，這種『戰略轉移』將爲河南書法長久立於不敗之地起到至關重要的作用。

陳振濂：没想到王澄兄對全國書法界、本省書法家協會工作的觀察與定位竟是如此清晰而可把握，我想這些意見如發表出來，會對許多省的書法活動、對身處書法大潮下的許多書法家們具有啓迪作用。我代表報社、代表讀者感謝您。

王澄： 也非常感謝閣下提出這些很好的問題讓我回答，否則，我不可能對當前書法的諸多問題集中進行較爲系統的反思，各問題的回答不知是否切題，内容肯定不少謬誤，誠望閣下和廣大同仁不吝賜教。

一九九六年九月二十六日

（原載《中國書畫報》）

説逸兼及逸品

『逸』字，我素取其安閑、自然乃至逃避之意，因之，頗覺合於近時狀態。并非自己真真看透了紅塵，也非全然去了名利心，衹是對時下一些與書法藝術自身發展規律相悖的做法難以屈從，對充斥於書壇的種種非藝術現象甚是厭惡，而不得已消極待之，躲而避之，是一種無奈。不過，這却應了做藝術的原本狀態。

逸者，少了浮躁，多了沉静，少了場面應酬，多了書房時光。泡杯清茶，拿本閑書，或者點支香烟，展紙濡筆，是種過去少有的感覺。筆下的東西似乎也在不自覺中發生着變化。

我喜歡道家學説，老子有云『道者不處』，我之理解：爲人者不争，爲事者不强，一切順應自然。其實就是一個『逸』字。平時愛寫『自有琴書增道氣，衹將詩句答年華』『逸情醉我書千卷，淡意可人梅一窗』『心無物趣乾坤静，座有琴書便是仙』等古人聯語，個中境界都蘊涵着一個『逸』字。

『逸』後邊加上一個『品』字，自是另一概念。主要見於書畫之品類。元劉有定注鄭杓《衍極》有云：『品第之作，蓋始班固《漢書·古今人表》，分爲九品，庚肩吾、李嗣真《書品》并效之。李嗣真益以逸品爲十等，張懷瓘《書估》第爲五等，又《書斷》分神、妙、能三品。鄭昂之修《書史》，亦作《人品表》，又分能品爲上、下。』此乃元代前書品之大概，唐李嗣真在《書後品》中最早提出『逸品』，并將其置於『九品』之上。宋朱長文《續書斷》中有『神、妙、能』三品説，劉有定未涉及。其後，包世臣《藝舟雙楫》中有『神、妙、能、逸、佳』五品九等説，康有爲《廣藝舟雙楫》中有『神、妙、高、精、逸、能』六品十一等説。看來，書品中對『逸品』之定位，出入頗大。

畫品則較爲趨同。唐之朱景立、黄修復以及宋徽宗皆主四品説，很有代表性。景立於神、妙、能三品之外，單列逸格；修復以逸、神、妙、能四品序列排之；徽宗則以四品順序爲神、逸、妙、能。明何良俊《四友齋畫論》有云：『世之評畫者，立三品之目：一曰神品，二曰妙品，三曰能品。又有立逸品之目於神品之上者。余初謂逸品不當在神品上，後閱古人論畫，又有自然之目，則真若有出於神之上者。』董其昌《容臺集》有云：『畫家以神品爲宗極，又有以逸品加於神品之上者，曰失於自然而後神也。』所論皆以『自然』爲『逸品』，并將其推爲至上。

此之『自然』，顯然非自然之『自然』，乃心中之『自然』，筆下之『自然』。中國傳統思想，素重天人合一，『逸品』者，書畫之天人合一者也。

《逸品》之創辦者索稿於我，塞責小文，若不可意，弃之可也。

二〇〇五年六月

小品三則

題畫詩擷趣

歷代題畫詩難以數計，抄其一二，把玩其味，亦乃快事。

高啓有題：『寒梢雖數葉，高節傲霜風。寧肯隨團扇，秋來怨篋中。』可謂奇思妙得，奇在畫與扇聯在一起之構想，妙在置於篋中仍不改亮節高風之比喻。

沈周有題：『秋來好在溪樓上，筆墨勞勞意自閑。老眼看書全似霧，模糊祇寫雨中山。』畫家已老眼昏花，仍不懈筆墨，其情動人。末句人畫兼顧，情景交融，意味别具。

李東陽有題：『莫道春風好，春風易白頭。君看花裏鳥，亦有世間愁。』此乃題白頭翁圖，直白道來，味却隽永，吟誦之餘，不由發出時光易逝、人生易老之感嘆。

徐渭有題：『半生落魄已成翁，獨立書齋嘯晚風。筆底明珠無處賣，閑抛閑擲野藤中。』

寫墨葡萄，也寫自己，叫人不由想到畫家一生之悲慘命運，也强烈地感到文長先生憤世嫉俗之狂放性情。

汪士慎有題：『蘭草堪同隱者心，自榮自萎白雲深。春風歲歲生空谷，留得清香入素琴。』寫空谷幽蘭，更借景寫情。蘭之清高品格，向爲文人所重，不過，自榮自萎於白雲深處，也是無奈，衹得寄托於素琴了。

金農有題：『雨後修篁分外青，蕭蕭如在過溪亭。世間都是無情物，衹有秋聲最好聽。』畫家對世態炎涼早已看透，還是大自然乃最好之歸宿。

鄭燮有題：『烏紗擲去不爲官，囊橐蕭蕭兩袖寒。寫取一枝清瘦竹，秋風江上作漁竿。』爲官不能造福百姓，便毅然歸隱，而離去時仍兩袖清風，可感可佩！

李方膺有題：『揮毫落紙墨痕新，幾點梅花最可人。願借天風吹得遠，家家門巷盡成春。』借梅托情，將美好心願寄於廣大民衆，高尚品格躍然紙上。

王素有題：『一翁沽酒來，一翁抱琴去。相值小橋邊，桑麻話絮絮。』一幅村頭小景，生動之極，情趣之極。

陳楚南有題：『美人背倚玉欄杆，惆悵花容一見難。幾度喚她她不轉，痴心欲掉畫圖看。』揣摩觀者心態作題，角度新穎，逗人浮想聯翩，也頗有趣。

齊白石有題：『烏紗白扇儼然官，不倒原來泥半團。將汝忽然來打破，通身何處有心肝。』把『不倒翁』比作趨炎附勢、魚肉百姓之惡官，刻畫得淋灕而又詼諧。

潘天壽有題：『氣結殷周雪，天成鐵石身。萬花皆寂寞，獨俏一枝春。』咏梅詩多矣，有此氣概者鮮見，也可謂『獨俏一枝春』。

題詩於中國畫，既可補白，與畫作相映生輝，又可點睛，深化作品之内涵。無奈，時下中國畫已很少題跋，題畫詩更難得一見，可嘆之至，遺憾之至。

茶詩品味

戴叔倫有句：『竹暗閑房雨，茶香别院風。』清逸别具，滌盡塵俗，自有道家風範在。

李嘉佑有句：『啜茗翻真偈，燃燈繼夕陽。』茶焉，禪焉，悟者之趣禪茶一味也。

錢起有句：『玄談兼藻思，緑茗代榴花。』以茶代酒，茶與詩情，其味至雅。

杜甫有句：『檢書燒燭短，煎茗引杯長。』可見詩聖不衹嗜酒，也頗愛茶，蓋茶酒皆可醉人也。

孟郊有句：『雪檐晴滴滴，茗碗華舉舉。』雪霽品茗，别有情趣，與『晚來天欲雪，能飲一杯無』有异曲同工之妙。

鄭巢有句：『高户閑聽雪，空窗静搗茶。』閑静處一個『搗』字托出了味道，似覺茶香襲來，叫人垂涎欲滴。

元稹有句：『銚煎黄蕊色，碗轉曲塵花。』烹煮品賞之茶宴躍然紙上，生動之極。

劉禹錫有句：『木蘭沾露香微似，瑶草臨波色不如。』比興獨到，極盡咏茶之能事。

白居易有句：『紅紙一封書後信，緑芽十片火前春。』樂天嗜酒，晚歲以茶代之，又是一番境界。

柳宗元有句：『日午獨覺無餘聲，山童隔竹敲茶臼。』山村晝夏，竹裏煎茶，與鬧市茶樓自有不同味道。

劉言史有句：『以兹委曲静，求得正味真。』與友人山野煮茗，無市井之煩囂，得自然之真味，人生之快事也。

姚合有句：『研露題詩潔，消冰煮茗香。』清雅之氣撲面而來，詩味茶趣已難分辨。

余也有句：『閑煮新茶忽來句，滿庭清氣入端池。』於此道來，未免褻瀆了先賢諸家。不過，余不擅酒，多以茶代之，時日既久，或有所得，雖未入其真境，也常樂其所醉，識家毋笑也。

名聯重讀

老人曾説：學詩先學對對子。余由於對格律詩的愛好，便留意於對聯，時日既久，印象漸多，閑來温讀，或有新得。

『開張天岸馬，奇逸人中龍。』此乃陳摶老祖書《石門銘》集聯，境界至高，曾經康有爲收藏，并有題跋，我極喜愛，曾多次臨習，受益匪淺。

昆明大觀樓長聯無人不曉，後有人曾試圖以字數勝出，終因文采不及而被遺忘。余有懷古一首記之：『蒼烟落照美人山，把酒凌虚思杳然。多少銅琶和鐵板，游人最憶是孫髯。』

成都望江樓有聯：『望江樓，望江流，望江樓上望江流，江樓千古，江流千古；印月井，印月影，印月井中印月影，月井萬年，月影萬年。』對仗之工，不露痕迹，詞意之切，不事雕琢，文字游戲無出其右者。

南京莫愁湖勝棋樓有聯：『人言可畏，我始欲愁，仔細思量，風吹皺一池春水；勝固欣然，敗亦可喜，如何結局，浪淘盡千古英雄。』大至一國，小至一人，千古興衰猶若棋局，何以成敗論英雄？有誰擋得了大江東去？

泰山孔子崖有聯：『仰之彌高，鑽之彌堅，可以語上也；出乎其類，拔乎其萃，宜若登天然。』境意交融，一語雙關，登臨者誰不生高山仰止之感慨？

廬山絶頂有聯：『足下起祥雲，到此處應帶幾分仙氣；眼前無俗障，坐定後宜生一點禪心。』一般人登高，多是心曠神怡，無高深修養，何能入此境界？撰聯者，非凡人也。

虎溪三笑亭有聯：『橋跨虎溪，三教三源流，三人三笑話；蓮開僧舍，一花一世界，一葉一如來。』詞工意切，情篤味永，觀游者亦當有所領悟。

廣州越秀山鎮海樓有聯：『千萬劫危樓尚存，問誰摘斗摩天，目空今古；五百里故侯安在，愧我倚樓看劍，泪灑英雄。』誦之，羊城軍民前赴後繼抗擊外敵之壯烈場景猶如昨日。

長城居庸關有聯：『遼海吞邊月，長城鎖亂雲。』讀斯聯，民族之氣、國家之魂油然而生，雄渾蒼茫之感令人蕩氣回腸。

開封龍亭有聯：『中天臺觀高寒，但見白日悠悠，黄河滚滚；東京夢華銷盡，徒嘆城郭猶是，人民已非。』聯是好聯，衹是康有爲錯怪了庶民，難怪他晚年境况可悲。

海寧譙樓有聯：『寬一分則民多受一分賜，取一文則官不值一文錢。』其理至真，爲官者登斯樓，不妨多駐足片刻。

格律詩入門簡要

近來，幾位學棣對格律詩頗有興趣，却因相關書籍難讀，苦於不得要領。余根據有限經驗，揀其要者約略整理，力求簡明，以期有所扶助。

格律詩篇有定句，句有定字，字有定音，因其嚴整之格式規律而得名。唐人稱『近體詩』『今體詩』是與其前之古詩區别，時人多稱『律詩』，似欠嚴謹，有稱『舊體詩』，也覺不妥，還是稱格律詩吧。

格律詩之主要特點或者主要注意處有以下幾點：

一、押韵

韵母聲調相同的字相和應，謂之押韵。韵押在句之最後一字，故稱韵脚。

漢字之發音由聲母和韵母拼讀而成，先人依字音之韵母不同予以分類，組成了不同的韵部。若要押韵準確，必先對此熟悉，這就要有韵書輔佐。

古代韵書復雜，查檢匪易，至南宋平水劉淵修歸納整理爲一〇七個韵部，世稱『平水韵』，以清湯文璐編《詩韵合璧》最佳（并爲一〇六個韵部），沿用至今，仍爲詩案之必備。五四運動以後，音韵學家爲謀求語音統一，編輯出版有《中華新韵》，後經中華書局重新編印爲《詩韵新編》，歸納現代漢語爲十八個韵部，附有《佩文詩韵》（平水韵）可作參考，乃時下最簡易實用之韵書。

格律詩之押韵須注意：一韵到底，不能出韵，不可中途換韵。韵押在偶句上，起句可押可不押。一般衹押平韵，不押仄韵。不可重韵，盡量避免重音。韵母相同或相近而又相鄰的韵部可以通押，即可在同一首詩中通用。

通押主要用於古詩韵，新詩韵已將相鄰韵部合并，不存在此問題。平水韵的平聲有三十個韵部，其中上平聲中的一東、二冬，六魚、七虞，十一真、十二文，十三元、十四寒、十五刪，下平聲中的二蕭、三肴、四豪，八庚、九青、十蒸，十三覃、十四鹽、十五咸分別爲相鄰韻部，可以通押。

古詩韻之仄聲僅上聲、去聲便有五十九個韻部，通押很復雜，仄韻在格律詩中又極少用，故略而不述。

二、平仄

所謂平仄，指漢語之四聲分爲平仄兩類。句式講究平仄，乃格律詩之基本特點。

古代漢語分平聲（包括上平聲、下平聲）、上聲、去聲、入聲，後三聲皆爲仄聲。現代漢語分陰平、陽平、上聲、去聲，前二聲爲平聲，後二聲爲仄聲。隨着歷史的變遷，語音有很大變化，現代北方語系中已很少入聲，但原入聲字在格律詩中習慣讀法依舊，仍全作仄聲使用，需要特别注意。新詩韻把入聲歸入八個韻部，即『麻、波、歌、皆、支、齊、姑、魚』（其中『支、齊』二部爲同一韻母），之外的韵部不會出現入聲字，因此碰到這八個韵部的字小心就是。

平仄的應用與變化在下邊相關段落分别具體説明。

三、對仗

對仗即每聯的上下兩句平仄相對。律詩的四句習慣稱作四聯，依次爲首聯、頷聯、頸聯、尾聯，但首、尾兩聯不要求真正意義的對聯，而頷、頸兩聯則必須平仄、詞性、語法都要相對，不可含糊。首、尾兩聯也可作成對聯。絶句衹要求對仗，對聯與否隨意。

對聯要力求變化，避免雷同。如頷聯寫景，頸聯則可抒情；頷聯叙事，頸聯則可言理，當無堆砌之嫌，而得豐富生動。

四、對與粘

詩中每聯的上句叫做起句，也稱出句，下句叫做收句，也稱對句。出句與對句的平仄相對謂之『對』，對句與下一聯之出句的平仄相應謂之『粘』，這是規矩，違背了便是『失對』或者『失粘』。因之，句式之推演應由出句開始，否則對粘就會亂套。還需注意，對句之平仄要相對，粘句之平仄則不盡相粘，這是句式變化的需要，如五言之第三、五字，七言之第五、七字是不粘而相對的（起句入韵式首句中，五言之第五字、七言之第七字除外），這也是規矩。

五、句式

格律詩之句式初看極復雜，熟練掌握、知其規律後則很簡單。其實，句式就有四種，且記住一種，按押韵及對粘之規矩，其他便可推而出之。

以七言律詩平起不入韵式爲例：

首聯（A）——｜｜——｜，｜｜——｜｜—。

頷聯（B）｜｜———｜｜，——｜｜｜——。

頸聯（C）——||——|，||——||—。

尾聯（D）||———||，——|||——。

（每聯末字的平聲即韻脚）

其他句式推法：

七言律詩平起入韻式：祇須把起句改爲——|||——，其餘各句不動即可。

七言律詩仄起不入韻式：B句起，之後依次不變，D句後輪回跟出A句即可。

七言律詩仄起入韻式：把B句之出句改爲||——||—作起句，之後依次不變，D句後輪回跟出A句即可。

把每句之前兩字去掉，便是五言律詩。

絶句也稱截句，將律詩之四聯任意依次截取兩聯，即爲絶句，AB組合，BC組合，CD組合，DA組合均可。這裏必須指出，絶句祇能用律詩之四聯依次截取，而不可用自身之兩聯輪回變化句式。

六、拗救

說到格律詩人們愛講『一三五不論，二四六分明』，意思是句中的第一、三、五字可以不計平仄，二、四、六字平仄不能含糊。其實有些句中的第一、三、五字也不能隨意平仄，否則，除了會出現前邊講的『失對』『失粘』之外，還可能出現『孤平』『三平調』『三仄尾』等格律詩之大忌。

『孤平』指一句中除韵脚外，祇剩下單獨一個平聲字。『三平調』指一句的最後三字全爲平聲，『三仄尾』指一句的最後三字全爲仄聲。三平調、三仄尾均須避諱。出現了孤平叫做『拗句』，可以救之，稱爲『拗救』。

拗救有本句救、對句救、兼句救三種。

本句救一般爲第一字拗，第三字救；第三字拗，第五字救。如：竹溪塵外流（——||—），原句式應爲||——|，『竹』（入聲）拗，若不以『塵』救，『溪』便成孤平。

幾縷夕陽簾影斜（｜｜｜——｜—），原句式爲｜｜——｜｜—，『夕』（入聲）拗，以『簾』救之，否則『陽』便是孤平。

對句救指對句上下相應處之拗救。如：渺渺白衣戀，依依文墨情（｜｜｜—｜，———｜—）。原句式爲｜｜——｜，——｜｜—。『白』（也爲入聲）拗，則以對句相應之『文』救。

兼句救即一字兼具既救本句又救上句之作用。如：篆隸逼秦漢，楷行超宋唐（｜｜｜—｜，｜——｜—）。原句式爲｜｜——｜，——｜｜—。上句『逼』（也爲入聲）拗，下句『楷』拗，『超』既救本句，也救上句，可謂一舉兩得。

一些特殊句式，有拗可以不救。一般見於絶句之第三句、律詩之第七句。如：滄江好烟月（——｜—｜），原句式爲———｜｜，『好烟』可以不救；羌笛何須怨楊柳（｜｜——｜—｜），原句式爲｜｜———｜｜，『怨楊』亦可不救。初學最好不用。

還須强調的是，拗救祇能對句救出句，不能出句救對句。

以上是格律詩最基本的知識，大概不能再簡略了。學詩關鍵是多練，多體會，熟悉以後會發現一些問題的內在關係，譬如對粘與句式，其實，各種句式都是按着對與粘的規矩演變的，掌握了對粘規律，句式自可推出，不會錯的。當然，要把詩寫出品位就不這麼簡單了。

附：常用句式詩例

五絶

平起入韵式

冰清不染埃，静寂伴書臺。祇爲人憐故，瓶中細細開。（《題瓶梅》）

——||—，|||——。||——|，——||—。

平起不入韵式

輕鋪三尺絹，點染一牽牛。恰遇蜻蜓覎，初開半掩羞。（《題牽牛圖》）

———||，|||——。||——|，——||—。

仄起入韵式

霧散遠山明，波平一葉輕。閑鷗栖蓼渚，不識世間情。（《題輕舟圖》）

——〓，〓——。〓〓——，——〓〓。

仄起不入韵式

月静天心遠，雲開地氣舒。和平神自古，意到便成書。（《無題》）

——〓|，〓〓——。〓〓——，——〓〓。

七絶

平起入韵式

殘碑斷碣任求之，借得蘭亭入硯池。一洗千年尊帖病，雄渾拙樸寫新詞。（《魏體行書贊》）

〓——〓〓——，——〓〓——。——〓〓〓——，〓〓——〓〓。

平起不入韵式

硬黄輕拓風流在，古硯磨平豪氣銷。風雨十年知世事，圖書半架自逍遥。（《自逍遥》）

(|)—(—)|——|，||——(—)|—。(—)|(|)——||，——|||——。

仄起入韵式

醉我書房古硯情，新茶細品素琴橫。榮華利禄隨來去，事到無求意自平。（《古硯情》）

||——||—，——|||——。——||——|，||——||—。

仄起不入韵式

樂道無時知進退，安居净念守方圓。春茶醴酒花間語，莫笑虚空半坐禪。（《守方圓》）

||———||，——|||——。——||——|，||——||—。

五律

平起入韵式

何須妄作評，遺墨即碑銘。分隸逼東漢，楷行超晚清。

——||—，(—)||——。(—)|(|)—|，(|)—(—)|—。

吟風多古趣，落筆自天成。可嘆逢奸世，書壇少盛名。（《題適齋手卷》）

一一一丨丨，丨丨丨一一。丨丨一一丨，一一丨丨一。

平起不入韵式

深山藏古寺，儕輩喜同游。暮岱雲中隱，竹溪塵外流。

一一一丨丨，（一）丨丨一一。丨丨一一丨，（丨）一（一）丨一。

鐘聲何穆靜，塔影也清幽。惆悵留書去，中天月似鈎。（《風穴寺紀游》）

一一一丨丨，丨丨丨一一。（丨）丨一一丨，一一丨丨一。

仄起入韵式

妙契識天台，靈山似夢來。佛珠三世現，覺樹百年開。

丨丨丨一一，一一丨丨一。（丨）一一丨丨，丨丨丨一一。

七塔穿雲立，五峰環澗回。幽幽清净地，合十拜隋梅。（《謁國清寺》）

丨丨一一丨，（丨）一（一）丨一。一一一丨丨，丨丨丨一一。

仄起不入韵式

淪落天涯女，情文意獨幽。浣箋遺妙韵，古井自風流。

(二)—二—，二——。(—)二——，———二。

香冢縈塵夢，新篁隱舊酬。劍南多軼事，誰憶望江樓。(《望江樓懷古》)

(二)—二—，二——。(—)二——，(二)——二。

七律

平起入韵式

清幽苑圃傍邙山，萬木霜天葉未殘。小浦潺湲穿蕙畹，輕嵐半下過蒿蘩。

二——二，——二——。——三——，二———二。

人稀犬噤疑仙境，路轉峰回若古原。倘使柴桑元亮在，當應再寫武陵源。(《新桃花源》)

二—二—，——二——。——三——，二———二。

平起不入韵式

高朋入座春風至，幾縷夕陽簾影斜。竹館初煎雲澗水，清齋細品紫茸芽。

一一｜｜一一｜，｜｜（｜）一（一）｜一。｜｜一一一｜｜，一一｜｜｜一一。

茶能醉我何須酒，墨亦香人足勝花。絲管聲聲吟畫壁，輕烟裊裊戲詩家。（《水雲澗品茶》）

一一｜｜一一｜，｜｜一一｜｜一。（一）｜一一一｜｜，一一｜｜｜一一。

仄起入韵式

小小棋盤六合陳，優游變化動寰塵。棋形妙處生棋理，布勢玄時自布新。

｜｜一一｜｜一，一一｜｜｜一一。一一｜｜一一｜，｜｜一一｜｜一。

把子輕敲幽意遠，和盤細算性情真。機心已息何斯事，一笑輸贏世外人。（《輸贏一笑》）

｜｜一一一｜｜，一一｜｜｜一一。一一｜｜一一｜，｜｜一一｜｜一。

仄起不入韵式

一縷寒泉攀石下，浮埃落處起輕烟。峰巒幻出少林道，霧靄虛扶金葉蓮。

｜｜一一一｜｜，一一｜｜｜一一。一一｜｜（｜）一｜，｜｜一一（一）｜一。

太室孤燈搖佛祖，嵩門素月影枯禪。煉丹臺址今安在，不念紅塵可慘然？（《憶少林》）

丨丨二丨丨，二丨丨丨二。（丨）丨（二）丨二丨，丨丨二丨丨丨。

二〇〇四年元月

（此文收入本卷時稍有修改）

作文撮要

余於作文，多學古人，日積月纍，小有所得，舉其要者，羅列如下：

曰德高。『德行者本也，文章者末也。』（《抱樸子·文行》）可見先人對德行之看重。無德無以爲人，無德也無以爲文，唯德高，其文可爲人所受，其文可於人有益。

曰情真。『繁采寡情，味之必厭。』（《文心雕龍·情采》）少情之作，令人厭惡；僞情之作，難免詭言，更令人作嘔。

曰理正。『精於理者，其言易而明。粗於事者，其言費而昏。』（宋·楊萬里語）對事理無精深之研究，無正確之認識，其文必無價值，『以其昏昏，使人昭昭』之事，未曾見過。

曰題切。『詩文俱有主賓，無主之賓，謂之烏合。』（清·王夫之語）文有主題，如軍中之將令，轉換開闔由其統領，方可不亂陣脚。若思無統緒，辭文必亂，令人不知所云。

曰博覽。『一日不書，百事荒蕪。』（明·李詡語）百事自然包括爲文，所謂『腹有詩書氣自華』也。然博覽不祇對『群書』，還要對『群山』，自然萬物、世間百態，都要納於胸中，方可言之不虛。

曰借鑒。『非盡百家之美，不能成一人之奇；非取至高之境，不能開獨造之域。』（元·劉開語）古人文章諸體皆備，名篇佳構浩如烟海，但要食古能化，貴在得其精神，故有『善取不如善弃』之説。無取無所謂弃，取而後弃，善學也。

曰變通。『文律運周，日新其業。變則可久，通則不乏。』（《文心雕龍·通變》）萬事萬物，變通纔可發展，爲文亦然。變則通，作文唯善變，方可通會，方可新意時出。

曰勤作。『心不厭精，手不厭熟。』（唐·孫虔禮語）心精方可生意，手熟方能達意。初入道者更須勤作，纔可手熟，手熟方可意到筆隨，心到文成。

曰避熟。『詩要避俗，更要避熟，剥下數層方下筆，庶不墮熟字界裏。』（清·劉熙載語）畫人常道『畫到生時是熟時』，所謂熟後之生也。無熟，無談避熟。脱盡流熟，是謂至境。

曰神采。『神爲不測，故緩詞不足以盡神。』（宋·張載語）緩詞者，庸句也，神采者，妙筆也。而妙筆多自真境生出，所謂『真境逼而神境出』，非華麗辭藻所能替代。

曰個性。『爲人，不可以有我；作詩，不可以無我。』（清·袁枚語）個性者，獨特之風格也。無獨特風格之詩文，如人無自家相貌，必淹没於茫茫人海。而欲不與人同，不唯文風求异，更要文情篤真。

曰通達。『解人不爲法縛，不死句下。』（清·蒲松齡語）此言不因詞害義，『義脉不流，則偏枯文體』。欲要通達，不唯語句順暢，更須義理純正，纔不致晦澀。

曰簡練。『葉多花蔽，詞多語費，割之爲佳，非忍不濟。』（清·袁枚語）不過，簡也須由繁入手，逐步删汰，所謂『繁華削盡見真淳』，入手便簡，難免空疏。

曰自然。『琢雕自是文章病，奇險尤傷氣骨多。』（宋·陸游語）大手筆皆是自然道來，不露痕迹，所謂『清水出芙蓉』者也。遣詞造句過於着意，便如濃妝女人，總覺三分妖艷。一切事，過猶不及也。

曰平淡。『文到高處，衹是樸淡意多。』（清·劉大櫆語）作文初始，不妨奇險峥嶸，鍾煉既多，則應漸趨樸素，所謂『絢爛之極歸於平淡』，所謂『真水無香』，皆指此意。

作文既要簡練，便選要者概略述之。

如棚小記

我家樓上有一平臺，近百平方米。爲不廢空間，於其北側建棚一座，白架緑頂，周無四壁，似棚非棚，故曰『如棚』。

落成之時恰值中秋，友人不約而至。青碗粗茶，簡几而坐，或引古論今，時出未聞之語，或談藝説道，多有鮮見之論，未覺時間之早晚，樂而不返也。閑來無事，一人獨立棚下，舒心寬懷，任思緒之馳飛，拂花賞月，品人生之況味，亦自得其所也。

逾兩年，棚邊花木漸多。剪枝除草，澆水施肥，勞作中更得無限樂趣。不意，隆冬之際花木多有凍死，痛惜再三，忽生再修一棚之念。於是，草畫圖紙，請工進料，於如棚南側復建一棚，四周鑲以玻璃，頂以陽光板覆之。此非求异於原棚，意在受光保暖，護佑花木也。

竣工後，品賞不已，如對自己的詩書作品，雖不盡意，却也與衆不同。便要爲之取名，然想了多個，皆無『如棚』愜意，權且兩棚一名，倒也别致。

舊棚曾有詩爲記：『不洋不土曰如棚，白架周圍緑頂輕。亦闊亦寬堪望遠，無遮無礙更昭明。紙新墨古胸中意，手敏心閑物外情。樓上文章棚下曲，春風秋雨寄平生。』新棚面積更大，不失寬闊，衹是四周加了玻璃，然玻璃透明，仍可舉目遠望，無遮無礙，而外人看棚内，也應是極清晰的。此乃『如棚』之初衷，如者，如棚之形，更如人之意也。

隨筆節録

◎ 書法，在所有藝術門類中最爲獨特。因爲，她之作爲藝術，被社會認同最晚，却是最爲古老；她最易被人接受喜愛，却也最易被人錯解忽視；她之藝術語言最單調，却又最豐富；她之表現形式最傳統，却又最現代；她之表現領域最狹小，却又最廣闊；她之藝術境界最平常，却又最玄深。當你真正步入這座獨特的藝術殿堂之後，將會終其一生，無法自拔，却又永遠難以觸及理想的彼岸。

◎ 『在做藝術家之前，先要做一個人。』這是羅丹的話，如同他的雕塑作品，藴涵着深深的哲理。莫扎特也曾説：『……活在這可愛的塵世同樣是美好無比。既然如此，那就讓我們做人吧！』這些大師把做人的尊嚴、愛和全部價值獻給了美術，獻給了音樂，獻給了畢生追求的事業。有志於書道的朋友們可否從中感悟些什麼？

◎曾有一些朋友問我『三合書屋』的來歷，常以余一家三口戲答。書齋名如同人名，有的講究，有的隨便。以往用過『异趣齋』，從陳毅『志士嗟日短，愁人知夜長。我則异其趣，一閑對百忙』詩句中來，後覺音讀不好，便改爲『三合書屋』。《穀梁傳》有云：『獨天不生，獨地不生，獨人不生，三合而後生』，若借此意解之，未免過大。不過，在這小小書房，做這壯夫不爲的小道，不解决好『大三合』，還真難入道。《老子》不是也有『人法地，地法天，天法道，道法自然』的至論嗎？掌握書法藝術規律的過程，就是解决人與自然統一的過程，也是解决人與社會統一的過程。

◎孔子爲代表的儒學，强調審美與倫理的聯繫，力主美與善的和諧統一。其美學思想以仁學（仁義之道）爲基礎，認爲個體衹有與社會和諧統一，纔能獲得自由，進入美的境界。所謂『文質彬彬，然後君子』，『志於道，據於德，依於仁，游於藝』，皆爲其典型論述。

老莊爲代表的道家，可歸納爲人與自然的和諧統一爲其基本觀點。道無所不在（道生一，一生二，二生三，三生萬物）、道法自然（人法地，地法天，天法道，道法自然）爲其至論。『澄懷觀道』（南朝宋·宗炳）、『心師造化』（南朝梁·蕭繹）乃道家『觀於天地』思想的繼承；『書肇於自然』（漢·蔡邕）、『一點成一字之規，一字乃終篇之準』（唐·孫過庭）皆爲道論之延伸。

禪宗作爲中國化的佛學，則以『吾心即佛』爲依歸，講求『頓悟』，從而進入心靈得以净化、豁然體悟本覺的涅槃境界。所謂美在爾心的世界中，在個體本體與宇宙本體圓融合一的宇宙人生境界中。

因而可概略爲：儒家美學屬倫理學範疇，道家美學屬自然哲學範疇，釋家美學屬心理學範疇。三家之美學理論乃華夏古代美學之基石，各有其基本觀點，又有不少相通處，而『天人合一』『自然天成』之道家境界則更接近中國傳統藝術共同的價值取嚮和至高境界。

◎ 創作、研究需要清静、孤獨，現實生活却又少不了朋友、交際，我長期在這樣的矛盾心境中度日，難以解脱。尼采説：『尋找知識的人不但要愛敵人，還要恨朋友。』指的大概是知識而不是人，但有時又很難截然分開。

◎ 一件成功的作品，必然有着强大的生命力，它能以其獨特的點綫、墨色、韵律同你對話，不斷地訴説那豐富的底蘊。當你真正讀懂了這些内涵，你的生命也將因此而豐富和充實許多。

◎『莫扎特在作曲的時候，他是在同上帝對話』，其音樂自然如明月白露，沁人心脾。而今書壇的不少人作書時，却是在同名利對話，書品怎能不浮躁淺薄？人生短暫，我們何不在安詳、清涼的境地中多待些時日，去寧静地體味人類的本真，還原原本屬於自己却在世俗中不知不覺已被扭曲了的性靈？

◎ 人大約到五十歲以後，會漸漸失去對新鮮事物的敏感和接受，而又往往不自覺。對於藝術家，這將意味着藝術生命的漸趨枯竭。但有少數人不同，他們能以對生活的無限熱愛、强烈渴求，不斷找回兒時那種本能的衝動和活力，來撞擊漫長生活中獲取的寶藏，使其火花四射，愈加光彩奪目。這是藝術大師獨具的品質。

◎ 不少人對『中原書風』的提法有异議。的確，社會的開放、信息的快捷、思想的活躍，使書法創作發展成爲一種前所未有的多種書體、風格無所不包的生動格局。然而，中原人畢竟是喝黄河水長大的，數千年社會積淤和人文續延所鑄成的粗獷、雄强、樸厚的群體氣質，仍然在當代河南人身上頑强而又自然地表現着。因而，『中原書風』作爲河南書法創作的主調，也便是很自然的了。這裏需要略作詮釋的是：『中原書風』，其一指的是河南書法創作的大格、大調、大風，絶非指某種書體或者流派，因此，其意藴和涵蓋是博大的；其二，這種創作的格局和主調，是歷史的自然沉積和時代的客觀熔鑄，并非某些人的多情和臆造；其三，在『大風』的格局和主調中，注意强化個人的主觀意志和審美取嚮，塑造屬於自己的鮮明的藝術語言和個人風格。隨着創作的發展和深入，『大』的内涵和外延在河南書壇被不斷地豐富和擴展着，作者們更多地在把注意力由外在形式轉移到本體和内涵中來，轉移到『大氣』『大方』『大雅』『大樸』『大巧』等表現作品品格的諸方面來，作爲風格的主調，作者們的追求始終未離開這個『大』字。

◎『既不重復古人，也不重復自己』，此説值得探討。不獨書法，各類藝術皆有『風格』說。何謂『風格』？顯然是指不同於他人（當然包括古人和今人）、具有鮮明個性的藝術特徵，比如梅蘭芳，諳熟京劇的人閉着眼睛也一定能聽出他的唱腔，無論是《霸王别姬》還是《洛神》，絶不會换一齣戲换一個嗓子。書法之謂『風格』，無外乎書家獨具的筆墨語言，不僅綫條、結字，甚至章法，都有不與人同處，使你遮着款識也能辨得出來。因此，不重復風格便無以鑄成。這裏，關鍵是對『重復』如何理解和操作，若在『重復』的過程中，不斷錘煉和升華自己的筆墨語言，從而使書家的個性和風格不斷地得以强化和完善，作品的境界及内涵不斷地得以净化和豐富，那便是無可非議的了。

◎任何一個門類的藝術，其價值標準都有社會性和藝術性之分，二者既一致也矛盾。社會標準多屬非專業性，着眼點重在其社會功能上，首先要求大多數人能够接受；藝術標準則重在專業性，常因曲高而和寡。這就有了矛盾，如何解決，將決定於藝術家的素養和志嚮。一個真正的藝術家，决不會把個人追求委屈於世俗審美，而是逐步地把自己的作品介紹給社會，在提高民衆審美情趣的同時，争得社會更多的認同。因此，不要一開始就試圖讓大多數人對你的作品都認可，更不要爲了迎合周圍人的好惡，隨意改變自己的初衷，那是極庸俗的事。

◎我不擅交際，即便是書界中人，也有不少衹聞其名，不識其面，趙冷月先生便是其中一位。雖不認識，我却特别地關注和敬慕趙先生。究其原因，『衰年變法』四字大概可以概括。一位老藝術家之功力、風貌以及所形成的慣性創作態勢，乃其數十年心血之結果，至晚年，敢於發現和正視其不足，并予大膽揚弃，探索新途，僅此精神是何等之難能，何等之可貴！

◎先祖所著《静宧墨憶》，開篇便道：『書雖小道，然非識力高於腕力，則終身學書亦不能得其妙義。若逐日讀書倍於讀帖，讀帖倍於臨池，則心領神會，意到筆隨，雖日有進益，終覺生澀，斷不致流於熟滑，而市野之氣更無從來吾腕底。』短短不到百字，足見先祖對學問、修養於書家之重要和强調。吾當終生不忘，勉力爲之。

◎時代選擇與歷史觀照，是一個問題的兩個方面。時代選擇既是自然存在，又决定於主觀意識。我們生活在這個時代，一切與其息息相關，審美習慣應該屬於這個時代，但客觀看，却有着超前、滯後和同步的差异。如何保持先進的審美意識，不斷汲取進步的藝術思潮，并將其合理引入書法這一獨特的藝術之中，是每一位書家應該重視的大課題，是作出正確時代選擇的前提和保證。正確的時代選擇又取决於全方位的歷史觀照。割裂歷史、忽視傳統的選擇無异於無源之水、無本之木。先輩們的經驗告訴我們，對傳統發掘愈深，對歷史把握愈廣，成功的概率便愈大。

◎ 前人有『言之無文，行而不遠』『寓目不忘，必爲名迹；轉瞬若失，盡屬庸裁』諸説。觀數千年書史，如今能見到的皆爲法帖、名碑，件件精妙。細細想來，恐非古人個個高明，而是歷史實在無情，『書之無物』者早已雲消烟滅。當今書壇衆生，尤其官運亨通者，是否應引以爲戒，於藝道多做些實功夫，不要總以爲『皇帝女兒不愁嫁』，還要抽空想想一旦『皇帝』去了，將會如何？

◎ 個人作品集出版後，有好心人問我：爲何不請名人大家題簽、作序？我則反問：何以要讓名家浪費筆墨？水平如何，讀者自有評説，借名人抬自己，豈不可悲、可憐？事後閑暇讀書，鄭燮一篇《家書小引》令我不由拍案：『板橋詩文，最不喜求人作叙。求之王公大人，既以借光爲可耻；求之湖海名流，必至含譏帶訕，遭其荼毒而無可如何，總不如不叙爲得也。幾篇家信，原算不得文章，有些好處，大家看看；如無好處，糊窗糊壁，覆瓿覆盎而已，何以叙爲！』痛快至哉！難能至哉！需要説明的是，而今求湖海名流作序，盡可放心，絶無『含譏帶訕，遭其荼毒』之虞，不知板橋賢士曉得否？

◎黄魯直有段書跋：『老夫之書，本無法也，但觀世間萬緣，如蚊蚋聚散，未嘗一事横於胸中，故不擇筆墨，遇紙則書，紙盡則已，亦不計較工拙與人之品藻譏彈。』此處『無法』實乃常法中蜕變出之大法，難得處在『觀世間萬緣，如蚊蚋聚散』之胸襟，『未嘗一事横於胸中』之修養，否則，何以悟得大法？吾輩若能做到不計人之品藻譏彈，便是很難能可貴了。

◎『古不乖時，今不同弊』，孫虔禮此説搞書法者無不知曉，且作爲至論尊奉，但真能做到者却爲數不多。不重傳統者有之，這就先缺了一個『古』字，何以言他？食古不化者有之，作品恍若隔世，豈不乖時？追趕時風者有之，没有主見，難免不染時弊。以此看來，短短八字，做來着實不易。『既要深入傳統，又要貼近時代，還要避開時俗』，雖是老調，却要常彈。

◎ 學書之道可以十六字概括：深入一家，逐漸蜕變，不與人同，避免僵化。深入一家，爲初學者必經過程，否則，難得傳統之基本；蜕變有量變到質變的意思，須慢慢來，變之過急易把到手的好東西丟掉；不與人同孕育蜕變之中，也要從傳統中討營養，關鍵是如何消化吸收，不可想當然；僵化很難避免，衹有時時保持活躍之審美，不斷往返於創作、傳統之間，方可藝術常新。

◎ 在一本介紹西方美術的小册子裏讀到過這樣一段話：『在十七世紀時，有一種爲人們廣泛接受的理論，就是一個畫家如果想要首先獲得一種技巧訓練的堅實基礎，那麽就要從衆所公認的古代大師中間選擇一個其作品特别吸引他的畫家，并且臨摹這個畫家的作品，直到他學會了這個特定畫家的優點長處的秘訣爲止。這個時代在繪畫界産生了倫勃朗、魯本斯、普桑、蓋爾契諾、維米爾、克洛德、洛蘭和其他一大批偉大的名字。因此，十七世紀的理論是值得認真考慮的。』這種認識在西方如果算作一種理論，我們中國古已有之，不獨繪畫，書法尤是，且人人皆知。所憾，不少人做起來常大打折扣，更不重視深入一家，結果當然學不到『秘訣』，名字也就難以『偉大』起來。

◎『書者，心畫也』乃揚雄名句，其意是説字要用『心』來寫，一件成功的書法作品，其墨色、點綫、布圖全是作者心迹的流淌。書法家對世間萬物的體悟感受，應該能够借助筆墨給予充分的表現，所謂『陽舒陰慘，本乎天地之心』『通三才之品匯，備萬物之情狀』『天地萬物之變，可喜可愕，一寓於書』『寬博若賢達之德，端樸若古佛之容』『奔蛇走虺勢入座，驟雨旋風聲滿堂』……皆言此類意思。因之，大家手筆必然是生命的載體，换言之，名篇佳構當是容納宇宙萬物、有着七情六欲的鮮活的生命。

◎《黄帝内經》云：『得神者昌，失神者亡』『形與神具，而盡終天年』；嵇康《養生論》云：『形恃神而立，神須形以存。』這些古代經典講的雖是醫道、養生之道，然與藝道、書道相通相同。客觀講，學書各階段應各有所重：初學當然要『形似』，漸次則當『形勝』，最後自然是『形與神具』了。

◎《史墻盤銘》綫條凝重樸茂而無《大盂鼎》《毛公鼎》之刻意，字勢拙古生動而無《散氏盤》《虢季子白盤》之習氣，不失爲研習商周金文之理想器銘。

《鄂君啓節銘》乃戰國時期不可多得之錯金銘文，端莊而富於變化，瘦挺又不失圓潤，上承西周，下開秦漢，習書者不可不讀。

長臺關、仰天湖等地楚簡欹側取勢，疏宕灑脱，爲先秦文字開一生面，習篆者當寶之。

《泰山刻石》《琅琊臺刻石》可謂小篆鼻祖，李陽冰承其衣鉢，拘謹有餘，未過《袁安》《袁敞》二碑；鄧石如雖有突破，字法仍覺板滯；吴熙載、楊沂孫、趙之謙方圓互用，更出新意；至吴昌碩融入石鼓筆法，縱橫捭闔，雄渾蒼古，將小篆推上峰巔。

兩漢隸書乃書史重鎮，碑碣摩崖無可勝數。《禮器碑》典雅奇古，譽爲『漢碑第一』；《石門頌》率真縱逸，堪稱『隸中草聖』；《大開通》寬博奇偉，有云『無從摹擬』；《郙閣頌》《衡方碑》蒼渾高古；《張遷碑》《鮮于璜碑》古拙樸茂；《萊子侯刻石》《元嘉題記》天然自在。

如上諸刻皆爲漢隸上乘。

《爨龍顔碑》《爨寶子碑》《嵩高靈廟碑》《石門銘》《瘞鶴銘》《雲峰山刻石》《廣武將軍碑》《好大王碑》等，均爲魏晋南北朝時期楷書大手筆，或古樸率真、儀態萬方，或蕭散宕逸、風神灑脱，或雍容樸茂、文質斑斕，或蒼茫渾穆、氣象天成……隨意拈來，皆可爲法，斷無沾染塵俗之虞。

東晋遺風澤被後世，代代傳襲，不乏大家，所謂帖學者也；清中晚期碑版金石復興，開了書壇新面，之後隨着出土器物之愈多，其風愈盛，所謂碑學者也。以趙之謙、康有爲、于右任等人爲代表的書家們，兼融碑帖，各成面目，影響當朝及後世，蔚成風氣，其行書最爲典型，吾稱『碑體行書』。而于右任草書更融碑於帖，形質兼具，赫然獨立於歷代草書之外，價值不可小視，吾稱『碑體草書』。

◎ 歌德有句名言：『在限制中纔顯出大師們的本領，衹有規律纔能够給我們自由。』這當然適用於書法，『限制』『規律』無疑指的是傳統。過早地表現創造和追求個性，而不注重傳統功夫的訓練是可怕的。

◎作品爲藝術家所遺憾，大概是永恒的。遺憾是對過去的不滿足，更藴涵着新的追求和希望。

◎如今，生活的節奏已隨着經濟的發展和外來思潮的影響愈來愈快，這種影響也相當程度地波及書壇。不少人三天趙董，兩天蘇黄，昨日篆隸，今日行草，步伐之快令人刮目。這些人大概是受了生意場中暴發户的傳染，衹可惜藝術規律與經濟規律是兩碼事，即便搞經濟也講究穩步發展，增長率不可過熱，寫字就更要遵循其自身規律，講點中國的老傳統了。我看還是『細雨騎驢入劍門』的好，若坐上寶成綫快車，必然難以細細領略一路風光。

◎上海來楚生先生之評介資料甚少，我所知之更少，然就所見其書印看，新中國成立以來臻彼境界者應屬鳳毛麟角，想必其他修養皆有獨到。何以遭此冷落！聯想到另一書家桃李衆、宣揚甚，而誤了不少寫字人之情狀，不免惆悵嘆息。西人尚知『吾愛吾師，吾尤愛真理』，我輩爲何不能跳出門户，解放自己，施惠他人？

◎現在，執著於周秦之古風者逐漸減少，鍾情於漢魏渾穆之氣象者未見增多，留戀於東晋雋雅之風韵者氣數漸微，致力於唐宋精嚴之法意者多有偏執，熱衷於明清奇逸之形勢者爲數最多，而流於外在。此種現狀是否正常，很難作評，但書法作品内涵之重要毋庸置疑。内涵孱弱的作品，外在形式必然蒼白，而内涵的充實和豐富顯然需要艱苦的投入和長期的積澱。那種急功浮躁的心態與内涵無緣，而這恰恰是當今多數寫字人共有的弱點。由此我聯想到『形式至上』説，當今是『展廳時代』，『形式』之重要本無异議，但最好不要『至上』，不要忽略了書法藝術最核心的東西。

◎張懷瓘云：『文則數言乃成其意，書則一字已見其心，可謂得簡易之道。』大概是説做文章，没有一定量的文句，難以表達完整的意思，而書寫一個字便可成爲一件足以抒發性靈的藝術品，因之謂『簡易之道』。然世上事往往愈簡愈難做好。没有深厚的傳統功力、豐富的創作經驗以及相應的綜合素養，很難以看似簡單的點綫表現書者的心境，使作品達到傳神的高度，也就很難『一字見其心』。以此觀照書法，『簡遠』『簡古』『簡潔』『簡練』諸詞皆可相應而用，『簡易』二字不用爲好，免生誤解也。

◎余曾小易孫虔禮《書譜》句爲聯：『樂志垂綸，尚體行藏趣；潛神對弈，猶標坐隱名。』晋潘尼《釣賦》云：抗余志於浮雲，樂余身於蓬廬，尋渭濱之遠迹，且游釣以自娱。《世說新語·巧藝》云：王中郎以圍棋是坐隱，支公以圍棋爲手談。《顔氏家訓》云：圍棋有手談、坐隱之目，頗爲雅戲。余業餘喜好弈棋，雖無『坐隱』之體味，却也得鬧中取静、調劑心境之用。所憾，至今尚無垂綸之趣，何以體察隱現行藏之迹？

◎羅丹曾説：『一個規定的綫通貫着大宇宙，賦予了一切被創造物，如果他們在這綫裏面運行着，而自覺着自由自在，那是不會産生任何丑陋的東西來的。』觀照書法，這個被規定了的綫似乎更具體了，使其以自由自在的形式得以充分表現，前提是『自覺』，而『自覺』孕育於長期的『不自覺』的磨煉中。

◎陸儼少先生有『四分讀書，三分寫字，三分畫畫』之説，搞書法者不妨稍作調整，我看，四分讀書，四分寫字，二分畫畫爲宜。

◎學書自『顔、柳』（楷書）始，似乎不容置疑。此規矩不知肇於何時，却實實在在誤了不少寫字人，君不見王逸少不知何爲『顔、柳』，他却是千古一人之書聖。

◎一學友問我：篆隸正草究竟哪種書體最好？明清書家是否超過了唐宋？一時竟無法作答。忽憶得坡翁有一短文《荔枝龍眼説》，頗有意思，翻來抄録於後，不知切題否？『閩越人高荔枝而下龍眼，吾爲評之：荔枝如食蝤蛑大蟹，斫雪流膏，一啖可飽；龍眼如食彭越石蟹，嚼嚙久之，了無所得。然酒闌口爽，饜飽之餘，則咂啄之味，石蟹有時勝蝤蛑也。』

◎中國畫講究虚實，白處留得好，妙味無窮。《老子》曾有『知白守黑』説，追到大哲理，無非『陰陽』二字。書法自然逃不出這個萬物之道。我喜好圍棋，布局階段常憑感覺着子，但見棋形好看處，黑白二色棋子皆合棋理。聯想書法，似有所悟，却又難以文字道出，是否『祇能意會，無可言傳』？鄧石如也祇講了『計白當黑』四字，細想起來，個中三昧若真能道得出來，書法恐怕就不是藝術了，所謂『道可道，非常道』者也。

◎惲南田云：『畫以簡貴爲尚，簡之入微，則洗盡塵滓，獨存孤迥。』書亦應以簡爲尚，去除多餘動作，刻意經營之意自消。李白『清水出芙蓉，天然去雕飾』、戴復古『入妙文章本平淡，等閑言語變瑰奇』、元好問『一語天然萬古新，豪華落盡見真淳』、張問陶『敢爲常語談何易，百煉工純始自然』諸句皆言此意。衹是不要忘了還有一個長期的不可逾越的『由繁入簡』『百煉工純』的過程。

◎陸機《文賦》云：『石韞玉而生暉，水懷珠而川媚』，喻指詩文中若有麗句佳辭，可使通篇生色增輝。書法亦然：一件作品有三兩處筆墨精彩、體勢動人、分量適宜、位置得體，便如『石韞玉』『水懷珠』，足可使整幅平添許多生動與活力，即便另有一些不周處，亦瑕不掩瑜也。

◎禪家有『拆骨還父，拆肉還母』說，書法人亦當有此覺悟。跟着老祖宗，一輩子不能自立，可謂不肖子孫，因爲還了骨肉便没了自己；然若無骨還父，無肉還母，其不肖更甚矣。

◎清人沈宗騫《芥舟學畫編》有云：『境平則筆要有奇趣，境奇則筆當無取險，斯得矣。……若不解此，則繁局必至重復，簡局必至單薄，細看古人名迹，求其所以偏正之故，當不外是矣。』此雖論畫，書法亦然。

◎一九七三年出土之山東蒼山縣城前村石墓題記，以書法論，乃不可多得之刻石。題記首句爲『元嘉元年八月廿四日……』因此其年考一説爲漢桓帝之元嘉年，一説爲南朝宋文帝之元嘉年。看書風，前者更爲可信。是刻用刀爽快，甚少修飾，錯别字較多，可見刻製之倉促，却因此平添不少情趣，其體勢之生動、點畫之質樸、章法之自然，皆爲秦漢刻石中少見，學書人當應寶之。

◎趙之謙書吴讓之印稿，碑帖互用，渾然一體，無碑之刻板，無帖之嫵媚，得帖之俊逸，得碑之樸茂，真乃拙巧相生，自然天成。而今寫字人碑帖結合者日增，但大多或流於草率，或失之做作，臻此境者着實罕見。悲盦此稿有二，前稿書與稼孫，後稿應均初索要同日重書。均初本篇尾有記曰：『紙甚惡，滲墨而拒筆，書半紙恕不可解，因亂塗終篇，作草稿視之可也。』向來於文字不肯重書，今偶爲之，果不完美。』撝叔若非謙辭，此言謬矣。余視前稿拘謹，遠不如重書之作，大概正因『亂塗』纔有妙得，所謂無意於書乃佳者也。大凡創作時皆以放鬆爲好，不可如素平練功那樣一絲不苟，祇是一旦進入創作，便難真個放鬆。

◎ 據《書史會要》記載，杜本説：『夫兵無常勢，字無常體，若坐若行，若飛若動，若往若來，若卧若起，若日月垂象，若水火成形。倘悟其機，則縱横皆有意象矣。』以自然之萬象作喻書勢，杜本之前多有論述，但强調『悟機』確是其高明處。『機』是指自然萬物變化之規律，更是指由此規律抽象演化之漢字藝術的變化規律。因而，悟得了此機，便可生出新的萬象意態，便可『縱横皆有意象矣』。

◎ 康有爲云：『得勢便操勝算。』可謂點到了書法之要訣。勢者，形勢也。有形，方可得勢。有形而無勢，如同僵尸；有形而能出勢，生命躍然。孫虔禮之『一點成一字之規，一字乃終篇之準』，除了規矩、法度之外，尚可引申出一層『因勢生發』『因勢利導』之含意，此就更顯出『勢』的重要。創作伊始，一筆下去，便生形勢，形勢既出，就要隨機應變、隨緣造勢，而不可違犯。因此，一筆帶出一字，一字引出全篇，自可生動自然，妙趣天成。

◎ 傅山之『四寧四毋』是對千餘年漸趨靡弱之帖學的『挽狂瀾於既倒』，是對『用心於王右軍者，衹緣學問不正，遂流軟美一途』的振聾發聵之强音，其於書壇之積極意義毋庸贅言。傅山自己大概也不曾想到，三百年後他之『四寧四毋』被前所未有地接受了下來，甚至有所發展。衹是不少人誤解或者忽略了『四寧四毋』的意思是能巧不巧，能媚不媚，而非不能巧强巧，不能媚强媚，更非不能巧便拙，不能媚便丑，這些人入手便要支離、直率，傅山在天之靈恐怕是哭笑不得了。

◎當今，有些寫字人不在筆墨、書寫這些無可替代的書法基本要素與表現形式上下功夫，而大做塗色、剪裁、拼貼等題外文章，實在難與『天人合一』『自然天成』等中國傳統美學之基本精神找到對應，不知他們要走向何處。韓非子《解老》有云：『夫君子取情而去貌，好質而惡飾。夫恃貌而論情者，其情惡也；須飾而論質者，其質衰也。何以論之？和氏之璧，不飾以五彩，隋侯之珠，不飾以銀黄，其質至美，物不足以飾之。』書界中人當深思也。

『水・冰』

——王澄書畫展自序

水、冰零度界致，而其性不變。

青藤居士《半禪庵記》有云：『人身具諸佛性，譬如海水；結諸業習，譬如海冰。當其水時，一水而已，安得有冰？及其冰時，雖則成冰，水性不滅。』余時而如水，時而似冰，環境使然，多不由己，然無論水冰，天性未改也。

水無形，而置入容器中則不得不隨其形，打破容器便自然流淌。冰有形，給予温度則融化爲水，即使點點滴滴，也是自然狀態。

天性不改，而又處世自然，甚是難爲，却是余之嚮往。寫寫畫畫乃平生所好，情之所至，塗些作品，也是自然。衹是做此展覽，并非初衷，猶如水置於容器，無可奈何，却有緣分在。

金秋美術館之盛情、周圍朋友之執意，又如給我温度，將頑冰化了不少。於是，便有了這半自然狀態下的書畫展。

至於作品，水耶？冰乎？自覺難以道明，還望識者教我。

二〇〇九年一月

禪外説『禪』

有朋友讓我寫篇關於禪與書法的文章，説我是有禪味的書法家。寫了幾十年字，應了『書法家』之謂也罷，『家』有大小，何況時下『家』如牛毛，不必認真。至於有禪味，大概是掛了個『半禪堂』的齋號，而『半禪』祇是自己修爲的提醒，全禪不敢妄想，半禪做得如何也説不清楚。不過，對此題目倒有幾分興趣，試着寫寫，權且作爲習書參禪的過程。

早年曾經讀過一些佛教的典籍，是作爲傳統文化的一部分學習的，并無其他想法。時間長了，加至記憶本就不好，多已淡忘，但却記得『可説非禪』一詞，不知是在哪本書中讀到的，大概與『道可道，非常道』的意思差不多，這裏如若强説，也非真禪吧，那就祇有禪外説『禪』了。

本要聯繫書法説禪，我却先想到了騰格爾。他的《蒙古人》《天堂》不知聽了多少遍，第一次聽便征服了我，感到從來没有過的震撼，好像他的聲音有一種特别的穿透力。慢慢地我聽出了一個游子對家鄉藍藍的天空、清清的湖水、潔白的羊群、純情的姑娘的眷戀之情的傾訴，再後來，我覺到了一個赤子對母親生育之恩的心靈回應……我懂得了他是在用『心』唱，他的心和我的心産生了碰撞和共鳴，所以有如此的穿透和震撼。禪語中常説『明心見性』，莫非騰格爾悟到了禪？而禪宗所指之心與我指之心可有一致麽？我進一步想到了『禪無處不在』之説，藍藍的天空、清清的湖水、潔白的羊群、純情的姑娘，乃至偉大的母性，不都是至凈的禪境麽？我聽騰格爾唱，覺出的是他用直心融入了這種境界，而《六祖壇經》有云：直心便是道場。

禪宗的『直心』又作『本心』，即自性之清凈心，又有『平常心』『大悲心』等解。由是，我想到了于右任。首先想到的是他臨終前的一首詩：『葬我於高山之上兮，望我大陸，大陸不可見兮，祇有痛哭！葬我於高山之上兮，望我故鄉，故鄉不可見兮，永不能忘！天蒼蒼，野茫茫，山之上，國有殤！』五十六字，字字是泪，字字是血！我不知于右老是否修禪，從這首詩看，好像没有做到『了無罣礙』，但我却從詩中讀出了直心，讀出了本心。若説是禪詩，估計大多數人反對。『應事隨緣，七十八年，撒手便行，古路坦然。』（直翁智侃）說是禪詩，大概都會同意。不過，雖是撒了手，却還念着古路，不也難說嗎？我想到了弘一大師圓寂前留下的『悲欣交集』四字，這裏的悲欣應作何解？禪講『放下拿起，隨緣自在』，放下什麽？拿起什麽？隨緣又作何解？思索之後，似乎得了些省悟，于右老和弘一大師雖處世不同，最終的開示却都是直心、本心，即大悲心、大慈心，因而，他們的放下拿起也都是真真做到了隨緣自在。

修禪離不了『空』，『空』的含義是什麽，我至今未得究竟。前些天看到了釋延王法師講『四大皆空』，解作地、水、火、風在不斷變化，雖不全面，却很明了。若是，于右老之書法於『空』做得甚好。我極喜愛他的『碑體草書』，在碑與草之間，可謂極盡變化之能事。不少修禪者對『空』的理解常流於表面或者概念，以致真的成了空對空，他們忽略了坐禪不衹是讀經打坐，還要做事，做好自己應該做的事，更忽略了『頓悟』的前提是『漸修』，有個量變到質變的過程。那些『修悟同時』『悟後起修』的觀點我是不贊成的，釋迦牟尼若無青少年時期的博學篤志，若無出家六年的艱辛修道，單就坐在菩提樹下是不會頓悟的。

于右老深明此理，他之所以能成就碑體草書，是幾十年漸修的結果，『朝寫石門銘，暮臨二十品。竟夜集詩聯，不知泪濕枕』。個中甘苦，他人如何知曉，所謂『如人飲水，冷暖自知』，不祇是個中三昧無可言說，也是修道之過程和體味。

修禪還講『禪定』，即常說的定力。所謂定力，佛云：『制心一處』『心原不二』，即『觀於一境，心不動摇』。這個定，顯然指的是心，而非外在形式。若是心亂，整天打坐也難入定，而在喧囂紅塵中，能去除一切散亂心，照樣可以入定，因爲去除了一切散亂心，便是回到了本心。對於寫字人，若能定入本心，便自然進入了書法原本的清净地。因爲本心定則人格定，便能做到於名於利淡然處之，於善於惡澄心觀之；本心定則藝品定，便能做到於技於道一以貫之，於情於理神明爲之。有此定力，何愁不能修得正果？

禪之正果是什麼？是涅槃。何爲涅槃？有人直接理解爲『圓寂』，顯然錯了，佛解作超脱生死之境界，有些虛空，其實就是回歸本心之超然狀態，所以很抽象，難以具體。『釋迦拈花，迦葉展顔』，於是迦葉修得了正果，但個中機理未曾見有明説，拈的什麽花？拈花做什麽？笑拈花者，還是笑花，還是……幾千年公案無人解説得了。佛説禪無處不在，如此也可説書法即禪，那麽，書法之正果也即涅槃，同樣難以具體明説。譬如看一件上乘之作，識者會説好，但怎麽個好法，就説不明白了。前人評書聖的字曰『龍跳天門，虎卧鳳闕』，是否挺玄乎？不過，有一點可以肯定，好作品是發乎自然的，即達到了天人合一的境界。『天人合一』并非道家思想所獨有，也爲儒釋二家之基礎，祇是闡釋角度不同而已。簡言之：『天』指宇宙萬物之規律法則，人既指身，更指心，身之所行隨心之所思而合於事物之規律，便是天人合一。寫字人把自己的思想追求合乎書法藝術規律地表現出來，也即做到了天人合一。

那麽，天人合一不就是涅槃麽？不過，涅槃也非一樣境界，那些高僧大德們修得的涅槃就不一樣，否則，怎麽會有佛陀、菩薩、羅漢、力士之别？寫字人亦然。

的確，禪與書法若至高境，皆可以『得心』二字概之。古人早就説過『字，心畫也』，這個心即本心、明心。所謂『境由心造』，禪家是指心變境隨之而變，書法亦然。修禪要人回歸本心，而本心又解作不動心、永恒心，若此，做書法就要『一心二用』了，要有向內向外之别，這和前邊説的定力，是一個問題的兩個方面。向内之本心永不可變，向外之用心則要隨時隨地相應變化，否則，無所謂造境，即便有『境』，也難免僵化，或者形同虚設。當然，這裏所指之境與禪境不盡相同，或者説衹是禪境之一部分。不妨還説于右老，從『顔、趙』到『二十品』，到『標準草書』，到『碑體草書』，歷經了少説也有五六十年的修行變化，這種修行變化無時無刻不由向外之心所左右，但他之本心，他之清净心、大悲心、大慈心始終未變，且愈到晚年愈見昭明。因而，于右老於書法，可謂得心，可謂造境聖手。作爲國民黨的一位元老、高官，却遺産空空，衹留下幾紙債據，足見他生前對身外之物的無求，足見他本心之清澈，這是他修得大智慧之根本。

我們不必追究他是否事佛，因爲即心即佛，因爲禪無處不在。禪無處不在，换句話可解作任何事物均可契禪，而詩最爲顯明。禪宗不立文字，多以禪詩啓人心智，寫字人對詩也情有獨鍾，既可直接抄寫，又可修養性情，看來書法與禪確有不解之緣。其實，好詩大多含有禪意，隨便看幾首唐詩。王維的詩當然最富禪境：『人閑桂花落，夜靜春山空。月出驚山鳥，時鳴春澗中。』空山、静夜、落花、閑人，好一個幽静所在，明月下幾聲鳥啼，襯得愈發静寂，詩人寫的是山境還是心境？張旭的《桃花溪》自現出世之意：『隱隱飛橋隔野烟，石磯西畔問漁船。桃花盡日隨流水，洞在清溪何處邊。』世外之桃花源在哪裏，何須漁家回答。李白的《獨坐敬亭山》禪境中似乎還有世間的一絲塵緣在：『衆鳥高飛盡，孤雲獨去閑。相看兩不厭，衹有敬亭山。』詩人擺脱世間煩惱，回歸自然之嚮往躍然紙上。高適的《塞上聽吹笛》在邊塞詩中可謂别調，也覺到了禪意：『雪净胡天牧馬還，月明羌笛戍樓間。借問梅花何處落，風吹一夜滿關山。』胡天雪净，戍樓月明，關山遍地是散落的梅花，此時此境誰能想到會是烽火連天的邊塞？

我也好詩，試選幾首：『峰回路繞小窗前，一水閑雲幾樹烟。笑我無聊横榻卧，歸來不釣醉空船。』（《題山水》）『月静天心遠，雲開地氣舒。和平神自古，意到便成書。』（《無題》）『三五新枝初發芽，幾聲啼鳥越溪沙。踏青不問花消息，衹看晴空雁影斜。』

（《踏青》）『霏霏烟雨細，津渡鎖清幽。坐看孤舟晚，篙停水自流。』（《晚渡》）『瑶階憐峭石，玉樹眷霜溪。漸次雲深處，怕聽歸鳥啼。』（《山游》）從某種角度説，這些詩是我近幾年的生活狀態，更是我心境的寫照。能否湊作禪詩，還望識家指點。

我忽然想到《笑禪録》中的兩個故事。其一，一先生教人曰：祗要深切體會一兩句孔子的話，便終生受用不盡。一少年回曰：我對孔子的兩句話有會於心，并得心廣體胖之效。先生問：哪兩句？少年答：食不厭精，膾不厭細。其二，一和尚與朋友聚會，問音字底下加一個心字是什麽，有人説從來没見過這個字，有人説曾在一本古書中見到過，還有人説常看到這個字，祗是怎麽也想不起來了。當和尚揭開謎底時，衆人哄堂大笑。仔細回味，前一故事中的少年和後一故事中的衆人，好像都有我的影子在，於此説禪，還是打住爲好。

（選自《同人·二〇〇九年卷》）

薦讀《徐文長傳》兼及明清文人小品

小文緣起：此文寫在夫人舊病復發陪護病房之時。目睹偌大醫院中諸等患者、諸等病態，不免生出無限慨嘆：人生之無常、生命之脆弱、世事之幻虛、來日之不待……種種感思縈我腦際、擾我心懷。吁歟！人謂磨難亦財富，莫非要如此體味而後得？

慨嘆之餘忽而想到明人徐渭不幸之身世、非常之遭遇，想到中郎之《徐文長傳》，復想到中郎之諸多散文小品，想到中郎爲代表的中晚明文人們對人生的透徹感悟，對世事的從容豁達。

漸漸地，心境平靜了下來……

前幾年頗好明清散文小品，閑讀中常常進入一種或簡淡、或真樸、或雅逸、或閑適、或自在、或天真的境地，那是以公安派爲代表的一批明清文人們良知的彰顯與童心的釋放。

李贄《童心説》有云：『夫童心者，絶假純真，最初一念之本心也。若夫失却童心，便失却真心，便失却真人，人而非真，全不復有初也。』此可視爲公安派們心儀與趨歸的最好注脚。這種對人生的反思、對本心的自省、對真我的嚮往，改變了他們的生命意識和生存狀態，文風也因之而大變。華淑自序其小品集時，將此類文章概括爲『非經、非史、非子、非集，自成一種閑書而已』。

『閑書』多在閑暇時享用，無須讀大賦駢文銘誄策論般正襟危坐，一杯清茶品嚼、半榻燈影側卧，便是此般狀態，其身心之獲益也自别於大塊文章。

這裏，薦讀中郎的《徐文長傳》，乃余既偏愛中郎又喜好文長之故，而二人天地間之『神遇』最是我不忘之處。且看傳文開篇一段：『余一夕坐陶太史樓，隨意抽架上書，得《闕編》詩一帙，惡楮毛書，烟煤敗黑，微有字形。稍就燈間讀之，讀未數首，不覺驚躍，急呼周望：《闕編》何人作者，今邪古邪？周望曰：此余鄉徐文長先生書也。兩人躍起，燈影下讀復叫，叫復讀，僮僕睡者皆驚起。蓋不佞生三十年，而始知海內有文長先生，噫，是何相識之晚也！』意外之喜溢於行間，驚嘆之狀躍然紙上，頗有英雄相惜之慨。

中郎生於隆慶二年（一五六八年），應是三十歲寫此傳文，時文長已仙逝五年。兩顆文壇巨星在長空平行劃過，未能交會，實乃歷史之憾事，否則當應放出更爲奪目的光彩。然二人雖未謀面，冥冥中似有天意安排，讓中郎與《闕編》不期而遇，遂將文長詩文推爲明季第一人，并著傳以紀揚。由此，文長始得光耀文壇并啓發後來之文學革命，而這場革命的轟轟烈烈和波及久遠，首在中郎之主導和拓展。

中郎名宏道，湖北公安人，與兄宗道、弟中道并稱公安三袁。三袁中宏道膽識尤最，『年方十五六歲，便以古文詞結社，自爲社長。社友中三十歲年齡以下者，都以之爲趨歸，不敢輕犯。稍長，去西陵拜望文壇桀雄李贄，胸襟頓開。於是舉叛旗，回溯浪，批評古今，譏時諷俗。而其擊波戲浪如入無人之境，無話不敢言，又無言不中的』。《閑雅小品集觀》評曰：『古來文章三變，在唐有韓愈，在宋有東坡，在明則屬中郎。三人各有風貌，并不可替易，然中郎最矯激、最靈捷、最奇出，因而所遭之非議也最多。但不管口舌多少，中郎畢竟開啓了一個時代。』

與歷史進程同步的文學作品，記述着一個民族的成長狀態，更顯現着一個時代的文人情懷。所惜，早自先秦『士』階層形成之始，文人們便與仕途經濟結下了不解之緣，背負上君臣、功業的沉重負荷而難以超脱。即便以人性解放而稱著之魏晉時代，文人們也難免某種强行的扭曲或變异的發泄，較之明人顯然少了些率性的從容和真樸的温馨。那是因爲中晚明文人們看自然更親近，看人生更澄澈，從而擺脱了對『永恒』的虚妄追逐，轉而化作了徹悟後的拈花一笑。

至清，雖有桐城派以宋儒心性之學爲圭臬，帶有較强的理性規範和主導意識，但歷史畢竟在續延，明人們的人生觀念和生活方式爲不少清人所接受，而這種生活所體現的自性的、雅逸的、散漫的寫作模式，也在爲不少清代文人所承續。其中，最具代表性的一家當是袁枚。

袁枚之詩蓋過蔣士銓、趙翼，被譽爲乾隆三大家之首，其文，無論史、論，才氣推演，不苟陳見，尤以散文小品爲最。袁枚『爲人尚平易，反穠艷，宗自然，反經營，描摹則皆心底欣悦之事，是一位不設心障的散漫型的文章家。故若將其置於明人之中，也不易辨出……』

明清小品文在文體中可謂没有形式的一種『形式』。如果説形式對自由是一種制約，那麽摒弃了先人們種種規範體裁的小品文自然獲得了最爲自由的抒寫狀態，也就自然地去掉了矯飾，去掉了畏懼，寫出了天性，寫出了本真。

明清散文小品乃一大流派，諸家風格也不盡一致，本文僅向同人舉薦一二，無力詳論。若能引發諸賢興趣，閑暇時讀上兩篇，使得緊張之生活節奏舒緩一下，體味到一種清淡的心態，也便足矣。

（選自《同人·二〇一〇年卷》）

出離與藝術

對於傳統山水畫，除了元四家，我在相當一段時間關注的便是四僧，而四僧中最偏愛漸江是近期的事，想來大概是年歲與心境的關係。

回頭看，初始階段自然是審美因素的作用，無論是黄公望、吴鎮、倪瓚、王蒙，還是朱耷、石濤、髡殘、漸江，其藝術境界之高遠精深都曾令我仰視不已、心儀神往。後來漸次發現他們的經歷也極相似，那就是或隱居不仕，或遁入空門，之後的畫作纔不同程度地進入了新境界。

其實，做藝術要修心、要净念是都知道的事，然而真能做好却是難之又難，即或這幾位大師也非生來便超然世外，尤其四僧，其削髮出家無一不是被迫。身爲明朝宗室靖江王後裔的石濤，甚至還嚮往着清廷的重用，而王蒙更有還俗做貳臣的灰色履歷。當然，這些無關緊要，我所關注的是他們都有過的那段隱居生活，因爲他們或主動或被動、或自覺或不自覺地進入了靜謐修爲的狀態。

由是我想到了『出離心』一說，是在《佛教的見地與修道》一書中讀到的。

我不事佛，更少佛學理論，但對『出離心』頗感興趣。修佛講法門，出離應是衆多法門之一。我的理解，出離就是脱離輪回的痛苦，用世俗的話講，有改變自我不良習性的意思。前面提及的大師們那種狀態可以視爲出離的一種形式。重要的是後邊那個『心』字，有真心是謂真出離，無真心便是假出離，徒有形式。那本書上説道：『生起出離心，并不需要剃光了頭到廟裏去。』這句話對我們没有出家的人很有意義，如果有了到位的理解，應該能有很好的修爲，因爲佛就在我們的日常生活中，無須到深山老林做形式。

談到佛，會自然地想到釋迦牟尼，想到寺院裏的高僧大德們，甚或想到數千卷的經書。我想，那是專事佛教者們的修行所在，而對於我們一般人，能記住『佛』的譯意『覺、覺者、智者』并認真修爲就很好了。『覺』有三意：自覺、覺他、覺行圓滿，是逐步提升的三種境界。不必奢求圓滿，能做到自覺就挺難。

出離和自覺可以理解爲一個概念的兩個方面，或者説出離是過程，自覺是結果。不過，我對結果并不感興趣，如果有結果的話。我更看重的是過程，我們不妨試着從出離做起，大概可以分兩個層面：

既然佛就在我們的日常生活中，那就看看身邊的事。比如我們寫字畫畫，可否將與其無有直接關係的事避離得遠些？諸如炫目的名位、誘人的市場、躁動的時風等等，更有不勝枚舉的世間萬象、人間奇景，若能疏而遠之，起碼可爲自己有限的生命多騰出些有價值的時間，更可減去不少無端煩惱，使自己的心境處於安寧、清净的狀態，那麼，我們的作品自可除去浮躁，提升境界。

看看開初提及的弘仁大師，我認爲在出離的這一層面上，他做得非常好，超過了八大。當然，八大做得也很好，其獨特的風格出離了所有的前人，但他的作品却顯露着明室覆滅、家仇國恨的情結，他的内心也一定會藏着輪回的痛苦。而弘仁大師的作品給人的感覺則是簡净冷逸，一種清虚的禪境。作爲個性和風格，弘仁和八大没有可比性；若就出離心而言，弘仁應該是更爲純净。

如果前邊的着眼點是人生的大狀態，那麽出離的另一層面則是微觀的，或者説更具體些。還以弘仁大師爲例。一幅畫的構成無非筆墨、色彩、空間幾種元素，弘仁用筆剛中寓柔、精氣内藏，墨色簡淡净雅、沉穩清逸，空間虚實有致、白處尤勝。其師法倪雲林及宋元諸家，却出離得乾乾净净，了無痕迹。顯然，弘仁大師在出離的這一層面做得也極好，他的畫已由出離達到了自覺。

出離的這兩個層面衹是相對而言，并無明顯界限，且常常互爲因果。當有了出離心時，作品會逐漸避離塵俗，而作品避離塵俗亦有助於出離心的純化。

對我們一般人而言，出離心常常會有反復，這很正常。不要説我們生活在世俗之中，出家人能有純正出離心者又有幾何？就連佛祖釋迦牟尼不也是苦修數年纔得覺悟麽？重要的是不要怕反復，而要有不懈的精神，要把書畫的過程真心看作修行，在過程中慢慢體悟。

於此，我個人很有些體會。大家知道，上世紀九十年代後期，我就主動退出了書壇，緣由很簡單，就是看不慣愈來愈多的非藝術因素雜入其中，使得原本清浄的書壇愈見渾濁。那時，對佛教幾乎一無所知，更不知出離心一説，但客觀上却是有點出離的意思。由是，我自然地避離了那些不願爲伍的人，也自然地避離了那些不願依從的事，這使得我逐漸進入了一種相對清浄的狀態。那段時日，讀書寫字之外，寫了一些文章、詩詞，還編了幾本書，也開始接受了一些佛教的知識。

徐青藤《半禪庵記》有云：『人身具諸佛性，譬如海水；結諸業習，譬如海冰。當其水時，一水而已，安得有冰？及其冰時，雖則成冰，水性不滅。』比喻很有意思，極富哲理。若進一步推思，成冰乃環境温度使然，冬去春來，冰便自然融解，而兩極冰川則常年不化。因而，温度始終零下，水性雖在，也會禁錮冰中。爲此，我給自己起了個『半禪堂』的齋號，意在時時提醒自己，莫要失去出離心。因爲我們太習慣於身處幾十年的世俗環境，習慣於水被凍結的狀態。

之後的過程有一種漸入佳境的感覺。我兒時便喜歡寫寫畫畫，曾有過當畫家的憧憬。出離使我有了完全自由支配的時間，於是拾起畫筆開始練習。我之作畫也是一種出離狀態，因爲充其量不過一個票友而已，没有專業畫家們的種種包袱，諸如：時下審美如何，風格是否時尚；經常變化面目，市場是否認同；大展所投作品，評委是否喜好；如此等等與我無關，無須考慮。因此，隨心所欲，想畫什麼就畫什麼，認識和功夫有了變化，隨緣調整，再闢蹊徑。由是，一段過程之後，慢慢地覺到畫出的東西漸近心意，或者説畫境與心境出現了契合點。

其實，何止書畫，所有藝術概莫能外。舉個例子：有個唱家龔琳娜，一曲《忐忑》震動了歌壇内外，開始聽着很怪，仔細品味，覺到怪得超拔，怪得絶倫，似有『此曲祇應天上有』的感受。我想，她在音樂學院就學時，老師們不會有此教授，她在全國青歌大賽榮獲銀獎後，若『順其自然』地走下去，也絶不會有此突破。有趣的是，她後來找了個洋老公，飄落海外了，顯然，這在某種意義上是一種出離。更有趣的是，洋老公是個作曲家，又對中國文化很是關注，二人真可稱得上中西合璧了。於是，一首首既有西方音樂元素，又有東方文化内涵的歌曲出世了，這是進一步的出離。於是，龔琳娜深厚的聲樂功底和天才的演唱素質得到了充分的施展和自由的演繹，這種自由是出離的升華，是藝術的高層次出離。

還有個例子，似乎有點异樣的味道：從星光大道走入春晚的旭日陽剛着實火了起來，前不久，他倆和阿寶一同出演央視節目，主持人問：現在的生活快樂嗎？穿着依舊的旭日陽剛回答：過去雖然苦累，但有快樂，現在快樂不起來。言語樸實真切，帶着幾分苦澀，很值得回味。阿寶不然，如何回答記不得了，但那頂鴨舌帽印象極深，演唱更是注入了不少『流行』色彩，如果這是阿寶的出離，我看還是不要爲好，因爲這種出離失却了本真，是假出離，甚至與出離相悖，很可怕。頭繫着白毛巾，唱着原汁原味的陝北民歌纔是真阿寶。當然，阿寶也需要進一步出離，衹是要警惕原本好端端的一灣清水莫被凍成了冰，更要警惕温度過高會把一灣清水化作蒸汽。但願旭日陽剛常常念着在北京地鐵彈唱時的感受，始終記住自己是農民工歌手。

談及此，我想到了佛教的『苦行説』，也同時想到了時下的一句流行語：『享受人生。』若把原本的旭日陽剛視作『苦行』，那麼，變化了的阿寶是否在『享受人生』？提到苦行，很多人會想擺脱或者退却，而對享受則會欣然接受。他們把二者對立了起來。

享受和快樂的含義有區别，享受有快樂的成分，快樂則涵蓋不了享受。如果簡單地把享受視作快樂，那麽，享受和苦行應是一個事物的兩個方面，相互依存，并不矛盾。佛講辯證，反對二元對立，有苦纔有樂，無苦便無所謂樂。但不同修爲的人在不同時段的感受確有不同。從旭日陽剛回答主持人的話中可以感到，他們原本的地鐵彈唱是自在的，掙得幾個銅板便有了飯吃，多得幾枚還可喝個小酒，没有更多想法和羈絆，因而苦中有樂，雖苦猶樂，是自然的出離狀態。現在他們有些身不由己了，要不斷地面對媒體曝光、衆家評點等等不自在事，那種相對於專業聲樂的超然狀態逐漸地模糊不清了，一種莫名的感覺不時地襲擾着本真的、樸實的靈魂，因而樂不起來。

於此，不妨回憶一下李贄《童心説》中的一句話：『夫童心者，絶假純真，最初一念之本心也。若夫失却童心，便失却真心，便失却真人。人而非真，全不復有初也。』爲人處世，『真』是基本，修爲出離更不可失却本真，如若失去，自會生出無限煩惱，而所作所爲更會陷入無限迷惘。

其實，我們每個人都在時時面臨着與旭日陽剛或者阿寶相似的境況，一種出離與反出離的博弈，這就是人生，紅塵中誰也躲不開、繞不過。唯一的辦法就是積極面對、認真修爲，無論藝術還是任何專業，也無論生活還是任何交往，都要時時念着出離。我的體會是，每當出離心提純一分，苦樂感就會减輕一分，這纔是真正意義的享受人生。若此，最終會有一種超然其外的體悟，達到不知苦樂的境界，那便是覺。如此境界，任何事情都會做得順乎自然、順應天意，而藝術品格也自會愈見高遠。

（選自《同人·二〇一一年卷》）

『莊周夢蝶』隨想

這是一個大家都知道的文典，但未必都耳熟能詳。不妨先抄録於下：『昔者莊周夢爲胡蝶，栩栩然胡蝶也，自喻適志也，不知周也。俄然覺，則蘧蘧然周也。不知周之夢爲胡蝶與？胡蝶之夢爲周與？周與胡蝶則必有分矣。此之謂物化。』（《莊子·齊物論》）

情節極簡單，哲理却極玄奥。

前人詩文涉及者甚多，僅就古詩看，梁簡文帝有詩曰：『秘駕良難辨，司夢并成虚。未驗周爲蝶，安知人作魚。』此大概是夢蝶見諸詩詞最早者，已淪爲傀儡的蕭綱在寄望於化蝶以消解憂愁。李白有詩曰：『莊周夢胡蝶，胡蝶爲莊周。一體更變易，萬事良悠悠。乃知蓬萊水，復作清淺流。青門種瓜人，舊日東陵侯。富貴故如此，營營何所求。』詩仙也嘆富貴無定數，昔之侯王，今之農夫，起落奈何？白居易有詩曰：『鹿疑鄭相終難辨，蝶化莊生詎可知。假使如今不是夢，能長於夢幾多時。』人生乎，夢場乎，詩人難分。梅堯臣有詩曰：『忽忽枕前胡蝶夢，悠悠覺後利名塵。無窮今日明朝事，有限生來死去人。』嗟嘆紅塵如夢，人生苦短。陸游有詩曰：『世言黃帝華胥境，千古榛荒孰再游。但解逍遥化胡蝶，不須富貴慕蚍蜉。』陸游的詩倒是更有摒弃富貴、嚮往自由的味道。此類是『夢蝶』直接入詩之代表者。

若就間接入詩看，體現『夢蝶思想』者就不勝枚舉了。駱賓王有詩：『西陸蟬聲唱，南冠客思侵。那堪玄鬢影，來對白頭吟。露重飛難進，風多響易沉。無人信高潔，誰爲表予心。』托蟬寄情之超然心態顯見。張九齡有詩：『蘭葉春葳蕤，桂華秋皎潔。欣欣此生意，自爾爲佳節。誰知林栖者，聞風坐相悦。草木有本心，何求美人折。』不慕虚榮，恬淡自然也。王維有詩：『中歲頗好道，晚家南山陲。興來每獨往，勝事空自知。行到水窮處，坐看雲起時。偶然值林叟，談笑無還期。』與世無争，隨遇而安也。李白有詩曰：『衆鳥高飛盡，孤雲獨去閑。相看兩不厭，祇有敬亭山。』人與山相物化，二者可謂心心相印也。

劉長卿有詩：『孤雲將野鶴，豈向人間住。莫買沃洲山，時人已知處。』做野鶴，莫名山，勸人喻己也。此類最具代表性者當推陶淵明：『結廬在人境，而無車馬喧。問君何能爾？心遠地自偏。采菊東籬下，悠然見南山。山氣日夕佳，飛鳥相與還。此中有真意，欲辨已忘言。』好一個『心遠地自偏』！其與歸鳥神會之狀是何等逍遥自在，而真意忘辨不就是『道可道，非常道』麽？

從上述詩例來看，這些先人們無論直接或間接『夢蝶』，都是在追求一種境界，一種超脱塵世、和之天倪的境界。

何謂和之以天倪？《莊子·齊物論》有段很辯證的論述：『……化聲之相待，若其不相待。和之以天倪，因之以曼衍，所以窮年也。』『「何謂和之以天倪？」曰：「是不是，然不然。是若果是也，則是之异乎不是也亦無辯；然若果然也，則然之异乎不然也亦無辯。……」』天倪即自然，也即『道』。所論大意是：把不同的看成一樣，肯定和否定便無實際意義。觀點不同，語義相异，皆相對存在。隨自然變化，以自然合一，即可得道窮年。

此所謂『化聲』『齊物』，是《莊子》的主要思想之一。

『莊周夢蝶』，是夢中還是夢醒，是莊周還是蝴蝶，不必追究，在《莊子》看來，都是道的物化，來之自然，還之自然，自然而然。

對於『莊周夢蝶』，不少人執其思想之一端，而行之於避世，未真解『夢蝶』也。『超世』與『避世』，一字之差，其質不同：一主動，一被動；一積極，一消極。《莊子》是超世的、樂觀的，其開篇就有鯤之化鵬，水擊三千，扶摇九萬……《外篇》中更有莊子妻死，鼓盆而歌之生動描述。

當然，《莊子》的終極關懷是徹底超脱、絶對自由，有其虚無的、超現實的成分。修習道家思想，不可偏彼，也不可執此，應面對現實，以出世之情懷做入世之常事。

試將『莊周夢蝶』另嚮思之：子曰昔者莊周夢蝶，或周或蝶，『周與胡蝶則必有分矣』；我言，今者『莊周』化蝶，亦周亦蝶，周與胡蝶則無分矣。一個現實中的『莊周』，有着蝴蝶般翩翩然自由飛翔的本事，豈不妙哉！若此，做人做事自然少了許多塵事所累，而進入一種相對超然自由的狀態。

比如畫畫。石濤曾言：『山川與予神遇而迹化。』此化解『夢蝶』之語也，他雖爲僧人，却更多道家思想，主張『一畫之法立而萬物著全』，因而他能玩千山萬水於股掌之間。所謂『乘物以游心』（《人間世》），『游心於無窮』（《則陽》），畫家一旦與萬物合化，筆下必入自然。

王國維有云：『古今之大文學，無不以自然勝。』繪畫當屬大文學。『既雕既琢，復歸於樸。』（《山木》）『樸素而天下莫能與之争美』（《天道》），所謂樸，便是真、是本、是自然。

莊周之於蝶，也正是於本真之嚮往，於自然之幻化。

老子曰『道法自然』，莊子曰『法天貴真』，此老莊思想之核心。莊子之『天』即自然，其『真』也是自然，强調『謹守而勿失』。《漁父》有道：『真者，精誠之至也。不精不誠，不能動人。故强哭者雖悲不哀，强怒者雖嚴不威，强親者雖笑不和。真悲無聲而哀，真怒未發而威，真親未笑而和。真在内者，神動於外，是所謂貴真也。……真者，所以受於天也，自然不可易也。』此論於畫亦然，可以延伸爲：强墨者雖黑不潤，强色者雖艷不彩，强形者雖精不神。真墨不發而潤，真色不設而彩，真形不工而神。何以如此，『真』既合於人道又合於天道也，因之成大美，因之能動人。

由是，聯想到畫之境界。『境界』説來自禪宗，而其思想根源則是道家，是道家的『無狀之狀，無物之象』的道象論。老子觀道曰：『致虚極，守静篤，萬物并作，吾以觀復。』（《十六章》）莊子體道曰：『夫道，有情有信，無爲無形，可傳而不可受，可得而不可見。』（《大宗師》）莊子更有『心齋』説，追求心靈静虚，順乎自然，自由至道，從而達到『天地與我并生，而萬物與我爲一』（《齊物論》）的境界。

這裏，『境界』可視爲對『真』的又一層闡釋，而『心齋』要求的静虚，也頗耐思悟。萬物生於有，而有生於無，因之，『虚』『無』乃萬物之本，自然也是傳統藝術之本。我們常説計白當黑，這裏的白就是虚，當然這是最直觀的解釋，畫中隨處可見。而真正做好『虚』，是要把『心』融進畫中的，要把畫家之人與畫中之物合爲一體的，這就又回到了前邊説的『亦周亦蝶』了。果能如此，畫面自會虚實相生，自會『無畫處皆成妙境』，甚或『不著一字，盡得風流』。

去年，星光大道年度總決賽中有個盲女劉賽，其笑容稚子般純真，其歌聲天籟般清澈，其舞姿蝴蝶般翩然。我想，她不就是莊周與蝴蝶之合體麼！幾番凝思，我似乎明白了個中緣由：她是盲人，從未見識過塵世之五光十色，除了父母至愛、親友善助，更多的生活當是一個人的静虚之境，因而，她没有被污染，保持着初來世上的本真。這是天賜！但願她出名後，不要被外部的花花世界所迷惑。的確，個人之修煉，無時無刻不爲現實社會所侵擾。而道教中那種隱避深山煉丹求仙，顯然是對道家思想的偏執。或許，盲女劉賽的啓示是有益的，我們雖不能如她一樣對塵間濁穢視而不見，但記住老莊的『道法自然』『法天貴真』，從而使自己的心更清净些，還是應該努力的。

當代科學在迅猛發展，地球人在開發享用地球資源的同時，也在消耗毁滅着地球。於是，貪婪的地球人夢想轉入『天道』，不啻要登月球、火星，還要揭開宇宙之謎。聽説哈勃望遠鏡已經發現了『暗能量』，預測到了『暗物質』……而我看到的却是高科技帶來的足以毁滅人類數十次的核彈和不斷燃燒在地球各處的戰火。好可怕！好無奈！現在，我們的蝴蝶已經失去了賴以翩然的自由空間，要好好活着，衹有冀求心中那片安静、守住静虚了。

（選自《同人·二〇一二年卷》）

臆說『隔離性智慧』

先從孔子弟子子游的一句話談起：『事君數，斯辱矣，朋友數，斯疏矣。』（《論語·里仁》）意思是對自己所處的環境以及相關的人和事，要保持某種距離、某種分别，要把握好分寸，否則會過猶不及，甚或適得其反。有人把此稱之爲『隔離性智慧』。

道家、佛家也講隔離性智慧，但與儒家不同。前二者嚮往的是完全徹底地隔離於塵世，終其一生永不復出。儒家立仁者之志，追求明道濟世，行道救世。是志在，則要不降志、不屈道、不辱身，而當遇到與己志相悖時，除了正面應對之外，也或適度地隔離，所謂『隱居以求其志，行義以達其道』（《論語·季氏》）者也。此亦爲一種『隔離性智慧』，這種隔離往往是相對性的、階段性的，常常在『出』的過程中孕育着『入』。

生活中誰都會碰到與自己性情不合的人，碰到與自己志趣相左的事，適當地予以回避并非消極，反而更益於清心、養志、明道。因此，即便一時退隱，也并非單是手段，或可算作時段性歸宿，可視爲『隔離性智慧』的延展。

世上好多事都會讓人處於被動狀態，氣盛者常常正面較真，不知側身，更不知轉身，以致把自己逼入死角，没了退路。張岱《四書遇》有曰：『不知不可爲而爲之，愚人也；知其不可爲而不爲，賢人也；知其不可爲而爲之，聖人也。』一般人大概不會奢望聖人。其實，聖人也不見得『知其不可爲而爲之』，孔子便贊成：『邦有道，則仕；邦無道，則可卷而懷之。』（《論語·衛靈公》）當然，孔子所言并非真隱，而是側身、轉身。這裏，『不知不可爲而爲之』，常常出在年輕人身上，也非全因年輕氣盛，關鍵是不知不可爲。老子有曰：『知人者智也，自知者明也。』這個『知』極重要，是準確判斷的前提，但真正做到知人而又自知者極少。知是知識，也是經驗，需要學習和積纍，真正準確辨識可爲與不可爲，不僅要有廣博的知識和豐厚的經驗，還要有良好的操守和應有的擔當，所謂『誠則明矣，明則誠矣』。『自誠明，謂之性；自明誠，謂之教。誠則明矣，明則誠矣』出自《中庸》，誠乃盡性所得之道德，明乃窮理所得之知識。張載曰：『自明誠，由窮理而盡性也；自誠明，由盡性而窮理也。』（《正蒙·誠明》）二者似有主客、因果之別，儒家各派於此多有論爭，小文無力分解，但作爲人格之終極關懷，二者顯然皆不可或缺，且殊途同歸。

試以一代大儒黃宗羲爲例。被譽爲『中國思想啓蒙之父』的黃宗羲生於明萬曆三十八年，三十二歲時北京科舉落第，返回紹興余姚家中。兩年後明亡，黄起義抗清，其間曾渡海長崎，向日本乞兵，未成而歸，這便是前面談及的年輕氣盛，『不知不可爲而爲之』。黃父乃明天啓監察御史，冤獄而死，後得平反。抗清復明，於黃乃情理之中，求援日本便是饑不擇食了，豈非引狼入室麼！馬叙倫曾評價黃宗羲爲秦以後二千年間『人格完全，可稱無憾者』的少數先覺之一，看來也不盡然啊。抗清失敗，復明無望，黃宗羲隱居浙東，屢拒清廷，終身不仕，纔得以潛心學問，於天文、曆算、音律、經史、釋道、農工等等無不深究，終成五十餘種、三百多卷著述，尤以《明儒學案》《宋元學案》《孟子師説》《易學象數論》等最著。試想，黃宗羲如若應召爲官，還能有此成就嗎？這就是『隔離性智慧』的作用，盡管有着某種被動和無奈。而被動調整後的境界，纔是真正屬於黃宗羲的境界，一種『誠則明矣，明則誠矣』的境界。

南唐後主李煜算得上一個側面另例。他寫的詞能看到的大概三四十首，而讓我難忘的不過三五首，却是令人拍案，令人慨嘆！如《虞美人》一首：『春花秋月何時了，往事知多少。小樓昨夜又東風，故國不堪回首月明中。雕欄玉砌應猶在，衹是朱顔改。問君能有幾多愁，恰似一江春水向東流。』詞乃李煜被宋太宗俘至京都汴梁後所作，故國之春花秋月、雕欄玉砌依然，却早已物是人非，不堪回首，往時人中龍，今日階下囚的李煜，在用血泪傾訴，哀愁難遏，怨猶一江春水無盡東流！還有幾首，如《搗練子·深院静》《浪淘沙·往事衹堪哀》《烏夜啼·林花謝了春紅》《烏夜啼·無言獨上西樓》等，不一一贅言。王國維評曰：『詞至李後主而眼界始大，感慨遂深。』（《人間詞話》）沈雄更有『國家不幸詩家幸，話到滄桑語始工』之感嘆。（《古今詞話》）好個『國家不幸詩家幸……』！李煜身爲人中龍時，其詞華麗奢靡，平庸空虚，淪爲階下囚後，詞鋒自轉，離親之恨、亡國之痛不可抑遏，自然不見雕鑿，自然落盡豪華。李煜的這種轉身所成就的詞風轉型升華，不正是『隔離性智慧』的注脚嗎？盡管這種隔離極被動，這種轉身好無奈。

此類史料舉目皆是，不勝枚舉，現實生活亦然。關鍵是如何少些被動，變被動爲主動，變無奈爲欣然。這裏，有個價值判斷問題。一個人的生活環境和社會地位，直接影響着價值觀的定位，而價值觀的取嚮又直接左右着動機和行爲。

我不愛在哲理上兜圈子，行文至此便放下筆到院外散步。湖邊春意盎然，花樹中小鳥們在啾啾争鳴，我也不覺地哼起了小曲兒。此時，不知小鳥們在相互交流，還是招呼於我，也不知我在自唱，還是爲小鳥們唱，但覺各有所得，相安怡然。却是未料稍近了些，小鳥們便唰地一下全飛了去，好不悻然。思路又不由回到了文中，原來小鳥與我，我與小鳥也要有所隔離啊！更又想到：籠中的鳥們是否也有某種被動和無奈？它們一定極羨慕與大自然和諧相處、與人主動保持着某種距離的自由自在的林中鳥們。

我忽而意識到，人類不也是生活在籠中麽？大大小小各種不同的籠，在隨時隨地罩着人們，從家庭到單位，從州縣到國家，乃至從地球到宇宙，都有各種有形和無形的籠。就社會學以及自然學科看，這些籠各有其意義在。人類的發展過程，就是不斷製作各種各樣的籠，進而不斷適應各種各樣的籠，再進而不斷改變各種各樣的籠的過程。無論群體或者個人，概莫能外。

隨着社會的進步，改革的深入，籠有很多變化。不少籠變大了，籠罩變模糊了，甚至有些籠門也打開了，『鳥兒們』可以自由地出入了。這就爲『隔離性智慧』的主動選擇提供了條件和空間。前些年，一些先覺者們漂洋過海去鍍金、去淘金，這些年，又一些先覺者們回國求發展、再創業，其中的成功者們便是善於運用『隔離性智慧』的群體，他們自知、知他，因而具備準確而及時的價值判斷能力，清醒自己什麽時候該做什麽，不該做什麽。

現在，不少中國人有個通病，即『吃着肉罵娘』。其中，大多數皆爲不自知，更不知他，若刻薄點兒評之，他們還缺欠作爲中國人的基本資格。因爲中國人應該最了解自己的國家，近現代的屈辱史還需要回顧嗎？自己的公園門口挂牌『華人與狗不得入内』的情景不會忘記吧！而現在，中國人仰着頭走遍世界，無人小覷了，變化可謂大矣。無可否認，國家還存在很多弊端，甚至很嚴重，但畢竟是前進中的問題，國情使然啊！我曾在一個特殊場合（對我而言不一般）借着幾分酒勁，向一群正在駡娘的高官們發問：『若把國家交給諸位治理，制何大政方針？』結果啞然互視，熱鬧的場面突然沉悶了。看來，這群高官起碼是不自知的，因爲他們駡的正是自己没有做好的事。若是他們自知根源所在，還那樣駡娘，如何作評，真難以啓齒了。顯然，他們最爲需要來點『隔離性智慧』，因爲他們的德行不適於他們的職務，應該罷去，而且主動一些爲好。

孔子曰：『躬自厚而薄責於人，則遠怨矣。』（《論語·衛靈公》）不要説那些爲官者們，即便我們百姓，也應該少駡些娘，多爲『娘』分些憂，做些事。如果我們十幾億人都認認真真地把自己該做的事盡力做好，我想，平時常駡的問題，好多就不復存在了。各人的修養、能力不同，職業及擔當也自不同，給自己一個準確的定位，而後持之以恒地努力做，就一定能成功。當然，主客觀條件都會隨着過程發生變化，需要及時調整，而如何調整，常常用得上隔離性智慧。

我想到了孔子答子貢的那句話：『子貢問曰：有一言可以終身行之者乎？子曰：其恕乎！己所不欲，勿施於人。』恕者，寬厚仁愛也，能做到『恕』，『己所不欲，勿施於人』便自然而然。我們隨便想想，社會存在的諸多問題，是否大多源於自己不想做的事，偏要別人做；自己不願接受的事，偏要加於別人。所以如此，根本的問題，就是『恕』的缺失！

人際如此，國際也如此。此刻的思路忽然跳到了朝鮮半島，這幾天，其局勢之緊張令全球擔心，似乎戰事一觸即發。眼下所有發出聲音的國家，幾乎無例外地譴責朝鮮。我就納悶得很，朝鮮怎麽了？不一直縮在自己的半島北部嗎？就因爲延坪島海上分界綫，在和自家弟兄韓國鬥，而這一歷史遺留是誰造成的？有人説它在研製核彈，爲什麽不呢？美國擁有各種核彈總數超萬枚，還要拉着它的小弟兄們整天在人家門口搞軍演，人家就不能有點反應嗎？『州官』到處放火，『百姓』就不能點燈？有人擔心朝核會引發多米諾骨牌效應，以美國爲首的核大國們帶頭把核武器全部銷毁不就完事了嗎？『解鈴還須繫鈴人』嘛。美國人大概不會知道孔老夫子的『己所不欲，勿施於人』，更不會懂得『恕』的含義。

現在，中國在逐漸强大，近現代因落後而形成的委屈格局在悄然發生着變化，『第一島鏈』美國人已失去控制，『第二島鏈』也已有名無實。美國人有點害怕了，於是迅速調整，戰略東移，這是它的全球利益所在，力不能及也要勉强撑。於是便拉幫結派，借力而爲，不祇日、韓，就連菲律賓、越南、緬甸等，也要籠絡挑逗……不知如此忙活，能結個什麽果？曾幾何時，越戰結束了，伊戰結束了……美國人發動的這些不義之戰，除了血肉横飛、生靈塗炭，不知撈到了什麽好處？看來美國人很健忘，難道隔上幾年，不在世界某地挑起一場戰端，就手癢嗎？就活不下去嗎？該是認真反思的時候了。寫到這裏突然傳來波士頓被恐怖襲擊的消息，正在進行的馬拉松長跑終點附近被炸，死傷一百多人……我愕然了，是誰所爲？接着媒體報道塔利班基地組織發言人伊赫桑宣稱：

『我們主張襲擊美國及其盟友，不過我們與這次襲擊無關。』這些恐怖分子爲何如此惱恨美國，以至爲了報復而視死如歸？我想到了『9·11』事件，想到了曾經的一句話：『對待恐怖主義，要標本兼治。』

『本』者，根也，源也。世界是世界各國共有的，二百多個國家和地區，不可能都姓『美』，一些國家不聽你的，自行其是很正常，這就是『本』。美國作爲『自由世界的教主』，理應給他國選擇的自由，過分的干預和霸道，與『自由』二字很不協調，也就背離了『本』。一個國家走什麼路是人家自己的事，走錯了自己會改的，否則自然改朝換代，用得着你操心嗎？更用不着艦炮相加！因爲艦炮不會帶去自由和平，祇能造成屈辱仇恨，甚或埋下恐怖主義的種子。回到太平洋東岸和大西洋西岸去吧，你就不怕別人跑到阿拉斯加灣和墨西哥灣搞軍演？回去纔是真正的『隔離性智慧』。

至於日本，就無須在本文浪費筆墨了，因爲儒學之根本是做人，其學問是對人而言的。而安倍爲代表的日本右翼分子翻案二戰歷史，一年兩次拜鬼（祭祀靖國神社甲級戰犯），早已喪失天良和人性，顯然屬於另類。對爾等講『己所不欲，勿施於人』毫無用處，講『隔離性智慧』更是對牛彈琴，衹能交給鍾馗解決了。

（選自《同人·二〇一三年卷》）

没事唱唱歌

我小時候，除了寫寫畫畫還喜歡些唱歌、樂器之類，曾染指過口琴、二胡、小提琴。青年時，已經當上外科大夫了，偶或參與一些演唱，諸如《逛新城》《老兩口學毛選》等，甚至自編自演話劇。現在想來好笑，但在那個特殊年代也不足爲怪。改行後，書法成了專業，而唱歌則是業餘之業餘了。

近幾年閑來無事，唱得又多了，不喜歡去歌廳，就在家唱。聽説唱一首歌相當於慢跑一百米，唱起來還真覺得對身心很有益處。

冼星海曾説過：『音樂，是人生最大的快樂；音樂，是生活中的一股清泉；音樂，是陶冶性情的熔爐。』的確，悵惘郁結時，哼上一曲喜歡的歌，心情會漸漸釋然；勞頓困擾時，唱上一首喜歡的歌，心情便愉悦振作；若和幾位朋友一塊兒唱，還會頓覺自己年輕了許多。

我喜歡民族唱法，雖唱得差，但喜歡聽。我的青年時代，國内很少美聲，没有通俗，聽的多是民族歌曲，久之成了偏好。那時，羅天嬋的《吐魯番的葡萄熟了》、胡松華的《贊歌》等，曾讓我擊節贊嘆。當然，最多的是革命歌曲，現在點來還大多能跟着唱，甚或喚起一些朦朧的回憶。後來，好聽的歌越來越多，諸如《茉莉花》《蝴蝶泉邊》《草原之夜》《我愛你塞北的雪》《青藏高原》《我和草原有個約定》等等，太多了，無法列舉。有意思的是，這么多年了，從來没有聽煩過，每次都會陶醉其間，而自己唱也會樂在其中。仔細想來，我對音樂確有一種非常的愛。

我和幾位摯友有個唱歌的地方，取名『天倪館』。《莊子·齊物論》有云：『……和之以天倪，因之以曼衍，所以窮年也。』天倪謂『天』之發端，意指自然之道。與自然相合，隨自然變化，進入忘記歲月甚至物我兩忘的境地，是一種修煉和境界。唱歌時若讓心靈回歸自然，回歸本真，而後唱出自然，唱出本真，自是高境界。當然，我指的是心境，豈敢妄言水平，業餘玩玩，不可以專業要求。

近來，忽然對譜曲有了興趣。别人的歌再好聽，總覺少些自己的心弦，不能直抒情懷。於是，試着寫了首懷念母親的詞曲，但改來改去，總是感覺不對，所謂『隔行如隔山』於此有了真體味。之後便找了幾首自己作的抒情詩詞練習，過了段時日，漸漸有了點經驗，待喜得孫女時爲之作的詞曲，便有了些意思。此間恰巧得見煒韜《慧燈》一詞，文字净雅，禪意尤濃，頓生譜曲念想。我不會鋼琴，也不懂五綫譜，便小聲哼哼，有了感覺就以簡譜記下，幾經反復，還真順了下來，旋律和詞意尚能和諧，便交給專業朋友審閱，竟然得到認可，稍作改動後，將其演唱并鋼琴伴奏之《慧燈》録音傳給了我，聽着歌唱家演繹自己的曲子，還真有點揚揚自得，而對『和之以天倪』也有了些許體味。

在此過程中，想到了孫虔禮《書譜》中的一句話：『一點成一字之規，一字乃終篇之凖。』譜曲似也有此領悟：理解了詞意，找到了基調，一個音節出來，便自然跟出下句，繼而全章。音符的强弱、音域的寬窄、音階的變化、音區的設置，猶如一幅書法作品的墨色濃淡、綫條剛柔、字勢張弛、章法疏密，都要跟着感覺自然生出。失於自然，旋律便不舒服，更難準確詮釋詞意，道出心聲。

美好的音樂，的確是發抒心胸、與天地交響的。一曲《高山流水》，伯牙神奇之琴聲與子期心靈碰撞而共鳴，遂成弦斷琴臺之千古絕響。

《梁祝》小提琴協奏曲不僅令人感受到那愛情的凄美，還會自然地跟進幽婉的蝶夢之中。聆聽阿炳的《二泉映月》，不免想到他那愴然神傷的眼睛，更會感到他的堅毅與力量。而在那血雨腥風的歲月，當唱起『大刀向鬼子們的頭上砍去……』和『起來！不願做奴隸的人們……』時，中華兒女無不熱血沸騰。這就是音樂！這就是音樂的作用！

無怪乎我們的先人把『樂』放在了『六藝』中僅次於『禮』的第二位，更將禮儀和音樂合稱爲『禮樂』，而成爲一種制度，一種文化，并成爲中國傳統文化的基調。

『禮』的精神爲天地萬物之秩序，《荀子·禮論篇》有曰：『禮有三本：天地者，生之本也；先祖者，類之本也；君師者，治之本也。』『樂』的精神則爲天地萬物之和諧，《禮記·樂記》有曰：『故樂者，審一以定和，比物以飾節，節奏合以成文，所以合和父子君臣、附親萬民也。

是先王立樂之方也。』『故樂者，天地之命，中和之紀，人情之所不能免也。』先人們對『樂』的闡釋簡明而精闢至極。

禮、樂之外，還有射、禦、書、數，合稱『六藝』，是古時所有專業技能的廣義概念。所謂『游於藝』，一般即指『六藝』。而談及『游於藝』不可忘記孔子的一句話：『志於道，據於德，依於仁，游於藝。』（《論語·述而》）這裏，『游於藝』是放在後邊的，要立志於道，立足於德，立心於仁，而後方可爲藝。

我不由得想到了朱載堉，一位晚明時期偉大的自然科學家、音樂藝術家。他於天文、算學等領域之成就在當時處於世界領先地位，此不贅述。僅音樂方面就有《樂律全書》《律呂正論》《律學新説》《律呂質疑辯惑》《瑟譜》等大量著述；他首創的『十二平均律』，對世界音樂理論貢獻巨大；他還繪制大量舞譜，創立了『舞學』……其時，正值西方文藝復興時期，朱載堉因其卓越成就而被中外學者尊爲『東方文藝復興式的聖人』。

我更看重的是朱載堉的品格風骨，他是明太祖朱元璋的九世孫，其父鄭恭王因皇族權爭而陷冤獄，載堉築土室於宮外，獨處十九年，至父昭雪，之後又七次上書拒接王位，被世人譽爲『讓國高風的布衣王子』。顯然，他首先做到了『志於道，據於德，依於仁』，而後纔『游於藝』的，也正因爲此，他之『游於藝』是無人可比的！

我復想到了朱載堉的散曲《山坡羊·十不足》，不妨録下分享：『逐日奔忙衹爲饑，纔得有食又思衣。置下綾羅身上穿，抬頭却嫌房屋低。蓋了高樓并大厦，床前缺少美貌妻。嬌妻美妾都娶下，又慮出門没馬騎。將錢買下高頭馬，馬前馬後少跟隨。家人招下十數個，有錢没勢被人欺。一銓銓到知縣位，又説官小職位卑。一攀攀到閣老位，每日思想要登基。一朝南面坐天下，又想神仙來下棋。洞賓陪他把棋下，又問哪是上天梯。上天梯子未做下，閻王發牌鬼來催。若非此人大限到，上到天上還嫌低。』詞意無需解釋，再明白不過，更有警世之現實意義。

本要寫『没事唱唱歌』的，没想到把話説多了，説重了。然細想起來，也不爲過。若要有益身心，唱歌也需調整好心態、修煉好心境的，否則，即便業餘玩玩，還有玩物喪志之虞，甚或唱出其他事來，那就不如不唱了。

二〇一四年五月